解放昌都 1950

CHANG DU
1950

西藏商报社 编

西藏人民出版社

前　言

　　2010年是昌都解放60周年。1950年,十八军受命和平解放西藏,昌都战役的胜利为和平解放西藏奠定了基础。实际上昌都战役只打了十多天,但准备这场战役却用了9个多月,由此可见昌都战役的艰难和重要。这9个月是人类战争史上的一个奇迹,更是一部荡气回肠的英雄史诗。在这部英雄史诗里,所有的人都是英雄,所有的人都值得我们尊重和怀念。如今62年过去了,战争的硝烟早已散去,和平的阳光普照高原。

　　前事不忘后事之师,让历史告诉未来。

　　为了追忆那个火红的年代,我们以最大的可能性还原了那段历史。我们辗转成都、郑州、西安、开封、咸阳,又从成都出发,沿着十八军当年走过的路重走乐山、雅安、二郎山、康定、甘孜,跨越金沙江,最后到达昌都,采访到了如今还健在的近30名当年的十八军老战士。虽然他们现在都是耄耋老人,很多人正在经受病痛的折磨,个别人甚至连话都说不出来了,但当我们一提到当年进军西藏的情景时,他们的眼里总是闪现着自豪而幸福的光芒。那段历史成为他们生命里最难忘怀的情结。

　　当年,他们都是风华正茂的青年,革命的理想主义在他们心中高于天,他们经历苦难却不离不弃,他们以苦为乐,为的就是"要把红旗插上喜马拉雅山"。他们用革命英雄主义和革命浪漫主义谱写了一曲最动人的乐章,他们那种"特别能吃苦、特别能战斗、特别能忍耐、特别能团结、特别能奉献"的"老西藏精神"成为中华民族宝贵的精神财富。

今天,当我们重新面对和审视那段历史的时候,我们所追求的就是——铭记。

目 录

开 篇
《解放西藏进军政治动员令》下发
　天府之国迎来共和国首个春节……………………1

上 篇
进军序幕拉开　将士整装待发………………19

第一章　进藏战略由西北转向西南
　　　　十八军担任进军西藏任务………………21

第二章　思想动员入藏情绪高涨
　　　　写决心书人人争取进藏………………26

第三章　各方支援进藏部队
　　　　精兵强将方可入藏………………28

第四章　先遣支队川西遇匪
　　　　公路被毁雅安受阻………………34

第五章　川西剿匪全面铺开
　　　　进藏计划安排不变………………38

第六章　十八军政策研究室成立
　　　　进藏问题有了参考依据………………43

第七章　进军西藏誓师大会召开
　　　　万事俱备部队集结乐山………………47

第八章　后勤保障粮草先行

　　　　她的行李多了旗杆……………………………………58

第九章　告别乐山他照相留念

　　　　北路先遣队奔赴雅安……………………………………64

第十章　挺进名山遭遇悍匪

　　　　他毅然朝自己开枪………………………………………69

中　篇

山高路远磨炼意志　将士再长征……………………………77

第一章　国民政府驻藏机构波动

　　　　噶厦导演"驱汉事件"……………………………………79

第二章　三军舍命翻越二郎山

　　　　亦可向天再借一万丈……………………………………86

第三章　万里长江犹忆泸关险

　　　　溜溜康定欢迎解放军……………………………………97

第四章　翻越雪山走进藏区

　　　　先遣部队到达甘孜………………………………………105

第五章　断粮一月磨砺意志

　　　　毅然挺过彰显铁军本色…………………………………112

第六章　吃糌粑学藏语生活康藏化

　　　　融入藏区他们愿做一块糖………………………………125

第七章　劈山架桥筑天路

　　　　遥遥天路写忠诚…………………………………………131

第八章　先头部队康定庆"七一"
　　　　筑路大军继续挺进甘孜……………………146

第九章　终点到起点他发生蜕变
　　　　南路先遣支队到达巴塘……………………163

第十章　一五四团金沙江边遭遇战
　　　　十八军风云齐聚甘孜城……………………175

第十一章 "多路向心"只为这一战
　　　　追风少年痛失枣红马………………………193

第十二章 草原作证他们收获了爱情
　　　　牦牛运输队诠释英雄本色…………………206

下　篇
昌都战役打开西藏和平解放之门……………………219

第一章　阿沛受命奔赴昌都
　　　　格桑旺堆力主和谈…………………………221

第二章　强渡金沙演绎血染的风采
　　　　埋骨觉庸缅念年轻的忠魂…………………228

第三章　竹巴笼战斗打响
　　　　芒康升起五星红旗…………………………237

第四章　生死追击战士坚如铁
　　　　绝望时刻圆根救人命………………………247

第五章　铁血雄狮千里大迂回
　　　　英雄儿女定格昌都1950……………………258

后　记 ……………………………………………270
记者手记 …………………………………………271

开 篇

《解放西藏进军政治动员令》下发
天府之国迎来共和国首个春节

一

冬天已经过去,春天已经来临。

四川盆地难得一见的太阳终于羞涩地露了半张脸,深锁的浓雾渐渐散开,露出了岷江开阔的江面,几只渔船冲破激流平静地朝江心漂去。乐山大佛在薄薄的雾霭中半眯着双眼温柔地俯看着"三江",这尊有着1300多年历史的大佛见证过乐山这座城市的兴衰,智者、仁者也曾为这座城市的山水而乐过。水是乐山的灵魂,青衣江、大渡河在这里汇入岷江,一路南下,浇灌着四川盆地沃野千里的良田。

这是1950年2月16日,已经是农历的腊月三十。乐山沉浸在节日的喜庆当中,经历了无数战乱的城市终于可以休养生息,好好地过一个和平的年了。

担任十八军先遣支队政治处组织干事的夏景文是地道的河南人,这是他第一次在四川过年,此前乐山留给他的印象是阴冷潮湿的,不过好在现在已经立春10天了,初春的太阳和已经长到一尺高的冬小麦让他感受到了天府之国的蓬勃生机。

夏景文虽说是个军人,但他的内心深处却有着一股子文人的内敛,许多不是铁板钉钉的事,他是不会在战友中提任何1个字的,他有自己的处世哲学——用冷静的思考来判断事件的走势。在这一点上,乐山水一般的城市特点正迎合了他的性格,平静的青衣江

给他带来了无穷的想象空间。

但这注定不是一个平常的春节,就在昨天(2月15日),西南局、西南军区、第二野战军联合发出了《解放西藏进军政治动员令》,这个消息并没有让夏景文感到意外,早在成都战役结束后,他就有了去西藏的准备。这位26岁的年轻军人曾经在无数个深夜把一张中国地图铺开来看过无数遍,他用红蓝铅笔在地图上把全国所有已经解放的省份都画上了红勾,除台湾和海南两个岛屿外,祖国大陆唯一还没被画上红勾的地方就只有西藏了。

1950年新华社和《人民日报》的元旦献词中"……什么是中国人民在1950年所应当执行的主要任务?首先就是解放台湾、西藏、海南岛,完成统一祖国的大业……"这一段话也已经让夏景文看出了不少端倪。

"下一步,一定是要解放西藏了"。这是夏景文个人的判断,虽然之前他就拿到了一份《进军西藏教育提纲》,但是在动员令还没下发之前他并不清楚上层领导是怎样决策的。作为一名参加过许多战斗的军人,他总结过许多经验,同时对后事的进展也经常有一些自己的判断,但对解放西藏这样一个重大的历史使命来说,他并不想提前求证到结果,他只能以"做好心里准备"来面对。

正如夏景文个人所预料的一样,如今新中国已经成立,西南地区也已经回到了人民的手中,解放西藏正是最好的时机。

在那张地图上,他发现青海和西康分别处于西藏的北部和东部,青海是彭德怀一野的驻防地,西康则是第十军的驻防地,现在全国解放了,部队都开始在各自的驻防地休整并加强自身建设。十八军就已奉命进驻川南的泸州、自贡、宜宾,夏景文觉得,如果把解放西藏的任务交给十八军,那就要越过"两西"(川西地区和西康省),这种舍近求远的做法在以往的作战史上是很少见的。

不过,进军西藏的消息也让夏景文所在部队的一些没有思想准备的官兵在心理上产生了波动,为什么要选择从东线进藏?为什么接受任务的会是十八军?那块神秘的高地到底是一个什么样的状况?路上又会遇到怎样的艰难险阻?所有的不确定因素都让这个年过得焦虑起来。

部队的年三十过得并不热闹,虽说有饺子、汤圆,还有四川的回锅肉和麻婆豆腐,但很多同志都没有多少胃口。其实这些军人都是在战争中成长起来的,作为参加过渡江战役和解放大西南等诸多战斗的十八军战士来说,打仗、打哪里、怎么打都是军人服从命令的天职,但要去西藏却是很多人没有想到的,高原缺氧和恶劣的自然环境让大家在心理上首先有了一种畏惧感。更要命的是,这些辗转全国打过多年仗的军人们有的年龄都已经30多岁了还是单身汉,去西藏还得好几年,现在,娶个老婆成为他们最现实也是最紧迫的需要。连五十二师一五四团29岁的副政委路晨都还没娶上媳妇,更何况普通的士兵要结婚更不知道要等到猴年马月了。不过这一点对五

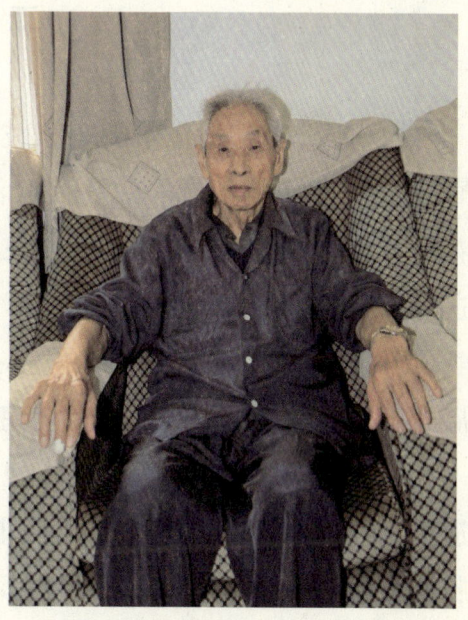

2010年的夏景文(卢明文 摄)

十三师一五七团的胡金安来说却并没有产生任何影响,乐天派的胡金安只有17岁,还是"黄瓜才起蒂蒂"的青葱年岁,对结婚还处在朦胧阶段,他总是用毛泽东"进藏部队三年一轮换"这句话来宽慰战友,往往起到了一定的安抚作用。

除夕的联欢晚会上,部队文艺兵表演的快板和秧歌并没有把气氛活跃起来,倒是军营外面乐山市民欢度新中国第一个春节所演出的四川灯戏和川剧折子戏《昭君出北塞》的唱词和"哐当哐当"的锣声不时传入大家的耳朵。

夏景文细听着远处折子戏的帮腔唱词,他清瘦的脸上掠过一丝微笑,心想,进军西藏这出剧目的大幕已经拉开,他人生的这出大戏也将有西藏的剧情加入进来了。

二

这一天,临时设在乐山一家破旧水泥厂和凤翔丝厂的十八军野战医院明显安静了许多,医院收治的轻伤员已全部痊愈出院,天花病人也已经结痂,肺结核病人在服用了雷米封后,也有了好转,这让十八军野战医院的护士长和党支部委员王树增终于松了口气。不过,同时他也开始新的思考:为什么医院辗转眉山、犍为,最后放弃原本安排好的十八军在川南的行署所在地泸州,回到乐山。

王树增即使不去刻意打听,他也从病人七嘴八舌的谈论中知道了一些风声,他感觉这段时间部队里有很多人来医院治疝气、静脉曲张、痔疮、割鸡眼等,可能也都是在为进藏做准备。虽然很多同志告诉他昨天(2月15日)《解放西藏进军政治动员令》就下达了,但直到下班从收音机里听到广播后,他才确定了消息的真实性和可靠性。

事实上王树增上月初从眉山赶往川南泸州,在犍为得到"原地待命"的指示后,他心中就有谱了。当队伍1月10日到达犍为县的时候,他得到了"原地待命"的命令。王树增是1月5日离开眉山的,他们野战医院的任务就是去泸州郊外接管原国民党军陆军医院,然后把在成都战役中歼灭国民党军李文兵团二五四师时受伤的五十二师和五十三师40多名伤员安全转送到泸州。王树增所在的十八军前方野战医院,跟随部队南征北战,参加过无数战斗和战役,走江苏、河南、安徽、浙江、江西、湖南、云南、贵州,然后进入四川,现在要去川南泸州安家,大家都非常高兴。重伤员坐担架,轻伤员坐马车,医院工作人员步行。到达犍为后,因为长途颠簸让伤员们在体力上有了很大的透支,但更让王树增恼火的是,"原地待命"使许多伤员在情绪上也有了很大的波动。还有一个月左右就是农历新年了,看来到泸州过年的计划很难实现。

泸州是王树增到达四川后呆过的第一座城市,早在1949年冬天,十八军参加湘南战役之后便向大西南进军,队伍行军到达湖南芷江时,上级就通知十八军驻防川南行署,队伍行军穿越云贵高原,进入四川珙县再向前走全是下坡,行军距泸州还有一天路程时,已是寒冬时节,可田野上青绿一片,白菜、萝卜、豌豆……都茂盛地长在地里。橘子树上挂满红色的橘子,诱得人直流口水。四川真是美景如画,的确是个物产丰美的好地方,这样的景致,对刚从云贵高原走过的王树增来说,"好似两个天下"。

虽说犍为也是个山清水秀、物产丰美的地方,但这毕竟不是王

树增的"家",他渴望早点到泸州安顿下来,渴望在四川过一个和家乡沂蒙山完全不同的春节。在队伍出发的时候,他就盘算着春节的时候到泸州后在长江边喝一盅泸州老窖。成都战役已经结束了,大西南也已经解放了,1945年就参加革命的王树增由于医治伤员工作繁忙,庆功酒到现在都还没有喝成,所以,新中国的第一个春节他一定要喝上一盅。当前几天队伍到夹江乘船,顺水而下行至乐山大佛时,他告诉船上的战友和伤员:"这条河流到宜宾汇入长江,长江再向东去三百多公里就是十八军在川南的行署所在地泸州,而泸州就是以后他和战友们的家了。"在乐山大佛脚下青衣江、大渡河、岷江三江交汇处宽阔而平缓的江面上,王树增仿佛听到了长江滚滚的涛声,他甚至闻到了上百年的泸州老窖浓浓的酒香。

"原地待命"?这让一心想早点到泸州休整的王树增有点意外,"可能会有什么重大的事情要发生了"。王树增所在的犍为县虽说是一个小地方,但五十二师师部也驻扎在这里,很多消息都会在很短的时间里传到医院。"五十二师师长、政委都随军长去重庆开会接受新的任务去了。""五十二师文工队要在犍为县招女兵了,她们也要和大部队一起走。"这一系列的消息就像长了翅膀一样,在犍为县狭窄的街巷里飞来飞去。

不确定的消息虽说让人费神,但犍为热闹的氛围还是缓解

2010年的王树增。我们采访他时他正躺在病床上(卢明文 摄)

了大家的很多压力。刚刚获得解放的犍为人有释放不完的激情,解放军走到哪里都有欢迎的人群。大街上随处都可以看到刚刚学会扭秧歌和打腰鼓的当地年轻姑娘在排练,这种奔放的舞蹈是五十二师文工队的团员们教给她们的。为了扩充队伍,文工队正准备在犍为招收文艺兵,他们在街头贴出了大量的招兵信息,每一张海报前都有姑娘们叽叽喳喳的议论声,这里成为犍为姑娘的聚集地。正值腊月,赶场的人、采购年货的人、剃头的人、杀猪的人、熏肉的人,每天都把犍为窄窄的街巷挤得水泄不通。王树增也被这样的氛围感染着,一旦有假,他也会到街上转转,感受着犍为燃烧的激情和浓浓的生活气息。他不再急着想回泸州了,因为天府之国的每一个地方都是富饶的,都是欣欣向荣的。

一天,王树增路过犍为文庙,看到几个犍为姑娘正围着文工队的领导要求参加文艺兵,姑娘们的参军热情让王树增很是感动。他挤进人群,用大哥哥的口吻对姑娘们说:"当兵很艰苦的。"

"我们不怕吃苦。"姑娘们回答。

"当兵要去西藏的。"王树增想用这种方法试探进军西藏的可能性。

"我们早知道要去西藏的,但我们不怕,只要能当兵到哪里都无所谓。"姑娘们坚定的回答加深了王树增对"原地待命"后部队接受"进军西藏"新任务的推测。

三

王树增去不了泸州了,但此刻在泸州的宋惠玲却准备离开泸州。这位刚参军一个月的14岁姑娘,对能走出泸州充满了深深的渴望。"外面的世界一定很精彩。"她相信外面一定有自己的大舞台,而在这个大舞台上她不但可以展示自己的文艺天赋,更能上演自己精彩的人生大戏。为了能步入这个大舞台,宋惠玲抛开了少女的矜持,在部队领导面前磨叽了很多天,用执著和真情感动了部队领导,最后她还把家庭和亲人抛开,终于投身到部队这个大家庭里来。

1949年底,十八军从贵州渡过赤水河,抵达川南,当部队路过宋惠玲的家乡泸州叙永的时候,宋惠玲第一次接触到了人民解放军,同志们的政治学习、唱歌跳舞、给当地老百姓做好事,甚至是排队吃饭都给宋惠玲留下了深深的印象。她之前也见过国民党的部队,但那些人不是弄得鸡飞狗跳来抓壮丁,就是趾高气扬地在老百姓中大声呵斥。但眼下这支部队却完全不一样,他们纪律严明,对老百姓秋毫无犯。有一天一个战士还帮宋惠玲打了满满一背篓的猪草,这点点滴滴都加深了宋惠玲对解放军的了解。小姑娘想:"要是自己能够成为他们中的一员,那该有多好啊!"为了实现这个愿望,宋惠玲有意与部队文工团的女同志接触,和她们一起去河边洗衣服,和她们一起上街张贴革命标语,俨然成了她们中的一员。

泸州地处川南,茂密的竹林是十八军文工团排练的好地方。每天清晨,笼罩在薄雾中的竹林就会飘出文工团成员练嗓子的声音,宋惠玲觉得那个声音就是世界上最美丽动听的音乐,每当这时,宋惠玲总会听得入了迷,从而忘记了上山打猪草。

十八军在叙永停留的时间并不长,眼看着部队就要开到泸州去了,虽然宋惠玲每天都像个跟屁虫一样和文工团的同志们跑来

跑去，她也给领导多次提出要当兵的请求，但部队领导就是不松口。认为她一是年龄小，二是她的四川口音让从豫皖苏过来的十八军战士听不太懂，再加上文工团主打的山东快书和新秧歌剧对一直生活在西南地区的宋惠玲来说还是个没有接触到的新领域。十八军文工团有别于基层的部队文艺团体，他们在选拔队员的时候条件要相对高得多。

宋惠玲和她的爱人合影（宋惠玲提供）

宋惠玲被一次次拒绝。

宋惠玲是个个子不高的小胖子，她怕领导看不上她的形象，就常常用篦子蘸上水，把自己的头发篦得油亮顺滑，然后编上两条大辫子，再在辫梢扎两个漂亮的大蝴蝶结，一说话的时候就把辫子往背后猛地一甩，她觉得这样在形象和气质上能更接近文工团的女兵。

"你们不松口，我就用行动证明给你们看。"宋惠玲是这样想的也是这样做的，每天早晨，她都跑到文工团排练的竹林里偷偷学艺。有点文艺天赋的宋惠玲不到几天就学会了打腰鼓的基本步伐，她还在一位女队员的指导下学会了新秧歌剧《四姐妹夸夫》。12月正是四川盆地最冷的时候，浓浓的雾气弥漫着整个竹林，阴冷潮湿的天气让宋惠玲的手长上了冻疮，肿得就像四川的红皮萝卜一样。文工团的女战士心疼她,帮她洗衣服,帮她割猪草,但在她要求当兵这件事上却无能为力。

一天,宋惠玲还是像以往一样,天一亮就来到竹林里练习说北方话,但直到雾气散去她也没看到文工团的演员来排练。"他们都上哪里去了?"宋惠玲一边嘀咕着一边跑到街上,但见街上彩旗飘扬,锣鼓喧天,几十辆大卡车上都坐满了解放军,他们这是要离开叙永到泸州去了。"就这样走了,我还没参军呢?"宋惠玲找不到文工团的车,她的眼泪都快急了出来。

正在一筹莫展的时候,恰好文工团的车从宋惠玲身边经过,团员们都坐在大卡车上高唱《解放区的天》,宋惠玲一边追赶着汽车一边高声喊道:"停一停,停一停,带我一起走。"车开出去500米,在一个转弯处停了下来,文工团团长朱子铮面对气喘吁吁的宋惠玲严肃地说:"我们这是要去打仗,你回去吧。"

"我不走,我要当兵。"宋惠玲鼓起勇气把头抬起来,第一次对她崇拜的首长说不。她嘟起小嘴,脸上写满了委屈和渴求。

面对这个倔强的小胖姑娘,朱子铮又是好笑又是疼爱说:"到部队可不要哭鼻子啊。"

"我不得哭鼻子。"

"家里人知道吗?"

"不晓得,我二天给他们写信。"

就这样,宋惠玲成为十八军文工团在叙永招收的唯一一名女兵。

来到泸州后,宋惠玲很快就融入到部队的生活里。如今已是腊月三十,为欢庆共和国的第一个春节,老百姓在泸州街头上耍龙灯,表演川剧绝活变脸和吐火,整个泸州城沉浸在一派欢乐的节日气氛中。宋惠玲也是昨天才知道部队即将奔赴西藏的消息,但这些并没有对小姑娘产生任何影响,"只要能留在部队,上哪里去都是一样的。"

这个除夕,王树增没有看几个病人,也没在泸州的长江边上喝几盅泸州老窖,他和战友们把三江汇合的水倒进搪瓷缸子里,为共和国的第一个春节——干杯。午夜,乐山城里响起了噼噼啪啪的爆竹声,新的一年开始了。

四

第二天是正月初一,夏景文和战友们并没有休息,政治学习成为头等大事,进军西藏的命令已经下发,容不得有半点懈怠。夏景文并没有多少思想包袱,他知道进军西藏是迟早的事,只是搞不懂为什么不选择从西北和新疆进藏而是选择了从四川进藏,至于把任务交给十八军,夏景文并不觉得意外,因为他知道进军西藏时间紧迫,任务艰巨,特别是在进藏初期部队要起到军队和政府的作用,要建党建政,要开展地方工作,要搞生产建设。十八军这支部队英勇善战,作风顽强,在军、师领导层中,有一大批老红军、老八路、老新四军干部,能够承担起这一重大任务。夏景文为自己是十八军的一员感到骄傲和自豪。

到四川已经有一段时间了,夏景文对四川有了更多的认知。在泸州军管会工作的时候,他就对长江滋润下的这块土地为什么这么富庶感叹过,即使是在冬天,他也感受到了四川气候的温润和

物产的丰富,正是因为这一点让号称天府之国的四川在抗战时成为了大后方。看到乐山市民充足的年货,夏景文终于明白了为什么要选择以四川这条路为主的进藏决策和"打仗粮草先行"这句话的真正含义了。

这是宋惠玲长到14岁以来,离开家乡叙永过的第一个农历新年。在部队这个大家庭里她得到了很多同志的关爱。新鲜和友爱让她忘记了想家,当时她从叙永"扒车"到泸州参加部队后,并没有给家里人打一声招呼,焦急万分的父母还以为她失踪了。三天后,绝望中的老人才终于从宋惠玲的玩伴口中知道了女儿的下落。"就随她去吧,当兵反正也不是什么坏事,说不定还是一个很好的出路呢。"母亲虽是这么说,但还是在没人的时候跑到宋惠玲往日常去的竹林里抹起了眼泪。

宋惠玲所在的十八军文工团在泸州的驻地附近也有一片竹林,2月里笋子已经冒出了头,春天来了,要不了多久,它们就将长大成材。

"西藏不产竹子,将来这些竹子要砍下来当旗杆用的。"文工团19岁的青年尹学仁告诉宋惠玲。

宋惠玲习惯性地把两条垂在胸前的大辫子往身后一甩,忽闪着大眼睛点了点头:"嗯,把它们都扛到拉萨去,插红旗。"

五

2月19日,正月初三。乐山已经连续出了五天的太阳,回暖的天气让迎春花提前绽放了。

和春天一样温暖人心的是许多军领导来给干部战士拜年。随后在能容纳2000多人的乐山大礼堂召开军直排以上干部大会,这是王树增有生以来第一次"看到这样大的房子",他隐隐感觉到了这次会议的重要性。

不出王树增所料,被干部战士称为"2号老头"的十八军政委谭冠三和藏族老红军天宝都参加了会议。

会上,由谭冠三政委传达进军西藏命令,他说:"党中央、中央军委,二野刘、邓首长命令我们十八军进军西藏保卫边疆,完成祖国统一大业。全国都解放啦,只有台湾、西藏、海南岛还没解放,1950年《人民日报》元旦献词'1950年任务……就是完成统一全国大业,毛主席在去年11月就提出进军西藏宜早不宜迟'。现在毛主席和二野刘、邓首长正式命令我们十八军进军西藏、解放西藏、保卫边疆,完成祖国统一大业。这任务是艰巨而光荣的,这是毛主席和二野首长亲自点将的,这是对我们十八军的信任。"

谭冠三以往的讲话一向幽默和风趣,但这一次他的语气掷地有声,听不出半点的玩笑和犹豫。

"西藏是我国固有领土,近一个世纪来英美帝国主义侵略势力的魔爪伸进西藏!西藏已沦为半殖民地,西藏有外国驻军,有英美情报指挥机构在操纵。我们进军西藏,就是把帝国主义侵略势力驱逐出去,保卫国防,这是我们解放军的光荣,是义不容辞的责任和义务!我们十八军要把这责任担当起来!西藏上层爱国人士要求我们去解放西藏,如班禅和白利寺格达活佛等都写信或发电报给中央政府,要求早日解放西藏,西藏广大藏族同胞盼望我们去解救他们。西藏地广人稀,高原空气稀薄,少数民族地区语言不通,

谭冠三（资料图片）

路远山多，困难重重，任务艰巨。但有全国人民支援，各兄弟部队大力支持，党中央及二野刘伯承、邓小平二位首长全力支持，并说'你们进藏所需要的尽力去办。只要我们全军上下继续发扬在豫皖苏不怕吃苦、不怕牺牲、敢拼敢干的精神，我们十八军一定能完成这艰巨而又光荣的任务，不愧为豫皖苏的子弟兵！'"

一听到豫皖苏精神和子弟兵时，大家感到特别兴奋并长时间地鼓掌。因为豫皖苏是我国中原腹心地区，历来是兵家必争之地，豫皖苏部队长期坚持战斗在敌强我弱的艰苦环境中，一直坚持到战斗胜利，应该说是豫皖苏部队的光荣，也是十八军的光荣。谭政委接着说："1950年新华社、《人民日报》元旦献词指出'……如果因胜利而骄傲、松懈，我们就要犯严重的错误……'。我们每个人都应当以个人利益服从革命利益，服从革命大局，完成祖国统一大业就是大局！过去战争年代因条件不允许，对结婚条件规定严格些，这是战争的需要，以后条件会放宽逐步得到解决，战士将来实行兵役制，也就解决啦！现在一切让位于进军西藏完成祖国统一大业！完成党中央毛主席交给我们十八军的任务。"

王树增感受到了谭冠三说话的分量和接受任务的胆识，这是一个将军的豪情壮志,是一个民族的豪情壮志。此刻一股豪气在王树增心中升腾,军人的职责和使命让他热血沸腾,他恨不能马上奔赴解放西藏的战场,去完成一项伟大的事业。

随后天宝也发表了讲话,他说:"我是甘孜藏族,1935年红军长征时参加红军,受到党中央,毛主席、朱德总司令无微不至的关怀。刚才谭政委讲的很多,我们西藏人民、藏族同胞是非常善良勤劳的民族,在政教合一的农奴制社会统治下,藏族人民生活很苦,我是藏族,我代表全体藏族人民欢迎十八军的同志们进军西藏,解放西藏,完成祖国统一大业,藏族同胞盼望着得到解放!他们一定欢迎你们,也一定会帮助你们……"

在传达进军西藏命令之前,在部队流传着一种说法,"进军西藏的任务艰苦,是张军长和谭政委要求去的,这样把全军都带到吃苦的路上"。听了谭政委的动员讲话后,大家的认识彻底改变了,认为党中央、毛主席和二野刘伯承司令员、邓小平政委提名要十八军担当进军西藏的任务,的确是对十八军的信任。

十八军是由五十二、五十三、五十四三个师组成。五十二师原是冀鲁豫七纵队二十旅,由张国华、杨勇、陈明义等老领导,抗战初期带领部分红军在冀鲁豫坚持敌后抗日战斗,是在战争中成长壮大起来的;五十三师是豫皖苏独立旅,抗战初期由新四军第四师师长彭雪枫将军带领部分红军开赴河南抗日前线,由游击支队在战斗中发展壮大起来的。这两个师的共同特点都是有老红军的影子和作风,即:特别能吃苦,特别能战斗,特别守纪律。五十四师虽组建得晚点,但也是在抗日战争中发展起来的队伍,这三个师都是经过无数次战斗锤炼出来的。张国华军长、谭政委都是从井冈山下

来的,经过长征的锻炼,对党、对人民有着无限的忠诚,能文能武。对于张国华,毛主席也是知根知底,因此把进军西藏的任务交给十八军完成,这是顺理成章的事。

年过完了。

王树增期盼着下一个更大的年能在拉萨过。

上 篇

进军序幕拉开　将士整装待发

第一章 进藏战略由西北转向西南
十八军担任进军西藏任务

其实早在王树增和夏景文得到进军西藏命令之前的1949年2月,中央上层领导就已经开始酝酿解放西藏这一问题了。是在什么样的历史背景下,又是由谁提出的这一倡议?西藏又是怎样在决策者运筹帷幄中被推到历史的风口浪尖上的?为此,我们把时间停留在1949年。

1949年2月4日,毛泽东在河北省平山县西柏坡村就说过,西藏问题并不难解决,只是不能太快,不能过于鲁莽,因为交通困难,大军不便行动,给养供应麻烦也较多;还有就是民族问题,尤其是受宗教控制的地区,解决它更需要时间,须要稳步前进,不应操之过急。

1949年8月6日,毛泽东在给彭德怀的电报中指出:"班禅现到兰州,你们攻兰州时请十分注意保护并尊重班禅及甘青境内的西藏人,以为解决西藏问题的准备。"足以说明了他对解决西藏问题的重视。同年的9月26日,朱德在中国人民政治协商会议上作出三项庄严的保证,其中第一项就是保证解放包括西藏、台湾在内的全部领土,完成中国统一大业。

1949年12月,北国小镇满洲里千里冰封,气温摄氏零下三十

解放昌都 1950

1950年2月,西南军政委员会和中国人民解放军西南军区相继成立,西南军政委员会由刘伯承任主席。这是西南军政委员会召开会议,研究解放西康的有关问题。(右一为贺龙,右二为刘伯承,右三为邓小平,左一为王维舟)(资料图片)

多度。毛泽东主席赴前苏联访问途经这里时,满脑子还想着解放西藏的事情。迫不及待,迫不及待,他给中共中央并西南局写了一封信,指示解放西藏、进军西藏事不宜迟,否则夜长梦多。

彭德怀在早些时候接到毛泽东关于进军西藏的电报后,这位雷厉风行的统帅已经派人对西藏情况和入藏路线进行调查,并于12月30日报告中央并毛泽东主席。他建议,可由打箭炉分两路入藏,一路经理塘、科麦;一路经甘孜、昌都。从川入藏,较青、新入藏为易。

收到彭德怀的电报时,毛泽东还在莫斯科访问。莫斯科的寒冬,冰冻不了伟人的思绪:根据彭德怀的前期调查,由青海、新疆或者云南入藏,还是由川入藏?大中国的版图在他脑中一遍遍地呈现。1950年1月2日一早起来,毛泽东毅然转换了进军西藏的战略部署:进藏主要战略方向由西北转向西南!当天,毛泽东就在莫斯科致电中共中央、彭德怀并转邓小平、刘伯承、贺龙,将进军西藏的任务赋予了西南局。

一场举世瞩目的历史壮举,由此拉开了序幕。

刘伯承、邓小平看到电报后,心领神会,立即缜密研究了贯彻执行这一重要指示的意见,并于1月7日电报毛主席、党中央和贺龙。电报中明确了以二野之十八军担任入藏任务,以张国华为统一领导的核心。

决定由哪个部队担任进军西藏任务,西南局是经过周密考虑的。刘伯承、邓小平、张际春(副政委)、李达(参谋长)诸首长曾进行过多次研究。当时,着重考虑了两个问题:第一是从哪个方向进去？第二是选择哪个部队担任这一重大任务？经过反复研究,刘伯承、邓小平同时想到了十八军。认为十八军军长张国华比较年轻,既当过军事指挥员,又做过政治工作和地方工作。在解放战争时期,屡挫数倍强敌之进攻,开辟和巩固了豫皖苏解放区,对转入战略反攻和实施淮海决战起了重要作用。故决定由张国华率部队进军西藏是适合的。

十八军担任进军西藏任务后,第二野战军于1950年1月10日电告第五兵团:十八军直属野司指挥,脱离五兵团建制。当天,刘伯承、邓小平在重庆接见十八军军长张国华,接着又于15日接见十八军师以上主要领导干部,传达党中央、毛主席解放西藏的决策、方针和部署。刘伯承主要从军事方面考虑,认为:"要迅速向西藏进军,进藏部队应勇敢担当此一光荣任务。"邓小平主要从政治方面考虑,强调解放西藏有军事问题,需要一定数量之军事力量,"但军事与政治比较,政治是主要的。"从历史上看,"对藏多次用兵未解决问题,而解决者,亦多靠政治。政治问题极为重要。"刘、邓的观点实际上已包含了"西藏问题政治解决、和平解决"的思想。这与中央提出的和平解放西藏的方针是一致的。"我军进军西藏的计划是坚定不移的,但可采用一切方法与达赖集团进行谈判,使达赖

留在西藏并与我和解。"

1月18日，中央人民政府民族事务委员会在京召集藏族各界人士座谈解放西藏问题。朱德副主席在会上重申中央人民政府解放西藏人民的决心，并说明"共同纲领"中所规定的民族政策。座谈会中藏族人士热切要求迅速解放西藏。

1月18日，西南局向中央军委报告有关进军西藏的大体安排："十八军经营（西藏）的问题，则是我们当前极大的战略问题，也是该军在思想上一个极大的转折问题，但在我们与其师以上干部说明任务和我们决心全力支援进军的情况下，大家都愉快地接受这一光荣任务。"同日，由邓小平起草了关于进军西藏部署并成立中共西藏党的领导机构向中央的报告，报告中说："我们近日召集十八军师以上干部来重庆，讲清入藏任务并商谈具体准备，大家对此光荣任务的接受，尚称愉快。我们大体确定于二月底完成准备，三月初出动，三月底主力集结甘孜地区，四月底集结德格地区，五月间占领昌都"，"占领昌都就会震动全藏，促进内部分化"。"再者，关于西藏党的组织，我们拟成立西藏工作委员会，以张国华（军长）、谭冠三（军政委）、王其梅（军副政委）、昌炳桂（副军长）、陈明义（军参谋长）、刘振国（军政治部主任）、天宝（藏族干部、全国政协代表）等七人为委员。张国华任书记，谭冠三任副书记。请予审查批示。"

中共中央于1月24日复电批示："同意即成立西藏工作委员会，以张国华为该委员会书记、谭冠三为副书记，再加王其梅、昌炳桂、陈明义、刘振国、天宝为委员。此外请西北局考虑是否还有其他人可以加入此委员会，望西北局提出意见。"

至此,由十八军担负进军西藏部队的主力,以张国华为统一领导核心的中国共产党西藏工作委员会(简称"西藏工委")的组建,均经中共中央批准,确定下来了。

第二章 思想动员入藏情绪高涨
　　　写决心书人人争取进藏

　　1950年1月7日,正带领部队准备去川南泸州安家的五十二师一五四团团长郄晋武接到了原地待命的命令。刚接到命令时,他不知道接下来要干什么,不过隐隐中,他知道又有重要任务了。但直到近一个月后,才知道他所在的部队要进军西藏。

　　作为团职干部,郄晋武是在2月5日得到正式进藏命令的。在五十二师党委扩大会上,张国华到会做了动员。郄晋武年轻有为,个子高大,两道剑眉下一双虎眼。听说要进军西藏,他充满了热情和自豪。"作为军人,哪里有战斗,就到哪里去。管他什么冰天雪地,还是几个月吃不到一筷子青菜,走我也要把队伍带到拉萨。"对于西藏的了解,郄晋武仅限于小时候在河北老家一些买卖人去西藏卖药回来讲的一些情况:语言不通,气候不好,不适宜农作物生长。

　　部队要进军西藏的消息开始在十八军以口头的方式慢慢传了出去,和郄晋武一样,历经多年频繁战斗和长途远征的十八军机关、部队的指战员及战士们逐渐听道了要进军西藏的风声。正准备在富饶的"天府之国"川南安家的广大指战员,突然听说将去荒凉、艰苦的西藏高原,不少人思想上也产生了很大波动。"一些同志害怕进藏的思想问题虽非主流,但应引起我们各级党委的特别重视,必须从正面讲清道理,引导干部、战士树立全局观念,做到愉快接受进藏任务。"谭冠三说,必须先在干部、党员及老战士中组织学习新华社元旦社论《完成胜利、巩固胜利》的文章,使大家明确人民解放军在1950年要担负起"解放台湾、西藏、海南岛,完成统一全中国的大业"的重任。

张国华、谭冠三、刘振国等分别到各部队,指导和亲自做思想动员工作。

第三章 各方支援进藏部队
精兵强将方可入藏

1950年2月1日,十八军党委发出《进军西藏工作指示》指出:"解放西藏的任务是光荣的,同时也是艰巨的,全体同志必须用艰苦、紧张的工作来保证完成任务"。指示对进军前的动员教育、物

西南军区司令员贺龙检查进藏部队使用的武器(资料图片)

资补充、组织调整、作战训练以及加强党委(支部)领导等工作,均提出了具体要求,要求各部队大力开展立功运动,号召全体指战员"为解放西藏人民立大功"。

2月,朱德写信给贺龙就支援西藏和补给工作提出建议。信中就解决进藏部队使用银元、进行采购、搞好伙食、种粮种菜、组织运输、修建公路和机场等问题提出了具体建议。

2月9日,西南局、西南军区发出指示保障进藏部队供给问题。指示说,为了保障进藏部队的粮食供给,要求尽可能减少进军人数及强化运输补给。责成支司"克服一切困难,不惜任何代价

（进行）修路"。

同时，还致电张国华、谭冠三并西藏工委指出：由于运输补给十分困难，必须从各方面减少可以减少的吃饭人数，以免将来无法供应；确定十八军入藏部队以三万人为最高限度。因之你们应以此标准将部队彻底整编，一切不健壮之人员，应全部清理下来交川南接管。十八军依此进行精简，至4月底，共精简老、小、病、弱人员2979名，使部队人员素质大大提高。

不断地征战，不断地损伤，十八军的各部队干部缺额此时凸显出来了：第五十二师缺连以上干部59人，第五十三师缺排以上干部250人，第54师缺排以上干部200人。军党委要求各师于部队到达甘孜前全部配齐，并从第五十二师调出科、团干部20人到军直、五十三师、五十四师工作。在接到进军西藏的命令后，十八军已下到川南地方工作的200余名干部大部分都已回归部队，十军干部顶替下到地方的十八军的工作，十八军的防地也全部由十军接管。

除此之外，进军西藏还急需大量熟悉藏区情况的藏族干部，但由于各种原因，藏族干部数量少得可怜。中央军委根据二野和西南局的要求，立即在全军进行物色：除已选调红军长征时在四川阿坝地区参军、后在内蒙古伊克昭盟骑兵大队任政委的天宝外，又将在阿坝地区参加红军、时在安徽滁州军分区任科长的杨东生（协饶顿珠）调来。不久，西南局送来了原西康巴塘地下党组织负责人平措旺阶。这些人对张国华来说是如获至宝。

另外，西南军区部队和地方的通信、机要、医疗、外事、公安等专业部门，对口调来一批干部，这些人就像一股股暖流，源源不断地注入张国华的心海。

2010年的连有祥（江舒 摄）

十八军进军西藏紧缺干部的情况，也让一个名叫连有祥的年轻人的生活轨迹发生了改变。

23岁的连有祥膀大腰圆，一开口就是山西话，老远都能听到。参军短短几年，他满怀壮志和高涨的革命热情，很快就从一名普通战士成长为一个营级干部。在来到十八军之前，他是第二野战军三兵团十一军的。参加完成都战役后，连有祥本奉命带一个营返回重庆，就在这个时候，他接到师长的命令：邓小平要回他老家看看，马上到广安镇守，迎接邓小平回家乡。

成都战役刚结束的川西一带，土匪活动频繁，连有祥想："以我一个营的兵力，我有把握保证首长回乡探亲的安全，但土匪活动防不胜防，万一出现意外……"慎重考虑后，连有祥向师长何正文汇报：现在不能保证邓小平回乡的绝对安全，建议暂不回为宜。得知邓小平已经取消回乡行程后，连有祥准备带部队返回重庆，刚要启程，他又接到了师长的命令：立即赶到广安，有重要任务口头向你交代。

"十八军要进军西藏，解放西藏，我们都要支援十八军。你立即组织一个800人左右的独立营，由你当政委，所有人都到你这里报到。组织好以后，把那10余部电台带上，和武器、弹药、骡马等送到十八军。"23岁就受到师长器重,连有祥感到肩上的担子不轻。只用了不到一个月的时间,连有祥就把组织好的独立营分成了4个连队,带上设备和物资往乐山进发。

初春的成都平原大地,草长莺飞。刚刚解放的百姓们,看到解放军就像亲人一样。连有祥带着这支800人的队伍,很快到了乐山十八军的军部。

收到连有祥带去的这10余部电台和一批武器,十八军军部的同志很是高兴,执意要留连有祥住上几天。但连有祥没有停留,他把刚组织起来的独立营和骡马带到了夹江,交给了五十三师,圆满完成了任务。正当他准备走时,紧缺干部的五十三师师长看中了眼前这个年轻的营政委,说:"我们入藏,不仅缺战士,更加缺干部啊。"师长的一番话,让年轻的连有祥想:"虽说现在呆在重庆,可以安家过上平稳的日子了,但现在国家正是用人之际,正当建功立业之时。"看到连有祥有留下入藏的意思,师长赶紧与十一军协调,连有祥就这样留在了十八军,被分到五十二师一五八团二营当政治教导员。他原来的警卫员也留了下来,到部队当了一名副班长。

二野也动员了各兄弟部队支援十八军进藏,六十二军17岁的胡金安就是在这个时候到十八军的。刚入伍不久的胡金安,没有打过多少仗,每次听到有仗要打时,都热血沸腾。"进军西藏,我要去!"胡金安报名要求到十八军支援进藏。和他一起报名的其所在的六十二军的一个连的还有10多个人。欢送会后,胡金安就和10多个战友从六十二军到了十八军。在四川的天全县,他被分到了十八军一五七团的一营二连六十炮小炮班当战士。到了新的连队,胡金安谁也不认识,在六十二军还是副班长的他也成了一名普通战士,但是他没有多想。

"毛主席说的'进军西藏,三年一换',那么远那么苦的西藏我很想去看看,三年后就回来嘛,我还只有20岁。"17岁的胡金安还带着孩子般的好奇心。

到十八军后,胡金安就和战士们每天起来锻炼身体,开始做进藏前的适应训练。为了增强体力,身板单薄的胡金安和战士们负重行军,每个人负重60斤爬山,为了渡金沙江,在天全县的青衣江里,从小怕水的他和战士们一起学会了划牛皮船。刚学那会儿,一上船站都站不稳,拿起船桨,船只会原地转圈。看到别人把牛皮船划得轻快飘逸,胡金安把衣服一甩,顾不上牛皮船被河水抛到空中后又迅速落下跌入比头还高的浪底,反复练习,半个月后,他和战士们已经可以在水急浪大的青衣江里把牛皮船划得如飞,俨然"浪里白条"。

2010年的胡金安(江舒 摄)

除了训练,部队还开展维护群众纪律的工作。部队住在老百姓家里,帮老百姓拾柴挑水,打扫卫生,还开展了一个"满缸运动",就是每天都要保证老百姓的水缸里都是满的。

战士们都很积极参与"满缸运动"。因为太积极,胡金安的班里还发生了一件事:他们班住在一户百姓家里,早晨起来要负重爬山锻炼,留一个人在家里值班扫地。但每天扫地的时候地上都是湿漉漉的,到处都是水。"天也没有下雨,水从哪里来的呢?每天都把老百姓家里弄得湿漉漉的,人家虽然嘴上没说什么,但心里肯定会不乐意。"班里为此开班会想弄清楚到底是怎么回事,可没有一个人承认是自己干的。班长很着急,他也很想把这件事弄个水落石出。一天,胡金安给班长建议:晚上两人轮流不睡觉,看看到底是谁干的。

两天后的一个晚上,要"破案"的胡金安一夜都把眼睛睁得大大的。半夜里,他突然看到一个战士"嗖"地从床上坐起,跑到厨房里挑了两个水桶,"蹬蹬蹬蹬"就往河边跑。他赶紧叫醒班长,一起跟了出去。他们看到,这个战士径直走到河边,在河里挑了水后,回来见到桌子就把水往桌子上倒,见到椅子凳子就往椅子凳子上倒,碰到什么东西就往什么地方倒。胡金安和班长都很纳闷:他为什么要这么倒?班长过去一把抓住他呵斥道:"你在干什么?"战士没有任何反应,迷迷瞪瞪的,班长急了,给了他一个耳光,这个战士才清醒过来,原来他是梦游,在梦中挑水。

搞清楚原因后,班长又心疼又心急,急忙给老百姓道歉,也给这位战士做工作,叫他不要精神太紧张,导致精神紧张过度而梦游挑水。

第四章 先遣支队川西遇匪
公路被毁雅安受阻

进军西藏,十八军需要一个"刀锋部队"。

1月27日,张国华在十八军党委扩大会议上,决定成立一个进藏先遣支队,会议最后把这个任务交给了"二陈":五十二师副师长陈子植为先遣支队司令员,军政治部敌工部部长陈竞波为政委,率领军直工兵营和侦察营,其任务是一直抵到金沙江畔,对西藏的政治、军事、经济等情况进行实地调查,为后进部队提供可靠的信息,并开辟一个进藏的基地。

作为先遣支队政治处组织干事的夏景文,被分配到了侦察营重机枪连协助工作。该侦察营有三个步兵连、一个重机枪连、一个六十炮排,是一个战斗力很强的加强营。

到了重机枪连后,刚放下包裹,夏景文就拿到了一份进军西藏教育提纲。这是夏景文早就预料到的,自从十八军下达了进军西藏的命令后,部队里的思想教育工作就成为重中之重。他早就耳闻一些连队里出了大量的"病号",有的还出了"疯子"。

侦察营的思想教育工作是扎实细致的,收到了显著的效果。有战士对夏景文讲,最先我是不愿进藏的,现在我巴不得马上就出发,早点去解放西藏。

夏景文默不作声,但他的内心笑了,作为组织干事,他最乐于看到这样的局面。

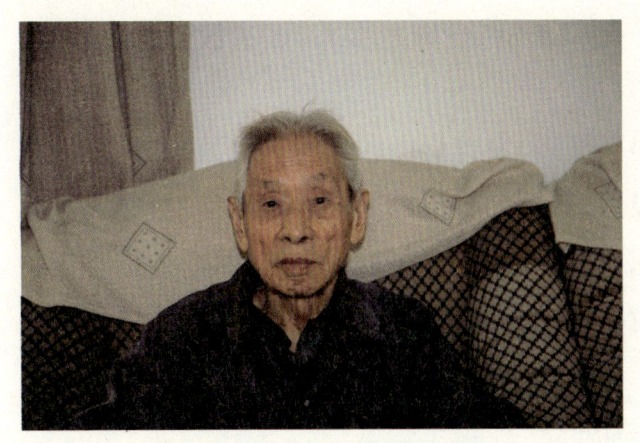

2011年的夏景文（卢明文 摄）

在夏景文到侦察营之前的2月3日，先遣支队机关已经从乐山出发了，不过工兵营和侦察营没有随先遣支队机关一起出发，而是暂时留在了乐山。

连日来，侦察营里军歌嘹亮，士气高涨。立功运动、人马健康运动、民族政策宗教政策教育等一系列活动，让夏景文疲惫不堪，同时也觉得无比充实。在他的视线里，三江交织着，在乐山大佛的注视下唤醒了古嘉州的清晨。

一轮红日自东山升起。

2月4日中午，先遣支队机关到达了离成都不远的新津，与先期到这里的陈子植会合。这时前方来报，新津县往西不远的公路桥梁已经被土匪破坏，汽车不能通行了。陈竞波当即决定不坐汽车，改为步行。

在川西坝子上的土匪多为溃散于川西地区的国民党残余武装和潜伏特务，少数为再叛的起义部队。他们同地主恶霸封建势力相勾结。土匪们的武装力量很强，有机枪大炮，经常是借护粮的名义，炸毁桥梁、破坏公路，甚至是攻打刚解放的一些县城、残杀基层干部。"天府之国"四川是老蒋苦心经营多年的地方，随着祖国大陆的解放，残匪全被压缩到川西一带，他们很有作战经验，且经过正规的军事作战训练。其聚集后,少则上百人,多达数万之众,成为十八军的心腹大患。

虽然川西平原一马平川,没有崇山峻岭作为打游击的掩护,但这里的土匪隐蔽性很强,都是一身川西普通农民打扮:身穿长袍马褂,头上裹着白毛巾,背上背着竹筐,让人很难识别哪些是真正的土匪,哪些是地道的农民。战士们都绷紧了弦,步步谨慎地往前行军,因为只要一大意,这些人从竹筐里掏出来的不是割草的镰刀,而是杀人的枪支和手榴弹。

川西土匪妄图"变天",其嚣张的气焰让"二陈"不敢大意。部队开始了夜行军,一般都在太阳快落山时出发。

走到邛崃的一个村庄,先遣支队被包围了,土匪像苍蝇一样在部队周围活动,并一次又一次地发起攻击。

由于兵力单薄,"二陈"只得率部队奋力突围,且战且走。不过,"苍蝇"的骚扰是无休止的,除非你将它一巴掌拍死。沿途,零星的土匪冷枪不断,间或还有大的包围战、遭遇战。最后,在六十二军的接应下,先遣支队进入邛崃县城。

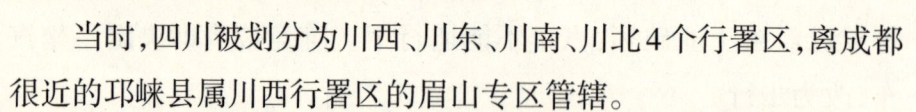

当时,四川被划分为川西、川东、川南、川北4个行署区,离成都很近的邛崃县属川西行署区的眉山专区管辖。

虽然有大部队驻防在此,但邛崃县城的气氛十分紧张,大街上没有一家开门的商店,老百姓晚上睡觉不敢睡床上,只能铺点干草睡在床底下。城墙外边,土匪埋着地雷和炸药。

当时,陈竞波得知六十二军有一个团要从邛崃去雅安,便派人和他们联系,想和这支部队一道向雅安进军。

2月7日早上,先遣支队和六十二军的部队从邛崃出发,沿途又不断遭遇土匪，只有100多公里的路程居然走了5天，于12日到达西康省省会雅安。

雅安是四川盆地与青藏高原的结合过渡地带，它东邻成都、西连甘孜、南界凉山、北接阿坝，素有"川西咽喉"、"西藏门户"之称。

土匪早已封锁了雅安通往泸定的道路，雅安以西的飞仙关铁桥早已被炸毁。而在先遣支队到雅安的当天，土匪疯狂炮轰雅安城。六十二军要去剿匪，无法护送先遣支队去甘孜。

先遣支队在雅安受阻。

"翼王悲剧地，红军胜利场。"雅安历来就是一个英雄的城市，当年红军长征从雅安的石棉县安顺场强渡大渡河，从宝兴县硗碛三次翻越夹金山，在雅安名山县进行了百丈关大战，在雨城区、芦山县等建立了苏维埃政权。再往前，太平天国的翼王石达开曾在此与清兵激战无数次，不过，在前有滔滔洪流、后有数万追兵的绝境下，石达开毅然决定以身家性命保6000多弟兄。在和大清四川总督骆秉章讨价还价后，石达开率儿子石定忠和众爱妃、心腹爱将走进了骆秉章设下的圈套而身陷囹圄，随后在成都被凌迟处死。

先遣支队是要重现当年红军风采，还是要做"第二个石达开"，功败垂成？"二陈"一筹莫展。

同时，除先遣支队前进受阻外，原定2月中旬开始抢修雅安往前的公路的计划也因匪患而被迫推迟，部队所需的大批粮食无法筹措，各种支援进藏物资不能前运。这一切，直接影响了进军准备工作和部队进军日程。

第五章 川西剿匪全面铺开
进藏计划安排不变

张国华（资料图片）

张国华凝神而思，桌子上是"二陈"刚发回的电报，先遣支队在雅安的遭遇，让他的思绪变得沉重起来，他坐在椅子上，甚至都没有起身走走。

张国华随手点燃一支"大炮台"香烟，顺便瞟了一眼烟盒。英美烟草公司为了贴近中国人的审美情趣，在香烟的包装上入乡随俗，利用中国传统文化做广告，"大炮台"香烟的烟盒上植入了古典小说《红楼梦》的有关元素，画面上林黛玉在床前愁眉不展，贾宝玉送上"大炮台"香烟，旁边还有一行广告词曰："大炮台是解闷儿的妙品。"

但是现在，张国华的"闷儿"不是几支"大炮台"所能化解的。先遣支队已经在雅安驻扎下来了，一面练兵，一面集中精力研究西藏情况和学习藏语，最主要的是，他们在等待指示。

张国华愁眉紧锁，香烟一支接着一支地抽着——这在负责军长警卫的张瑞堂看来已经司空见惯了。张瑞堂很清楚，军长的烟瘾有多大,特别是在思考问题的时候。

20岁的张瑞堂接到进军西藏的命令时,已在泸州市公安局负责看守所的工作,但很快他就从泸州调回乐山。当张瑞堂在十八军司令部第一次见到张国华时,张国华就一脸严肃地递给他一把手枪,只是简单地说了一句:"这是我前任警卫员的枪,现在把它交给你。"

枪是冰冷的,张国华的语气也有点冷,但是张瑞堂顷刻间就感觉到了一种热度和分量。在此之前,他已经知道,张国华的

1950年5月23日,张瑞堂和另外两位警卫员合影(张瑞堂提供)

前任警卫员在豫皖苏地区的一次战斗中突围时光荣牺牲。年轻的张瑞堂小心翼翼地从"军一号"手中接过乌黑锃亮的手枪,别在自己的腰间,从此这把枪就伴随着张瑞堂,而张瑞堂也将一直跟随着"军一号"。

张瑞堂是张国华的警卫员,同时也是十八军司令部首长警卫班班长、保卫干事。十八军的每位军首长配有4个警卫员。虽然年轻,但是张瑞堂性格刚毅、遇事敢做敢说,将首长警卫班的30多个警卫员管理得服服帖帖。

天色已经暗了下来,张瑞堂抬头看了看天,平静的脸上掠过一

丝担忧,同时舔了舔嘴唇。他感觉要下一场雨了,虽然在这个季节、这个地方,下雨是比较少见的。张国华抽完烟盒里的最后一支烟,习惯性地朝门口喊道:"拿烟来。"

张瑞堂走进来,看了看一地的烟头,声音洪亮地回答说没有烟了。"军一号"还停留在思考的问题上,猛地一抬头:"怎么会没有了,马上去拿。"张国华在十八军中的威信毋庸置疑,但是张瑞堂有时偏偏不"买账",因为他知道张国华有心脏病,身体一直不是很好,最要命的是还经常咳嗽。张瑞堂的不"买账",全都基于为张国华的身体状况考虑和担忧。

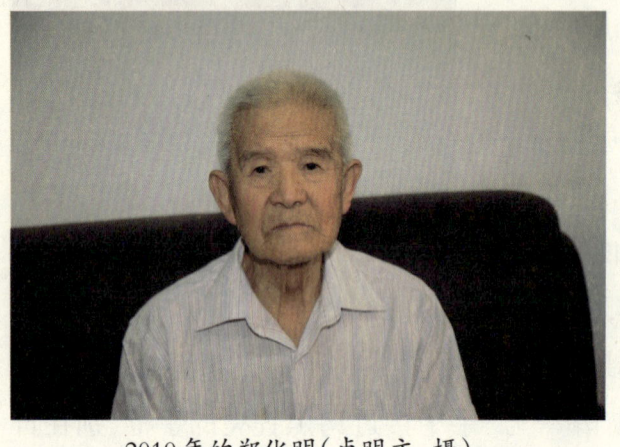

"烟。"张国华了解这个警卫员的脾气,不想多说什么,只是再简单不过但又很坚持地吐了一个字。张瑞堂顿了顿,用手摸着脑袋,张着口但最后还是什么都没说,转身去拿来"大炮台",毕竟,他自己也清楚,现在张国华所思考的问题有多么重要和迫切。

2010年的郑化明(卢明文 摄)

初衷是美好的,现实是残酷的。

"刀锋部队"现在反而像一把刀,刺在张国华的心尖上,让他隐隐作疼。怎么办?思虑良久,张国华决定,先全力剿匪,拍死这一大群难缠的"苍蝇",解除进藏的后顾之忧,并将情况电告了二野和西南局。

2月13日,十八军54师奉命开赴邛崃、名山之间的大塘铺、黑竹关、百丈及两侧地区合击土匪,确保入藏路线畅通,以便能将物资运抵雅安,同时打通雅安前面的道路,让先遣支队能顺利前往甘孜。同时,五十四师相当一部分人接受了"双重任务":白天剿匪,晚上学藏语。

夜已深,已经34岁"高龄"的五十上师一六〇团组织股长郑化明还在学习着生硬的藏语。他感觉喉咙有点发胀,眼睛发涩,起身喝了点水,伸展了一下胳膊。

作为已婚老兵,郑化明的思想并不老。在十八军接受进藏命令的那一刻,郑化明就在内心深处对自己说:"不能就这样回家,只有解放了全中国,才能过上最安稳的日子。西藏的条件再艰苦也还有人生活。"

虽然思想上没有了障碍,但是学起藏语来还是特别困难,不过,最让郑化明感觉困难的,还是剿匪。15日那天,郑化明和战友们一天只走了3里路,不为别的,只因土匪太多,全躲在竹林里打游击。你要不走到跟前,根本看不见土匪的藏身之处,等你看见了的时候却被土匪打个措手不及。同时,土匪是打退一部分,又上来一部分,一味地纠缠,并且占据有利地形不断放冷枪,好多年轻的战友就因此长眠于川西大地。

不久之后,连有祥跟随五十三师开始在夹江剿匪,随后进驻名山、雅安、天全、芦山地区;五十二师主力进入洪雅、丹棱地区,按照"军事打击、政治瓦解、发动群众相结合"的方针,十八军大力实施剿匪行动。

2月21日，重庆电告张国华：十八军全力剿灭川西土匪，确保入藏顺利进行。2月26日，西南局向中央请示，要求将进藏日程推迟至第二年春天。3月20日，重庆收到了毛泽东复电，"不应动摇今年入藏之计划"，并指示，十八军前进后，应派适当部队保障后方交通，筹运粮食物资。

剿匪行动全面铺开，蒋介石在四川留下的最后一根尾巴即将被斩断。

第六章 十八军政策研究室成立
  进藏问题有了参考依据

重庆。

曾家岩。

二野司令部的一间办公室里,两指夹着雪茄的刘伯承、抽着香烟的邓小平,烟雾在阳光的投射下弥漫着,还有一张陈旧的西藏地图——两个月来,这已经是这间屋子固定的人物和景象。

思考,随着烟雾在游走。

作为战略家,毛泽东是个大手笔。但自下令西南进藏以来,他多次发电、写信,就进军西藏的每一个细节作出具体指示。刘伯承手上的雪茄熄了也没有再去点燃,他心里清楚,西藏特殊的地理、历史、政治条件使毛泽东格外审慎、缜密,根据中央和毛泽东的指示,西南局和西南军区确定了"政治重于军事,补给重于战斗"的方针。按照这一方针,政策的制定将是关系到整个解放西藏伟大进程成败的"灵魂",而要让这个"灵魂"活起来,就必须注入血和肉。

2月17日,张国华收到了重庆来电:十八军立刻成立政策研究室,着手对西藏的政治、经济、文化、军事、社会情况,对藏民族的宗教信仰和风俗习惯进行调研。

几天后,西藏问题研究室在乐山成立,在王其梅被任命为主任后,十八军"状元"夏仲远也被抽调进了研究室。

作为十八军后勤部政委的夏仲远,此时已在川南行署任民政厅长。在历史悠久、风景优美、物产丰富的"井盐之乡"自贡,夏仲远已是真正意义上的安居乐业,与同在军后勤部文工队的孙昆结婚后,自己也全身心地投入到地方工作中。

而此时,妻子孙昆已怀有身孕。

夏仲远和孙昆的结婚照(孙昆提供)

结婚照还新鲜如昨,静谧的釜溪河从眼前流过,林立的井盐天车映衬出柔和的黄昏。但是,这一切夏仲远都无暇欣赏,回到乐山——这是他迫切而唯一的抉择,因为他是军人。

妻子孙昆早已收拾好了包袱,她也要去乐山,因为她不但是军人的妻子,同时也是一名真正的女兵。

在乐山,只做了短暂的停留,夏仲远和妻子就随研究室于2月24日到了成都。

成都东胜街12号,一个名叫"沙丽文"的普通的四层旅馆,在一片树木的掩映下显得不那么起眼。但路过的人谁又知道,聚集在这里的人将为进军西藏作出多么重大的贡献呢。

在这里,不但聚集了夏仲远的老战友徐达文、赵卓如等,还有从华西坝上赶来的华西协和大学教授李安宅和于式玉夫妇。李安宅曾留学美国,回国后在四川华西协和大学任社会系主任兼边疆研究所所长；于式玉曾留学日本，也在华西大学任教。他们是西南军区贺龙司令员推荐并批准随军进藏的。此外还有著名的蒙古族藏语文学者谢国安和他的女婿刘立千；精通藏语文的汉族学者傅师仲等。

群贤毕至，别样的风云际会。2月28日，研究室算是正式成立。当天，王其梅召集全体成员开会，并宣布了调查研究的几项具体工作。

研究室编制为90人，其中研究人员为20人，但不断有人员调进调出，每顿吃饭要坐三桌。

一群"书生"，受到了极高的待遇，张国华亲自过问，为研究室配备了两名政治指导员，一名管理员，还有会计。警卫班10人，通信班8人，小伙房8人，大伙房6人，还有管理40匹骡马的饲养排，民运工作队40人。另外，每月除了吃住，还给每位专家发30个大洋的工资。每次开会，都要用当时最高级的吉普车接送他们。

角色转换，对于夏仲远来说已经是家常便饭，抗日战争初期参加工作的他，曾任抗大教员，豫皖苏区的专员。现在，在成都的一个小巷子里，曾经威名赫赫的夏仲远成了一名研究员，妻子孙昆怀着身孕当了一名普通的工作人员。

刚刚解放一年的成都还是一派热闹，附近街道的高音广播成了夏仲远和专家们工作的伴奏。为了把西藏的详细情况整理出来，夏仲远和专家们使出浑身解数，废寝忘食地工作。西南局和十八军需要他们的工作开出花来，以便能启迪决策思路。

傅师仲先生耳后生疮，疼得连觉也睡不好，但仍坚持工作；已是66岁高龄的李安宅先生，正在参加成都市各界代表大会，白天开一天会就很累了，但晚上回来仍工作到深夜，编译资料，甚至还亲自动手写石版原纸。傅湘先生和刘立千先生负责编译课本，字斟句酌，日夜推敲。

3月初，"西藏问题研究室"改称"十八军研究室"，一系列有关进军西藏的参考文章也陆续出炉。

各方面的信息汇总和分析，启迪着西南局和十八军的思路。在夏仲远和众专家的努力下，西藏的轮廓逐渐呈现出来：第一，因独特的高原形态，

夏仲远（孙昆提供）

造成西藏的封闭落后，与世隔绝；第二，西藏是一个藏族聚居区；第三，西藏宗教势力强大，几乎是全民信教；第四，其社会形态仍然为封建农奴制；第五，那里以前从来没有共产党的活动，人民没有经过民主革命的洗礼。

虽然这些信息说不上生动和具体，但是对于"处于茫然中的十八军"来说，已经在基本认知上打开了天窗。

第七章 进军西藏誓师大会召开
　　　万事俱备部队集结乐山

进军西藏,迫在眉睫。

从古至今,部队出征前总会举行各种隆重的出征仪式,以激发将士们的斗志和热情。譬如祭旗、宣誓、喝壮行酒等等。

有什么办法能够更进一步增强全军指战员进军西藏的信心呢?

庆功大会。

时间被定在了3月4日。

3月3日是中国传统的元宵节。

四川有一句谚语叫"有中秋无元宵"。意思是说上一年的中秋没下雨,第二年的元宵一定下雨。但这次老天却打破了定律,上一年的中秋和这一年的元宵不但没下雨,月亮反而更加明亮。

刚刚解放不久的乐山沉浸在一片欢乐的海洋之中。翻身做主人的乐山人民过去备受压迫,如今他们尽情释放出内心

2010年的郄晋武(江舒 摄)

解放昌都 1950

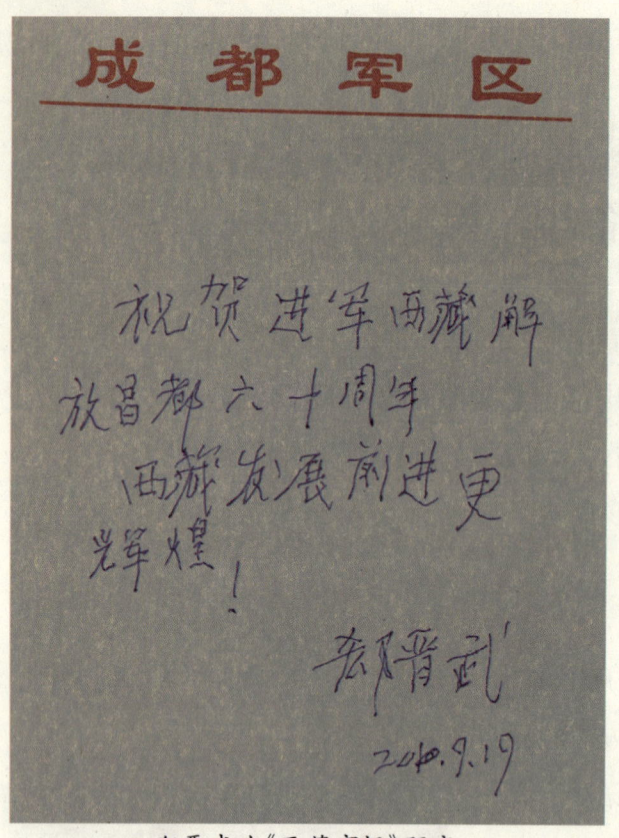

成都军区

祝贺进军西藏解放昌都六十周年
西藏发展前进更光辉煌！

郄晋武
2010.9.19

郄晋武为《西藏商报》题字

对美好新生活的热情和希望，张灯结彩、载歌载舞，人们吃汤圆、看花灯、猜灯谜、"耍龙灯"，腰鼓、秧歌齐上阵，将春节的欢庆氛围推向了高潮。

一五四团团长郄晋武挎着他的驳壳枪和政委杨军在临时驻地里四处走访、慰问战士们。接到于3月4日参加"十八军庆功暨进军西藏誓师大会"的命令后，他带着部队来到乐山，临时驻扎在岷江边。为了尽快熟悉进军西藏途中将遇到的各种复杂情况，部队早就已经开始了专门训练：学习藏语和民族宗教政策、负重行军、人马健康运动等。这次到乐山，他就让战士们按照进军西藏的要求，带上各种物资和装备。比如帐篷，就是每个人带上一块方形的帐篷布和几根帐篷杆，到了宿营地后再三五个人拼接起来成为一个大帐篷，几个人挤在一起睡。为了减轻重量，帐篷杆都很短，不到半人高，因此驻地里的帐篷都很矮，进出都要趴着爬进去。所以战士们都在外面活动，只有睡觉时才进帐篷。

为了让常年征战的战士们好好过一个元宵节,他特意吩咐要让大家都吃上汤圆,他还让文工团为战士们表演打腰鼓、扭秧歌,并且组织大家猜灯谜。

当郄晋武走到猜灯谜的地方时,不由得来了兴致。他在一个灯笼前停下来,饶有兴趣地看着,纸条上写着:"玄德请二人到庄上(打两个字,古代礼仪用语)"他转身笑着对杨军说道:

杨军会意地点头一笑:"他请诸葛亮是'三顾毛庐',请我们可比请诸葛亮难多了,要等一千多年。"

郄晋武略一思索,望着杨军说:"莫非是'备座'?"

旁边负责猜灯谜的小战士看见团长和政委,赶紧给他们敬礼,然后略带兴奋地回答:"首长猜对了,就是'备座'!"

郄晋武微笑点头,关切地问战士:"小同志,你老家是哪里的?元宵节都有什么风俗啊?"

"我家就是乐山的。"战士回答:"我刚参军。首长晓得不,我们乐山元宵节有'四偷'?"

郄晋武和杨军都没听说过,打趣说:"不晓得,你们这里元宵节还'偷'东西啊?哪'四偷'啊?"

"一偷汤圆二偷青,三偷檐灯四偷红。'偷青'最好耍,小时候过元宵节就跑到别人家的菜园子里,偷几根萝卜或花菜,得意洋洋地拿回家下锅。而被偷的人家也不会生气,因为有这样一个风俗:谁家的菜地被孩子们光顾得最多,那么来年里这家人家的这块地长出的蔬菜和庄稼一定是最好的。"

杨军笑了笑,说:"小同志,虽然'四偷'是你们这里的风俗,但你现在是解放军了,要严格遵守《三大纪律八项注意》,不拿群众一针一线。"

战士不好意思地说:"首长,那都是小时候的事了。我一定严格遵守《三大纪律八项注意》!"

2010年的谢法海(卢明文 摄)

21岁的谢法海是前不久才从五十二师政治部调到一五四团政治处的,他是部队里为数不多的"笔杆子"。他的帐篷离岷江边很近,"隔岸观渔火,水中星影稀",而现在他看见的是"灯火"和"月影"。平静的江面上有一层薄薄的雾气,水中的花灯和月亮如梦似幻;对面的凌云山在月光下显得很静谧,与岸边的锣鼓声和欢呼声形成强烈对比。夜晚既能将距离拉近,又能让人的思绪天马行空,他不禁想到了遥远而神秘的西藏,一片未知的高原。书生的浪漫情怀此时让他热血沸腾,对于即将前往的西藏,他有一种莫名的兴奋。

一阵锣鼓声将他的思绪拉回现实。一群老百姓敲锣打鼓从他身边走过。一个老汉身背一竹背篓,手执牛鞭扮演放牛人;有两人用麻布做成的牛形套在身上扮演牛,一人在前半部舞动牛头,另一人则在后做些牛甩尾巴、扭屁股等动作配合表演。放牛人边舞边唱,有锣鼓烘托渲染气氛,还有很多凑热闹的人。在放牛人的驱赶和戏弄下,"牛"时而低头、时而仰首、时而翻滚,有时还故意用牛角与观众互动逗乐,引来阵阵欢笑声。

谢法海从未见过这种表演,他问旁边的一位老人:"老人家,请问这是什么舞?"老人回答:"这是我们乐山特有的'牛哞灯'。"

"牛哞灯",好一幅和谐美好的田地耕种画面,只有受苦大众解放了,有自己的土地和自由,才会有这样的幸福生活。党中央命令我们进军西藏解放西藏,不就是为了解放西藏受苦人民吗?谢法海躺在狭小的帐篷里难以入睡。

宋惠玲在青衣江边把辫子解开,在皎洁的月光下把头发篦了一遍又一遍。白天文工团已经把会场布置好了,明天他们还将为战友和首长们表演节目。宋惠玲虽然是第三号预备演员,上不上得了台还是个问题,但她还是把秧歌剧《四姐妹夸夫》的台词背得滚瓜烂熟。"我的丈夫是支前模范,推着独轮车,给解放军运送粮食和炮弹;我的丈夫是光荣的解放军,戴着大红花,即将奔赴前线……"

3月4日,十八军在位于乐山市中心的新村广场召开"十八军庆功暨进军西藏誓师大会",表彰全军在渡江作战、进军西南、成都战役以来涌现出的功臣模范。

出席大会的有特等功臣10人,一等功臣138人,集体立功、模范单位9个。驻乐山的军机关、直属队和随营学校两千余人参加了庆功誓师大会。还有川南行署及乐山、犍为等地各界代表及友邻部队代表应邀参加了大会。

当各部功臣列队进入会场时,受到部队和群众夹道热烈欢迎。会场内外彩旗飘扬,锣鼓喧天,呼口号、放鞭炮、扭秧歌,一片欢腾。张国华、谭冠三在庆功大会上先后讲话,向到会的代表表示热烈祝贺,号召全军向英模功臣们学习。接着向功臣颁发了立功喜报、立功证和纪念册,向模范连队授奖旗。乐山各界、川南行署、十军、三十师等友邻单位向大会赠送了锦旗。

会上,军政治部发布了《开展立功运动的指示》,规定五项立功条件:一、坚决愉快进军西藏,克服一切个人打算;二、发扬艰苦奋斗精神,忍饥耐寒,负重行远,完成进军、作战任务;三、执行政策,遵守纪律;四、保证人马健康,做到不生病、不掉队,爱护公物及粮食、马匹;五、团结互助,尊干爱兵,实行思想体力互助。以上凡是全部做到的立一等功,做到四条的立二等功,做到三条的立三等功。

进军西藏是一项非常艰巨的任务,准备工作也是极其复杂的。进藏部队首先在思想上提高了对于解放西藏重要意义的认识,在民族政策、语言等方面,进行了特殊的训练,配备了精良的武器,一面进军,一面修路,克服交通运输困难。这是第二野战军第十八军在乐山召开的向西藏进军誓师大会。(资料图片)

3月7日,十八军进军西藏誓师大会在乐山正式举行。

一大早,宋惠玲和姐妹们起床收拾内务,整理着装。文工团的领导要求参加誓师大会的女同志着装整洁、精神饱满。为此,女兵们还特意在誓师大会前两天去青衣江里洗衣服。

宋惠玲的衣领起了一道皱，可能是昨晚睡觉时被压住了，她用手掌抹来抹去总抹不平。正着急，队长端着装了一大半开水的搪瓷缸过来，一把夺过宋惠玲的军上衣摊在木凳上，将装着开水的搪瓷缸紧紧压在衣领皱褶上来回挪动，不几下，皱褶就被熨平了。将开水装在搪瓷缸里自制土熨斗熨衣服，是队长从老同志那里学来的土办法，当时没有电熨斗，这个土办法倒也管用。

吃过早饭，文工团就跟着政治部的队伍，走过石板铺砌的街道，向誓师大会的会场走去。战士们一个个挺起胸脯，队形整齐，"嚓嚓"的脚步声响得格外起劲。街道两边站满兴高采烈的乐山人民，鼓掌欢迎。

川西平原气候潮湿，平时阴天雾大，太阳不多见。早上天空还是雾蒙蒙的，等到队伍走到会场，天空中的雾气竟然很快消散，阳光照耀在江面上，闪着耀眼的银光。

旭日当空，春风吹拂，广场上彩门高架，红旗招展，锣鼓喧天，人流涌动。赴藏将士群情激昂，口号声、歌声此起彼伏。气势磅礴、坚毅豪迈、热情奔放的《中国人民解放军进行曲》响彻会场。

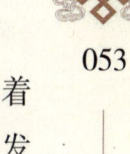

连队进场了。指战员们穿着草绿色的新军装，胸前佩戴绣着"中国人民解放军"字样的红边符号，头上的八一红星帽徽闪闪发亮。他们在嘹亮的军号声中，喊着"一、二、三、四"的口令，迈着整齐的步伐，健步进入会场。

主席台上方悬挂着横幅，从右至左写着"进军西藏誓师大会"几个黑体大字；右边的条幅上写着"驱逐英美帝国主义"，左边的条幅上写着"解放西藏受苦人民"，左右两边还分别插着几面红旗，迎风招展。张国华、谭冠三、王其梅、陈明义等领导人在主席台就座。

政治部和机关队伍位于会场东侧,右边紧挨着边队。宋惠玲旁边就站着一个大个子老兵,看样子还是个班长。说他是班长,因为他背着铁拐子冲锋枪。按规定,连队战士背七九步枪,班长背铁拐子冲锋枪,排长背卡宾枪,连长背驳壳枪。这个大个子班长一副宽肩膀,两道黑剑眉,胸前佩戴着渡江作战纪念章和淮海战役纪念章。他一来到会场,就又拉歌子、又喊口号,跟大伙儿一起高唱《解放军进行曲》:"向前,向前,我们的队伍向太阳,脚踏祖国的大地,背负着人民的希望,我们是一支不可战胜的力量……"宋惠玲不知不觉就被感染了,情不自禁地跟着他们一起高唱《我是一个兵》、

2010年的宋惠玲(江舒 摄)

《解放区的天》等歌曲,激情洋溢,仿佛浑身有使不完的劲。

文艺节目开始了,宋惠玲终于第一次走上这么大的舞台,她用四川话表演的《四姐妹夸夫》,让大家笑翻了天,当她走下舞台的时候,心里充满了幸福。她高高地昂着头,把系着两条红色蝴蝶结的大辫子骄傲地甩在了背后。

担任大会播音员的时钟曼,置身于受奖的功臣模范和慷慨高歌的数千名指战员中间,也被广场上激昂的气氛感染。在主席台旁边的一个小棚子里,时钟曼满怀激情地宣读着来自全国各地的

慰问信,越念越激动,她自己进藏的决心也越来越大了,在心里暗下决心:我一定在整个过程中当个好兵,当个好战士!她满怀激情地宣读着:"当人民解放战争在全国范围内取得了基本胜利的时候,为了驱逐帝国主义在西藏的侵略势力,巩固祖国国防,为了解救在苦难中的西藏人民,使他们回到祖国的大家庭中来,我们必须解放西藏!这是全国人民的意志,也是藏族同胞的渴望。"

在山呼海啸般的欢呼声、口号声中,整个会场上最紧张的莫过于张瑞堂了。

张瑞堂一脸英气,但因为紧张、担心而显得焦躁不安。他站在主席台后方,右手紧紧握住腰间的手枪,眼睛时刻警惕地巡视着周围,但更多的时候是在注意张国华的一举一动。

作为十八军司令部首长警卫班班长、保卫干事,张瑞堂还是张国华的警卫员,他最重要的工作是负责张国华的安全。谭冠三政委曾在私下里对他说过:"张干事,咱们军只有一个'一号',出了问题我要找你的。"

在誓师大会的现场,张瑞堂的担心并不是多余的。由于成都刚刚解放,局势还很不稳定,乐山的社会治安并不好,街上时常有人放冷枪。而且誓师大会的会场并不是封闭的,四通八达,人员也很杂,社会各界都有代表参加。在这样的情况下,如果有人搞破坏、往会场扔炸弹,后果将不堪设想。

除了在会场四周和主席台周围安排了严密的警戒外,他还安排了很多便衣警卫,一旦发生情况,他们可以将"军一号"围在中间保护起来。站在主席台前面第一排的战士们双手握枪担任警戒,后面的战士们高举手中的枪高呼口号,群情激昂。

誓师大会在礼炮隆隆、军乐声声中开始了,张国华高举左手,带头宣读进军西藏誓词:

我们是人民战士,是坚强的国防哨兵,光荣的受领了解放西藏,建设西藏,把帝国主义势力驱逐出西藏,保卫祖国边防,保卫世界持久和平的伟大任务。我们有决心,有勇气,有把握,为保证其圆满实现而奋斗。愿向党和人民宣誓:第一,坚定顽强,奋勇前进,战胜困难,完成任务。谁敢阻挠我们前进,就坚决、干净、彻底、完全把它消灭。第二,严守三大纪律八项注意,认真执行少数民族政策,真正做到纪律严明,秋毫无犯,与藏族同胞亲密团结起来,共同建设西藏。第三,做好人马健康,加强团结互助,上下一致,官兵一致。环境越艰苦,我们越团结;不叫苦,不埋怨,大家想办法,战胜一切困难。第四,爱护装具,爱护粮食,不丢失,不浪费,力求节约,减轻人民负担。

2010年的张瑞堂(卢明文 摄)

接着,张国华做了进军西藏动员报告。他说:进军西藏,解放西藏人民,不准帝国主义侵略我们伟大祖国的一寸土地,保护和建设祖国边疆,完成祖国统一大业,是毛主席的伟大战略决策。这一艰巨的历史任务交给十八军完成,是毛主席、党中央和刘、邓、贺首长对十八军的最大信任,也是全体干部战士的光荣。全军指战员、全体共产党员,要深刻认识进军西藏的伟大政治意义,响应毛主席的号召,紧急动员起来,从思想上、组织上、工作上做好充分的准备,做到一声令下,立即出动,坚决消灭敢于阻挡进军西藏之敌,驱逐帝国主义势力出西藏,誓把五星红旗和八一军旗插到喜马拉雅山上!

"一定要把红旗插到喜马拉雅山上"。

"一定要把红旗插到喜马拉雅山上"。

就站在幕条边上的宋惠玲,在心里重复了无数遍这句话,她和尹学仁互看了对方一眼,然后做了一个砍竹子的手势。

谭冠三也在会上讲话,希望全军指战员发扬英勇顽强、艰苦奋斗的光荣传统,发扬团结互助的友爱精神,坚决完成进军西藏、统一祖国大业的艰苦而光荣的任务。

最后,谭冠三向大家表示,"如果我为祖国献身了,请一定把我的骨头埋在西藏!"这种大无畏的革命英雄主义气概感染了所有人,全场响起了雷鸣般的掌声。正是:"青山处处埋忠骨,何须马革裹尸还。"

"誓把五星红旗插上喜马拉雅山!"

"驱逐帝国主义势力出西藏!"

"解放西藏同胞!"

……

广场上震耳欲聋的口号声此起彼伏。

进军西藏的序幕已经拉开,十八军将士整装待发。

第八章 后勤保障粮草先行
她的行李多了旗杆

乐山誓师大会后,虽然所有的思想包袱都放下了,干部战士的进藏热情也是一日高过一日,但这些都不如"肚皮"问题来得现实。大家都知道"打仗粮草先行"这个道理,中国革命的胜利也充分证明了这一点,淮海战役的胜利用毛泽东的话来说就是"百万老百姓用独轮车帮我们打赢的"。

"我们也有车,但是两轮的。"五十二师一五四团团长郄晋武很形象地打了一个比方,"腿就是我们的轮子,背就是我们的货箱。"正如郄晋武所说的一样,这辆两轮车最后背负起了藏族同胞对解放军的信任,也背负起了解放西藏的神圣使命。

西藏距内地路途遥远,交通不便,经济落后,人烟稀少,广大藏族同胞没有能力提供剩余粮草给进藏部队。上层领导早就已经充分考虑到了这一点,"进藏部队的给养,几乎全部要由内地筹措,随军前送。向西藏进军,补给重于作战,这是一场特殊的战斗"。

接下这个战斗任务的是十八军副军长昌炳桂和第三兵团后勤部长胥光义。随后进军西藏支援司令部成立了,负责进藏部队的后勤保障工作。司令部统辖7个工兵团、10个辎重团和1个空军运输机大队,担任筑路和运输补给任务。昌炳桂为司令部司令员,政委是胥光义。

所有的工作都是围绕毛泽东的"进军西藏,不吃地方"这条指示展开的。朱德提出的十条意见也成为进军西藏支援司令部的指导方向,十条具体意见是:第一,用现洋作伙食费,每日大洋5角,每月15元;第二,购买本地牛羊肉为主食品,购酥油及青稞麦为副食品,均以现金计算;第三,在青海购运粮,随军前进,粮完可吃牛肉,红军北上时有些经验;第四,在阿坝上中下俄洛可购牛及羊随军前进,亦可运粮;第五,肉食不惯,可用野菜伴肉煮汤,再用茶,吃少量青稞,一月内可习惯;第六,发动群众夏耕种粮种茶;第七,飞机、公路不断运送,可壮士气;第八,组织有入藏经验及愿入藏商队与西藏商人结合进入所爱和所需的,去换肉食粮食,转来可运回藏地货物出川,以便内外交流……

有了具体方向,工作进展得也是十分顺利。

进军西藏支援司令部以3个汽车团、3个辎重团(骡马、胶轮马车)分段进行运输。当时汽车仅有200辆,且多破旧不堪。随后,西南军区增拨汽车850辆,其中有从前苏联进口的新嘎斯车350辆,极大地增强了运输力量。

空中方面,沈兆南等人组成的机组驾驶C-47型运输机首航,在既无天气保证又无陆空联络的情况下顺利完成空中空投任务。

后勤上的一切保障体系既完备又科学。

虽然所有的保障工作都做得十分细致,但"两轮车"所承担的任务也并不轻松,进军的运输补给是按人头逐日计算的。规定战士除武器装备外,每人要携带10日的粮食,平均负重达35公斤;干部也要背负10至15公斤左右的粮食。

各部队还要携带一定数量的银元,一般由干部分散背负,以备必要时采购食物救急之用。部队还购买了一批牦牛,组成牦牛队

解放昌都 1950

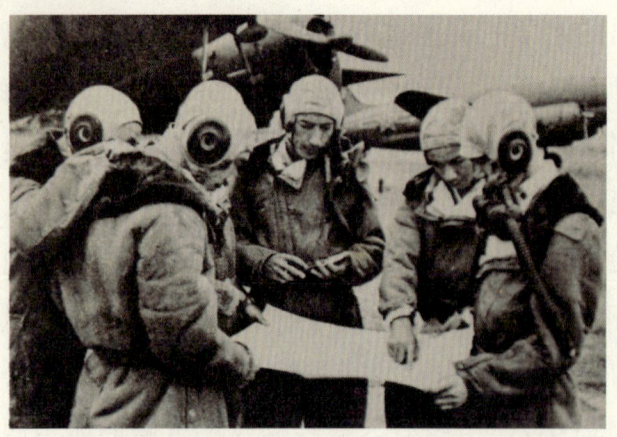

空军部队在设备困难、气候恶劣的条件下，进行了百余次空投，将300余吨物资运到部队，保证了进藏部队急需物资的供应。这是机组人员在研究航线（资料图片）

随军行动。师机关不少干部、文工队员都参加了赶牦牛的任务。

另外，每人还配一件皮大衣、皮上衣、皮裤、高腰毛里皮鞋、毡子裹腿、皮帽、皮手套、毛袜、包足布、绒衣、线棉背心、棉被、风镜、雨衣、斗笠、防湿垫布，这样下来每个人的负重都在100斤左右。

为鼓舞士气，郄晋武是这样对战士们说的，"我们背得重一分，藏族同胞就要轻十分。"

随即，进藏物资开始陆续发放到十八军干部战士的手里。

一天，随部队驻扎在新津的王树增领到了宁夏的羊毛皮袄、皮裤，东北制的狗皮大衣、狗皮帽子、狗皮棉鞋，兰州制的兔毛手套等，一双爬雪山用的铁踏子，还有帐篷、锅、碗、铁锹和十字镐。加上上次领到的代食粉和蛋黄蜡，王树增把这身行头背在背上，像座小山一样。

这六七十斤的物资背在身上，王树增想，这10盒蛋黄蜡和

部队发的行军鞋（董惠提供）

一大桶20斤的代食粉,吃掉后就可以减轻些负担了。可他没想到,这些代食粉和蛋黄蜡,成了他以后解决饥饿的"灵丹妙药",只用吃一小口,人立即就有了劲。这蛋黄蜡和代食粉是专门为进藏部队特制的一种行军干粮。蛋黄蜡是一种罐头,用蛋黄制成,每盒10根,每根有手指般粗,长约20多厘米。每个战士要背10盒蛋黄蜡。代食粉以黄豆、小麦、花生米、奶油等为原料炒制而成,类似北方的炒面,也装在铁桶里,大筒重20斤,小桶重10斤。其他食品还有饼干、肉类、净水片等。王树增的身上除了这些,还有一个油壶,里面装着1斤多清油。

一位战士戴上刚领到的防雪盲的闭光眼镜走了过来,神气地把肩上的皮衣一甩:"看,我这件皮大衣有20多斤重。"王树增笑了:"人保暖有'八皮',马保暖有马套,行军有宿营帐篷、雨衣和防潮雨布,做饭烧水有固体燃料,还有70万片维生素C片。人、马背不动的,今后我们还有空运大队空投粮食和被服。"他对这次进军虽然做好了充分的吃苦耐劳准备,但也很乐观。

3月25日,郄晋武的一五四团也开始领进藏物资了,战士们领到了新式武器:步枪是中正式,冲锋枪是前苏联的汤姆式和卡宾枪,鞋子发了胶鞋、桥鞋(高帮鞋),穿着都比较舒服。

虽然郄晋武已经有了一把驳壳枪,但五十二师李明参谋长还是给他额外配发了一把猎枪和两箱子弹。李明对郄晋武说:"这个嘛,进藏路上用得着的。"郄晋武理了理驳壳枪上的背带,用了一句近乎诗意的话说,"用这把枪打豺狼"。

郄晋武得知,为了支援进藏部队,贺龙把他的几匹爱马都送给他们了。还交代,要给进藏部队最好的装备、最好的骡马。

五十二师一五五团的政委李传恩分到了一匹枣红马,这匹马高大威猛,狂野不羁,飞奔起来马鬃就像一片漂浮的云。李传恩勒紧马缰绳,骏马腾起两条前腿,发出嘶鸣。

宋慧玲和战友们的行李中还多了几十根竹子,这是她和文工团的队员们在从乐山去雅安转道新津时在竹林里亲手砍的。

宋慧玲的家乡叙永是竹子之乡,满山遍野都是高大的楠竹,成片成片的竹林形成了竹子的海洋,风吹过,竹海发出沙沙的响声,就像一首美妙的音乐,更像一位老者在教导她:做一个像竹子一样坚韧的人。

作为农家女,她喜欢竹子。她用竹子编箩筐、竹席,劳动让她学会了生活的意义。作为农家女,她喜欢竹子,春天来临的时候她上山挖过竹笋,淡淡的苦味让她尝到了生活的不同味道。作为农家女,她喜欢竹子,她用竹子做竹笛,音乐让她的生活变得不再枯燥。作为革命战士,她喜欢竹子,她用竹子当旗杆,她的理想和追求已经和竹子紧紧地连在了一起。

新津也是一个竹子之乡,竹子在新津被赋予了艺术的生命力,早在清代的时候,就有了新津十二景之一的"凤尾竹簧"。

到达新津的时候,当宋慧玲和战友们看到成片的竹子后,高兴得竟然一夜没睡,大家知道,新津是他们进军西藏途中最后一个可以安心休整、有竹子又不会受到土匪骚扰的地方。文工团的队员们把拇指粗的斑竹砍下来,然后用明火把接骨烤直,再捆扎好放到汽车货箱里,就这样一路向西而去。

尹学仁和宋慧玲一直有个共同的愿望,一定要亲手在拉萨插上一面红旗。他们闭上眼,仿佛看到了喜马拉雅山上、拉萨布达拉宫金顶上都飘扬着一面面他们亲手插的红旗。

解放昌都 1950

第九章 告别乐山他照相留念
北路先遣队奔赴雅安

一

三月。

四川盆地的油菜花正开得灿烂,放眼望去,乐山郊外满目金黄。十八军野战医院所在的乐山凤翔丝厂要恢复开工,因此,病人能出院的出院,不能出院的转到其他医院,野战医院另有任务。这段时间稍有空闲,趁着春光明媚,王树增和战友们一起去照相馆照相,作为进藏前的留念。

进军西藏前,王树增在乐山拍照留念(王树增 提供)

这是乐山最有名的照相馆,由于部队即将出发,很多战士都来照相。门前排起了长队,王树增等了1个多小时才轮到。

从驻地出发前,他就已经穿上军装、打上绑腿,帽子也端端正正地戴上了。棉衣的袖子有点长,他简单挽了一下,显得很精神。

王树增很少照相,望着雪亮的灯光和三脚架上的大型木质座式照相机,他有点不知所措。

年纪约四五十岁的照相师傅对此司空见惯,他熟练地招呼王树增坐在照相机前面的一把椅子上。那个年代普通人是很少拥有照相机的,只有新闻记者或者少数有钱人以及照相馆才有相机,所以会照相的师傅是很受人尊敬的。

椅子旁边,是一个1米多高的圆形茶几,茶几上放着一个老式座钟,茶几前面放着一个塑料花瓶,花瓶里插着几枝红色的塑料花。这是四五十年代中等收入家庭的常见摆设。王树增坐在椅子上,不知如何摆姿势。照相师傅让他放松一些,把右腿搭在左腿上,他照着做了;然后,右胳膊很自然地靠在茶几上,左手规规矩矩地放在右腿上面,有点紧张地望着眼前的相机——那犹如黑洞一样的镜头正虎视眈眈地瞪着他。

"注意——准备——1、2、3",照相师傅的话音刚落,一道强烈的白光把年轻的王树增吓了一跳。老师傅说"好了"的时候,他还没回过神来。

三天后,当他从照相馆取回照片的时候,对着照片上的自己仔仔细细地看了好长时间——照片上年轻的解放军战士镇定自若,稳若泰山,脸上没有一丝慌张,透着自信与坚定。那年轻的目光仿佛能穿越时空,投射到遥远的喜马拉雅山上,在那里,即将高高飘扬着五星红旗。

二

十八军党委为了动员教育部队和向藏族群众进行宣传,于3月

27日拟定了二十四条口号,并逐级上报至中央。西南局接到电报后当即指出:"不应忙于提出口号,而应着重民族政策教育,同时约束部队。可根据已了解的西藏社会情况、民族特点、生活习惯等,规定一些部队内部的必要守则。"两天后,毛泽东将十八军的报告批转邓小平:口号有些不适当,又太多,请你动手修改,或重拟一单。据此,十八军政治部发出学习民族政策的指示,要求全军认真学习《中国人民政治协商会议共同纲领》,特别是关于民族政策和外交政策的内容;学习上级颁发的解放西藏的有关文件,行动上严格遵守三大纪律、八项注意和约法八章,尊重藏族同胞的风俗习惯,从思想上提高对政策的认识,理解民族平等、民族团结的重要性。拟定守则的工作由西藏工委委员天宝主持。

刘伯承题词:"精细研究藏族同胞物质的思想的具体生活情况,切实执行共同纲领民族政策。"

天宝提出初步意见后,经过十八军政策研究室有关人员和专家的讨论,拟定了《进军守则》。这个守则由起初的二十三条逐步发展到三十条。其内容包括尊重藏胞宗教信仰,保护喇嘛寺庙,未经许可不准进入寺庙,更不准住经堂;经同意参观寺庙经堂时,不摸佛像,不可吐痰放屁;女同志不可进经堂,男同志不可进女庙;不得在寺庙附近捕鱼、打猎；不得到"神山"砍柴、放牧；藏民族有天葬、水葬习俗，严禁围观、偷看；遇藏族同胞对歌跳舞，可参加观看，以联络感情；部队组织晚会、放电影，可设群众观看区域；救死扶伤，积极帮助藏族同胞治伤看病，与喇嘛、藏医发生不同意见时，尊重藏族同胞自愿；与藏族同胞接触，诚恳相待，不可问谁是谁的老婆；藏族同胞敬茶、敬酒、请吃东西，应双手接，要少吃一点，碗里要剩一点，以示礼貌；藏族同胞向我敬献哈达，可以接受，但应回敬哈达和茶叶等礼品；动用人力畜力，一律经过当地政府和头人协商解决；雇用骡马、民工，照价付款，严禁私派"乌拉"等等。此外，天宝还做了"西藏情况介绍"，并给干部们讲课。这些通俗明确的规定和讲解，是党的民族政策和军队纪律结合藏区情况的具体化，它规范了进藏部队人员的言行举止，既便于执行照办，又便于检查落实，具有重要的现实意义。

《立功条件》和《进军守则》颁发后，全军迅速掀起了轰轰烈烈的立功运动和学习民族政策的高潮，推动了进军西藏的思想动员教育工作更加深入扎实地开展。

中央军委对西南军区拟推迟十八军入藏时间的意见，于3月2日作出批复，指出："中央和军委同意你们的各项布置。但现在不应动摇今年入藏计划的决心，而应力求在今年能完成计划。十八军在蓉雅间大体完成肃清土匪的任务后，应分批设法前进。"

十八军党委遵照西南军区转达的中央军委指示精神，于3月12日报告了具体执行意见：为争取今年进军西藏，决定以军副政委王其梅、第二参谋长李觉率侦察营和政策研究室及后勤人员，组成前进指挥所（简称"军前指"）进到康定，统一指挥第五十二师、第五十三师两支先遣部队。其任务是：调查西藏的政治、军事等情况，提出供确定政策的意见；调查进军路线，研究昌都战役作战计划；筹措物资，组织运输，采购牦牛以备随军运输使用；与当地政府和土司、头人协商组织牦牛运输支援等工作。决定北路先遣部队由五十二师师长吴忠、西藏工委委员天宝率一五四团配属军工兵营进到甘孜；南路先遣部队由五十三师副政委苗丕一率一五七团进到巴塘。

西南局、西南军区于3月13日批准了十八军派出先遣部队的计划。

3月27日，北路先遣部队五十二师一五四团在乐山召开了出师动员大会，军师等领导人参加。会后，张国华向一五四团赠送了"进军先锋"的锦旗。29日，军前指和一五四团出发时，乐山党政军领导和乐山人民倾城出动，热烈欢送。同日，由吴忠率领的五十二师前指在驻地夹江纳入进军行列，向雅安前进。

第十章 挺进名山遭遇悍匪
　　他毅然朝自己开枪

一

　　誓师大会结束后，十八军各个部队的任务已基本明确。3个师在把剿匪的场面和阵势铺开之后，也开始出动主力部队，分别进入十八军军委所指定的剿匪地区实施清剿计划。

　　之所以十八军对剿匪工作这么重视，其实是有具体原因的：除了川西土匪活动猖獗搞得民不聊生外，张国华也曾经与土匪展开过遭遇战。

　　自从接受了进军西藏的任务之后，张国华就会不时地从成都乘飞机去重庆，与二野和西南局的首长们商谈一些重要的问题。从乐山去成都，张国华都是乘车去，但是要途经土匪密集的新津和邛崃交界处。

　　虽然不断有部队将川西土匪的活动情况上报到十八军党委，提醒军领导在脱离大部队活动时务必小心谨慎，但是在"军一号"看来，这没什么大不了的，自己什么大风大浪没经历过，还会栽在一群小小的"苍蝇"面前？

　　一次，在接到刘伯承的电报后，张国华马上从乐山赶往成都，然后打算去重庆开会。临走前，张瑞堂隐约感觉有些忐忑不安，因为不断地有消息反馈到他的耳朵里：土匪现在越来越"疯"了，十八军的一些部队连续在成都地区遭遇袭击,其中就包括第二批去雅安的夏景文。

为了保险起见,张瑞堂果断决定,要调一个营护送"军一号"去成都。不过,张瑞堂总是"倔强"不过张国华,历来行事不喜欢张扬的军长,这次坚持只带一个加强排去成都。

从乐山出发到新津,一路还算相安无事。到新津后,驻扎在此的部队告诉张国华,近来匪情严重,望军长斟酌考虑一番。这样的劝告在张瑞堂看来,其实是徒劳的,因为没有谁能比他更了解自己整天守卫的"军一号"。

"继续走。"张国华坐在吉普车上,抽着烟,从他脸上看不到任何的情绪波动。

出新津不到5公里,张瑞堂之前的忐忑不安成为现实,

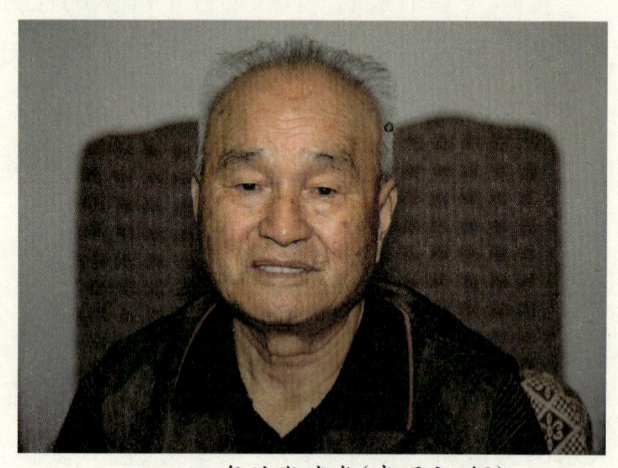

2010年的张瑞堂(卢明文 摄)

土匪"嗡嗡嗡"地围上来了,张瑞堂带着加强排拼死反击,双方都杀红了眼。张瑞堂内心闪过一个念想:如果土匪杀上来,如果我们全军覆没,如果……

电光火石间,张瑞堂不敢往下想,但是在他奋力还击的一刻,他告诉自己:以后,再也不由着"军一号"的性子来。

幸好,这群土匪见碰上了难缠的对手,占不到什么便宜,就开始从四面散去。张瑞堂的手心全是冷汗,使得他那把冰冷的枪更

加刺骨：如果土匪知道他们遭遇的是十八军军长，那绝对是要死磕。

张国华仍旧是大将风度，面不改色，指挥着加强排继续往前走。就在张瑞堂担心会遇到下一股土匪的时候，"神兵"及时赶到——原来，在成都的贺龙知道张国华路遇土匪之后，马上从成都调了一个团的兵力出来，迎接这个天不怕地不怕的部下。

到了成都，张瑞堂松了一口气，但此时张国华却轻松不起来。他在考虑剿匪的问题，倒不是为他个人的安危着想，他深刻地感觉到：匪患不除，十八军进军西藏就没有一个稳固的后方。

所以，在五十四师率先进行剿匪后，五十二师和五十三师也开始了大规模的剿匪行动。这不，连有祥跟随五十三师就从夹江开始剿匪，然后在4月初进驻川西剿匪的主战场——名山。

二

名山县位于成都平原西南边缘，东距成都90公里，西临雅安13公里。自古以来就是南方丝绸之路的驿站，地理位置十分重要。名山县属于丘陵县，地势西北高，东南低，蒙顶山、莲花山、总岗山三山环列，地形地貌以台状丘陵和浅丘平坝为主。

解放前的名山，匪患连年，国民党在成都解放前夕就在此潜伏了大批的特务，继续进行各种破坏和捣乱。

在四川解放之后，潜伏在名山的国民党特务勾结反动势力，以"游干班"分子为骨干，勾结恶霸、地主，利用袍哥等封建组织，胁迫和欺骗一些不明真相的群众，建立起了土匪武装。一时间，"肃反救国军"、"川康挺进军"等势力蜂拥而起,遍及名山各乡镇。一些原来以抢劫财物为主的地方性土匪也大都被网罗成政治性土匪。

后来,邛崃、蒲江、丹棱、洪雅、雅安、芦山等地的土匪也陆续啸聚于此,达到上万人之众。这其中,有着郑化明所在的54师的"功劳":五十四师率先在邛崃一带大规模地剿匪,虽然部队有所损伤,但是处于平原上的土匪一直都是被五十四师追着打,其情形很狼狈,最终退缩到了名山。当然,五十二师在洪雅、丹棱地区的行动也将土匪们逼到了"死胡同"。

盘踞在名山的土匪,其猖狂程度可以说是冠绝全川。他们在做着最后的挣扎,他们妄想死灰复燃。2月28日,一群"肃反救国军"从三面围攻名山县城。土匪首先破坏了名山到邛崃、雅安、眉山的电话线路,封锁了各要塞出口。午夜时分,千余土匪从县城的东街蜂拥而入,驻扎于此的名山县公安队第一分队因缺乏实战经验,稍事抵抗之后便撤出战斗。

不过,进城后的土匪受到了县机关干部和部分征粮工作队员的猛烈还击。暗夜中,巷战无数。最后,人数占优的土匪没捞到什么好处,便四散逃离,并纵火烧掉了半个县城。

五十三师一五七团和一五八团一进到名山,就马上和当地政府联合成立了"名山县剿匪委员会",五十三师师长金绍山为主任委员。委员会紧接着具体分析了该县的匪情,制定了具体的剿匪方针及步骤,其首要任务就是集中优势兵力歼灭名山境内的大股土匪。

同时,"名山县剿匪委员会"开始进行大面积的政策宣传,以发动群众,组成广泛的反匪统一战线。紧接着,群众搜山运动开始了,或几百人或上千人的群众搜山队伍,往往都会出其不意地歼灭一些小股的土匪势力。

由于大兵压境,十八军在周边的县市形成了一个隐形的包围圈,名山的大部分土匪都龟缩在总岗山一带。五十三师当即决定,抓住这一千载难逢的机会,合围这股庞大的土匪势力,打一场漂亮的围歼战。

三

4月5日凌晨,约11个连兵力的剿匪部队分两路出发,准备一举围歼总岗山金狮寨一带的土匪。一五七团的4个连由左侧东进,一五七团机枪连副连长王成章率领七连的一个排负责这支队伍的给养,走在队伍的后面。

拂晓,4个连行至一个叫太平的小地方,与一个两千多人的土匪队伍不期而遇。战斗提前打响了,由于不熟悉地形,部队全线受到土匪攻击,相互失去了联系。

走在最后的王成章等人在附近的月儿岗、踏水桥一带受到百余名土匪的围攻。王成章率队一面还击,一面前进,但寡不敌众,十几名战士也被分割包围。

在踏水桥附近的几名战士与土匪激战良久,最后英勇牺牲在桥下。其余战士趁天未明之际分散隐蔽,有的返回县城报信。王成章等5人(排长于西兰、副排长姚树堂,以及战士胡小山和谭少群)被围困在月儿岗东南面的一片开阔地里,以三座坟茔和一棵青冈树做掩体,防御土匪进攻。

此时,天已大亮,土匪嚎叫着扑了上来,青冈树被打得支离破碎、枝叶横飞,坟边的石头也弹痕累累。战士们的头上落满了土块、石渣、树枝、树叶。

土匪形成了包围圈,彼此相呼应,用战术压制着王成章等人。在一阵交火之后,排长于西兰倒下了,胡小山扑上前去,抱着排长的身躯摇了摇,排长已经停止了呼吸,他的鲜血还在流淌。胡小山的眼睛里涌出了泪水,同时也喷射着愤怒的火苗。王成章大吼一声,4个人同时疯狂地向土匪开枪射击。

这是一场没有退路、也不需要退路的战斗。

在抵抗了4个小时之后,王成章的右臂受伤了,机枪里也只有6发子弹,而在他身边,其余4人都已经牺牲了,鲜血染红了这片坟地。在敌人枪声稀疏的片刻,王成章回望着一起征战了多年的4位战友,悲痛地伸手扶正谭少群和于西兰的军帽,又挪动身子,理了理胡小山的军衣,19岁的小胡此刻"睡"得那么安详。

坟地里一片沉寂,土匪叫嚣起来:他们没有子弹了,抓活的。

但是,土匪们却不敢直接冲上来,只是再次向坟地扫射。王成章靠在坟堆边,用手抹了抹溅在脸上的鲜血,忍着剧痛,吃力地扶着机枪,冷静地瞄准正前方的土堆。须臾,土堆后露出4个脑袋,"哒、哒、哒、哒",王成章迅速点射出4发子弹,左边的两个脑袋顿时开了花,右边的两个脑袋马上缩了下去。

又是一段时间的死寂,土匪再次喊道:他肯定没子弹了,上。

两三分钟后,一个狗胆包天的土匪腾地跳了出来,一声枪响后,这个家伙应声倒下。

土匪又开始盲目地射击,王成章置若罔闻,他背靠着坟堆,吃力地拖回机枪,把枪托放在脚边,两手握着枪管,枪口抵着下颚,然后将右脚趾伸到扳机处。

此刻,王成章是那样的坦然和满足,他想到了自己远在安徽老家的父母,还有和自己一起出生入死的那些战友,想到自己在党的培养下,由一个放牛娃逐渐成长起来……

土匪的枪声还在继续呻吟着,但他们还是不敢靠近。王成章生命中最后一次笑了,笑容中包含着对共产主义事业的无怨无悔,对西藏的向往,以及对土匪的蔑视。

枪响了,王成章的最后一颗子弹,穿进自己的血液中,也穿透了古城名山的原野。

土匪们被王成章震慑了,半天没敢冲上来。最后,当土匪们你推我搡地走近坟地时,看到的是王成章的双手还死死地握着陪伴了他无数岁月的机枪。

土匪撤退之后,附近的老百姓从山上返回,将王成章和他的战友们一起就地掩埋。

王成章和他的战友们走了。半年之后,五十三师为名山剿匪交出这样的答卷:截至到当年9月,我军民共击毙土匪267人,俘、降、自新登记土匪12171人,缴获各种大炮42门,另有武

张国华在名山烈士陵园里的题词(江舒 摄)

器及物资若干……

"这是最艰苦的,也是最豪迈的战斗。"张国华这样想着,在他看来,名山剿匪是整个川西剿匪的缩影。张瑞堂这次很自觉地为军长递上了香烟,书桌上,张国华的墨迹还没有干:王成章及诸烈士,你们在肃清匪特时日里英勇牺牲,不愧为中华人民的好儿女。你们的事迹永垂不朽。安息吧,诸烈士,我们将解放西藏来纪念你们。

至此,进藏部队扫清了所有羁绊和纠缠,朝西藏挺进。

(名山县委党史办对本文亦有贡献)

中 篇

山高路远磨炼意志 将士再长征

第一章 国民政府驻藏机构波动
　　　 噶厦导演"驱汉事件"

解放大军正在节节向拉萨推进,西藏噶厦地方政府是坐立不安。为了阻挡历史的潮流,他们制造了许多令人发指的事件。这一章我们将主要讲述大军的进藏过程,一些历史的东西我们也将穿插着一一梳理。

国民政府驻西藏办事处

1946年元旦,拉萨早晚的温度是摄氏零度以下,冷得刺骨。一大早,国民政府驻西藏办事处的三层藏式楼房大门前就挂上了两个火红的灯笼,右边的灯笼写着"元"字,左边是"旦"字。元旦并不是藏民族的传统节日,八廓街上来来往往转经的群众看见这两个红灯笼不禁有些好奇,围在大门前指指点点。

中午,办事处里举行了一个小型的宴会。办事处处长沈宗濂即将离开拉萨,办事处设宴为他饯行。办事处的10多位工作人员参加了宴会。

席间,身着长袍马褂的沈宗濂满脸怅然,他举起酒杯,略略提高音调说道:"各位同仁,沈某此次离开西藏后,决不回任!对于西藏事务,沈某人已无能为力。"他略一停顿,环视四周,"不过请诸位放心,回到南京后,沈某一定设法将各位陆续调回内地。来,大家干了此杯!"

说完,沈宗濂一饮而尽,然后又倒了一杯酒,转身走到主任秘书陈锡璋面前,握着陈锡璋的手,郑重其事地说:"锡璋,我走之后,请你暂时主持处里的一切事务。如遇你无法处理的事务,请转交给我,由我转呈蒙藏委员会处理。"

55岁的陈锡璋清瘦的脸上流露出些许不安,但他还是镇静地说:"沈处长请放心,我一定尽力而为。来,我敬沈处长一杯!"

沈宗濂和陈锡璋干杯后,又与藏文秘书李国霖、英文秘书柳升祺、专员刘毓珙等一一碰杯。

对于沈宗濂的离去,大家在心里不禁唏嘘不已。

国民政府驻西藏办事处筹建于1934年。此前国民政府没有在西藏设正式机构。1934年,十三世达赖喇嘛圆寂,国民政府派蒙藏委员会委员长黄慕松进藏吊唁,藏方同意留下代表团参议刘朴枕及一随员常驻拉萨,另在常驻代表处设一无线电台,以方便与内地联络。

在国民政府支持下,摄政热振活佛亲自去青海湟中寻找十三世达赖的转世灵童,而后国民政府又委派蒙藏委员会新任委员长吴忠信来拉萨,确定了十四世达赖喇嘛。坐床大典于1940年2月23日举行,由吴忠信主持。事后吴忠信征得西藏方面同意,在拉萨正式设立了国民政府驻西藏办事处,隶属于蒙藏委员会,由孔庆宗任处长。

1943年以来,日本侵略军窜入缅甸,矛头指向印度。情势紧

国民政府特派专使黄慕松赴藏致祭十三世达赖圆寂(资料图片)

急,英国不得不求助于美国。美国在援助盟邦的前提下,指使蒋介石派兵支援印度,并由美机空运至缅甸、印度边境地带,参加作战。天赐良机,蒋介石打算乘机修筑康藏公路,以便调遣军队,运输物资。对外可以援助盟邦,对内可以拉回西藏,同时也可安定抗战后方。孔庆宗在西藏4年,与西藏地方政府感情不大融洽,活动能力不强。蒋介石考虑再三,破例任命侍从室第四组秘书沈宗濂为驻藏办事处处长。任命公布后,蒋介石召见沈宗濂,强调此番入藏使命重大,要在不引起英印当局疑虑的情况下,宣传中央的实力和统一中国的决心;强调中央政府对藏族人民的一贯友善和尊重态度;另计划在拉萨设立电报局、银行、医院、学校等。凡遇重要机密,可直接致电蒋本人,不必再经过蒙藏委员会。

1944年,沈宗濂一行经印度到达拉萨。沈宗濂早年毕业于清华大学,曾留学美国,为人精明干练,富有谋略。上任后,在藏文秘书李国霖的陪同下,分别拜访了噶厦的主要官员、三大寺(哲蚌寺、色拉寺、甘丹寺)和上下密院的堪布、大小活佛等,赠送礼物,有的还个别宴请。此外,对三大寺和上下密院的僧众颁发了布施。最后,约期拜见了达赖喇嘛。沈宗濂在拉萨活跃一时,显示了不凡身手,令拉萨上层人士刮目相看。

在对西藏情况深思熟虑之后,沈宗濂在一封绝密电文中为蒋介石提出两点重要意见,建议改进中央与西藏的关系。但因抗日战争胜利后,蒋介石一心忙于内战,无暇顾及西藏,沈宗濂便萌生退意,称自己患有心脏病,不宜久居高原。蒋介石于1947年初任命沈宗濂为上海市政府秘书长。

1947年7月,蒙藏委员会决定由陈锡璋代理处长一职。随后,办事处成员葛成之、李有义、廖鲁芗均辞职获准,先后离藏。陈锡璋和留下的几个人困守拉萨,一筹莫展。

1949年夏天,一场由噶厦政府策划的"错卓卡崩"活动在拉萨大昭寺门前的鲁布广场上举行。

陈锡璋夫妇和办事处成员受噶厦政府邀请参加了这次活动,此外,尼泊尔代表也受邀来到了现场。

在乌烟瘴气的活动现场,陈锡璋满脸冷峻,一言不发。

回到办事处,李国霖私下里悄悄对陈锡璋说:"陈处长,我听噶厦政府的一位官员说,这次诅咒的对象除了共产党,还有我们国民党!"

陈锡璋不由微微一怔,脸色更加冷峻了,他似乎预感到了什么。

"依我看,摄政达扎等亲英分子是希望国共双方继续内战。"李国霖接着说。

陈锡璋在房间里踱着步,穿着长袍马褂的身影显得更加清瘦,他点点头说:"国共双方内战越长,对噶厦政府越有利,他们有时间宣传和策划独立。"

"由此看来,他们近期可能会有大动作了。"陈锡璋若有所思地说。

陈锡璋夫妇在驻拉萨西藏办事处宅前的合影(资料图片)

1949年6月下旬，西藏噶厦在印度驻拉萨代表处代表黎吉生的精心策划下，发动了又一次"驱汉事件"。黎吉生诡秘地对西藏"外交局"局长柳霞·土登塔巴说："拉萨有很多共产党的人，留他们在这里，将来就会充当内应，把共军引进来"，并拿出了共产党人的名单。这一伪造的情报，使西藏上层惊恐不安。噶厦经过紧急商讨后，作出一个惊人的决定。

1949年7月8日，噶厦政府通过印度噶伦堡电台，通知国民党政府及其驻西藏办事处："为防止赤化的必要措施，决定请彼等及其眷属立即准备离藏内返。"

就在同一天，噶厦政府的3位噶伦和基巧堪布，在布达拉宫会见了陈锡璋。首席噶伦然巴首先发言：

"国共内战打得厉害，国民党走到哪里，共产党就追到哪里。如果共产党追到这里，我们无法保证贵处人员的安全。现在西藏民众大会决定：藏政府与国民政府暂时断绝政治关系，但宗教关系还是存在的。请国民政府驻藏办事处人员和其他机关人员于两周内离藏赴印，转道回内地。噶厦将派一名代本带军队和一名乃兴（向导）护送到边境。"

然巴停了一下，接着说："还有，有人告知我们，住在西藏境内的汉人和康巴人中有共产党，我们也分不清究竟是谁。西藏是佛教圣地，是绝对不容许共产党留在这里的。"

陈锡璋虽然早就有所预感，但当听到然巴这一番话后还是非常震惊。宣布藏政府与国民政府暂时断绝政治关系，不就是宣布独立吗？他稍微冷静了一下，回答说："如果是这样，我立即发电请示蒙藏委员会，等回电后再答复你们！"

然巴摇摇头:"国民政府方面,噶厦已直接去电通知,你不必再去电,现在所有电报邮件均已封锁,你也无法通信了。"

陈锡璋果断地说:"我没有得到上级命令,就这样一走了之,是不对的,等我考虑一下再谈吧。"

傍晚时分,陈锡璋回到办事处,只见大批手执英式步枪的藏兵包围了办事处和他的私邸,电台被查封,学校被关闭;那些"共产党汉人"嫌疑人员,更是依照黎吉生提供的名单被一一拘留。

7月9日,噶厦政府派来的乃兴和代本来到办事处。此时,办事处挤满了被迫赴印的汉族人。陈锡璋请乃兴回去与噶厦政府商议:能不能让那些原来从西康来的,仍经西康回去;从青海来的,还由青海回去。若办不到,大家一起去印度,不必分批,以免失散。

乃兴回来说:"噶厦顾虑到西康和青海两路都不安全,所以只安排去印度。至于分作三批,主要是因为沿途住房不够。到卓木边境后,由我负责交接物品,代本负责交人,不会有差错的。"

第一批、第二批出境人员分别于7月11日、7月17日启程。

7月20日,第三批人员由拉萨启程,乃兴和代本同行照料。总计三批人员共200余人。此次前往印度的路线,不是惯走的由卓木到岗多的那条路,而是从卓木经龙头山到噶伦堡的那条路。此后,再经海路遣返回内地。这是藏方特意布置的,因美国汤姆斯父子二人从岗多入藏,同时也因有大批军火从岗多运进西藏。

这就是震惊中外的"驱汉事件"。

消息传到内地,摇摇欲坠的国民党政府大惊失色。

新华社发表社论,严正指出:"西藏地方当权者驱逐汉族人民及国民党驻藏人员的事件,是在英美帝国主义及其追随者印度尼赫鲁政府的策划下发动的。"解放军将不容一寸自己的土地被留在中国人民的管辖之外。

仅过了4天,《人民日报》发表了题为《中国人民一定要解放西藏》的社论,希望西藏人民团结起来,揭穿帝国主义的阴谋,摆脱帝国主义束缚,准备迎接人民解放军解放西藏。

当1950年春天来临的时候,人民解放军所向披靡,四川、青海、甘肃、西康、云南等省境内藏族聚居地区已全部解放,新生的人民政府相继建立。

民心所向,大势所趋,人民解放军进军西藏的大幕已经拉开。

第二章 三军舍命翻越二郎山 亦可向天再借一万丈

一

1950年2月1日,我军在雅安举行入城仪式,受到各界人民热烈欢迎。图为行经中大街时的盛况(周英哲供稿)

雅安,只是十八军进军西藏的一个驿站,他们的任务是:往前走,过金沙江,直逼昌都。

在雅安做短暂的休整之后,北路先遣队和军前指就陆续出发了。告别雅安的同时,许多人也在相互道别。细雨蒙蒙的古城,多了些离愁别绪。

政策研究室已经并入军前指,他们中的一部分人将作为"行军参谋"深入到藏区腹地,继续为大军提供详尽的资料参考。而另一些人因身体原因不能深入藏区了,所以只能打道回府。虽然他们只有两个月的短暂合作,但这样的历史性合作令人不舍和动情。

前面就是过天全、翻二郎山、到泸定的道路,年近60岁的李安宅、于式玉夫妇朝着"战友"们挥一挥手,没有过多的言语,他们的背影在暮色中显得那么伟岸。曾经在哈佛、剑桥等西方著名大学任教的李安宅不需要四川安逸、闲适的生活,他们要去西藏,他们想以一种书生气概去书写一段波澜壮阔的历史。

而谢国安也坚定了再次去西藏的念头,这位曾在西藏的寺庙中当过喇嘛,精通藏文的老教授,他需要用自己的生命去见证另一个西藏。

夏仲远(孙昆提供)

而夏仲远和妻子孙昆,也是在此分别的。

作为十八军的一名后勤部领导,夏仲远在从政策研究室"还原身份"之后,将跟随军前指直抵康定。然而,妻子孙昆却不能往前走了,因为她怀孕了。往前走的路途有多么艰辛谁都知道,夫妻俩此时倒没有个人本身的顾虑,但是他们要为肚子里的孩子着想。毕竟,这是两个革命军人爱情的结晶,更是新中国的希望。

夫妻惜别。书生气颇重的夏仲远显得那么坚毅,此时没有了儿女情长,有的只是早日进军昌都、解放西藏的渴求。

孙昆默默地转身,她回到了乐山,然后在十八军妇校安顿下来。

在雅安驻扎多日的"二陈"也要相互道声"战友,珍重"了。

陈子植已奉命回到五十二师任副师长,而陈竞波还要继续他的"刀锋"任务。在张国华看来,昌都是西藏的门户,要打开西藏这个门户,首先是突破藏军在金沙江的防线,为此,张国华选中了两个突破点,一个是甘孜,一个是巴塘。甘孜是当年红军长征经过的地方,并在那里建立了"博巴苏维埃政权",革命基础和群众基础都很厚,可以直接拿来"为我所用"。而巴塘还是一块"处女地",地理位置关键,物产丰富,在四川有"外有苏杭,内有巴塘"之称。把巴塘作为十八军进藏的一个基地,对于保障十八军物资供应是最好不过的了。

巴塘这个地方,社会、政治、历史各方面情况颇为复杂,因此,要将巴塘变为十八军的一个后勤基地,必须要派得力的人员去下一番狠功夫。于是,身为巴塘人的西南军政委员会委员平措旺阶就返乡了。当然,和他一起回去的还有陈竞波。陈竞波做了多年的敌工工作,接受这样的任务是必须的。

在郄晋武率领的一五四团出发的同时,陈竞波、平措旺阶也带着一个加强排和一部电台离开了雅安。

孙昆(孙昆提供)

二

4月3日,军前指将第十军支援的一个辎重团的骡马689匹(包括饲养员442人),以及所驮运的粮食,全部调入五十二师一五四团。次日,郄晋武率领的一五四团从雅安踏上西去的征程。

离开雅安城的当天,谢法海和战友们被感动了。成千上万的群众在雨中为部队送行。人群中,有人流下热泪,有人翘起大拇指,更多的人在向每一位战士送东西:慰问信、慰问袋、香烟、花生、鸡蛋、糖果,雨点一般撒向出征的勇士们。

糖开水还散发着暖暖的热气,战士们捧在手心,感动自心底化开,这样的场景将终身难忘。部队将要去的,是一个陌生的、与内地完全不同的两个世界。当军号吹响时,男女学生们欢呼着,情不自禁地把彩旗、花束以及帽子、手帕抛向空中,将绵绵细雨点缀得无比美丽。

人们恨不得把心掏出来,扔给年轻的战士们。这强烈而淳朴的感情,如一束束永不熄灭的精神圣火,照耀着战士们奔向莽莽群山。

紧跟着一五四团,李觉和王其梅率领的军前指也于4月16日从雅安出发了。前后两支部队,直指西去西藏的第一关:二郎山。

也就是在4月3日当天,由五十三师一五七团(一五七团一部分,其余的在名山剿匪)组成的南路先遣部队,在副政委苗丕一的率领下,自四川眉山出发了,并于4月6日进抵雅安。在雅安休整两天后,苗丕一就迫不及待地率队去"追"陈竞波、平措旺阶了。然而,他们刚出雅安城,就被堵在了飞仙关大桥。

前面的一五四团刚经过,此地残余的小股土匪又占领了雅安往西的"咽喉"——飞仙关大桥,并直接袭击了苗丕一的部队。苗丕一急了,立刻组织部队将这股土匪百余人消灭,并留下一个营的兵力镇守飞仙关大桥。

2010年的姜登云（卢明文 摄）

飞仙关大桥是用1米多长的扁钢连接而成的，摆动特别大，且半边扶手朽烂垮掉了，桥体向左倾斜，部队通过时须小心谨慎。就是这样的一座"烂桥"，引得苗丕一无比重视。

一个营守一座桥？五十三师的许多战士想不通了，这不是浪费吗。但是，作为一五七团政治处干事的姜登云却想得透：这是雅安往西第一桥，后面的军前指和大部队都要从这里走向深山腹地，守住这里，就是守住了生命线。

姜登云和部队刚过飞仙关大桥，又被堵住了。上级命令：部队不去二郎山，进驻天全县，修路。

4月13日，人民解放军西南工兵部和一五七团的部分官兵，在"一面进军，一面修路"的号召下，投入筑路工作。

从雅安出发到二郎山下的两路口，每天要过两到三座铁索桥，而多数铁索桥都已经被破坏掉了，有些地方只得用简易器材架设便桥通过。一五四团便成为了"工兵部队"，与军侦察科、测量队一边前行一边架桥，为后面的军前指进军做铺垫。

过铁索桥时，河流宽阔骡马就可以泅渡，但有的地方不行，19岁的王亮炳就遇到了大麻烦。王亮炳曾担任政策研究室饲养排排长，在政策研究室并入军前指后，他仍负责专家们的后勤给养工作,管理着一个排和70余匹马。马上驮的是机关文件,专家们的资料,还有帐篷和食物。不管是一匹一匹地把骡马从铁索桥上牵过去,还是让骡马泅渡过河,骡马驮的驮子都要人从铁索桥上扛过去。王亮炳和战友们就时不时地充当着搬运工的角色。

不仅仅是王亮炳他们,所有驮载的物资,全都必须由战士们扛过桥去。这样,每过一道铁索桥都很艰难、费时。此时,高原已开始下雨,经常雨雪交加。淋雨、泥泞、柴湿、气压低,做饭困难,加之高原反应,病号骤增,部队显得疲惫不堪。

就是在这样的情况下,跟随一五四团在前面开路的谢法海终于走到了传说中的二郎山下。

二郎山,距成都172公里,是青衣江、大渡河的分水岭,为自然地理的分界线;是雅安通往青藏高原的第一道屏障,终日云遮雾罩,似一位披着面纱的神秘女郎。它属于夹金山余脉,主峰海拔3600多米,山口海拔3000多米。羊肠小道在夹缝般的峡谷中绕来绕去。

同时,因川西平原暖湿气流与高原冷空气在此相撞,气候变化异常,山顶有很厚的积雪,常常东坡云雾缭绕,绵绵细雨,西坡晴空万里,山顶飞雪。山高坡陡,原始森林密布,

2010年的王亮炳(卢明文 摄)

林中漫布藤葛和横七竖八的枯树,地下是腐烂枝叶和苔藓,蜿蜒小路且泥泞不堪。

虽然此时的二郎山上杜鹃竞相盛开,红、蓝、紫、白交相辉映,不时飞来飞去的高原彩蝶使得它更显绚丽。但是谢法海没有任何心思去欣赏这样的景致,他只想立刻跨越二郎山,走出这"魔鬼之地"。

背着几十斤的装备,谢法海跟着部队开始"登天"了。

虽然战士们曾在贵州和四川泸州境内走过山区羊肠小道,但是多数人还是为自己的侥幸付出了代价。凭着一股子猛劲,一些战士快速地冲在了前头,但是随着海拔的增高,战士们感觉到呼吸越来越困难,像有一双无形的手掐着自己的脖子。有的战士开始吐了,最后只得瘫坐在冰冷的泥地上,大口大口地喘着粗气。

走在最前面的郄晋武已是全身流着大汗,把棉衣都湿透了,像背了一坨沉重的石头。郄晋武停了下来,瞭了一眼寒暑表:摄氏零下2度。

"这冷得冒汗的鬼天气。"郄晋武正抬头望天的一刻,下雨了。二郎山变脸是常事,说下雨就下雨,事先没有半点征兆。有时还会飘雪、砸冰雹。

山路本来就窄,有些地段仅能容一人通行,一下雨,走起来就更艰难了。不断有战士滑倒,衣服上溅满泥水,有人还划破手脸,鲜血直流,用手一抹脸,汗水、雨水、血水混杂在一起,看不出人样。牵着骡马的战士更是绷紧了神经,稍不注意,就连人带马滑下深不见底的悬崖。

谢法海算是一个特例:居然没有什么大的反应。他不断地搀扶一些高原反应大的战士和病号,并帮着背包裹。

已近中午,雨越下越大,好像马上就要天黑了,山谷间偶尔还传来野兽的咆哮声。许多战士已经躺着或坐着很长时间了,再不起身往前走,就有可能永远也站不起来了。这时,有战士开始唱起了军歌,须臾,整个二郎山上都响彻着最豪迈最坚强的声音:十八军是铁打的汉,从来就不怕什么困难……

战士们突然像被打了一剂强心针一样,浑身充满了斗志和力气,你帮我,我扶你地一步步地向着山顶攀登。虽然在他们多年的战争历程中,这只是一瞬间的行进,但是在每个人的生命史上,却是最璀璨的时刻,豪情就像空气一样,慢慢渗透战士们生命的年轮,永不泯灭。

伸手就触摸到天了,一群"野人"终于傲然站在了二郎山顶:全身泥浆、衣服被划得稀烂、血水与泥水开始凝固在脸上,只有一双双眼睛还在打转。

二郎山,这是军人的山,军人奉献的山,军人不怕流血牺牲的山。面对"高万丈"的传说,十八军将士愿向天再借一万丈。

俗话说,上山不易,下山更难。许多战士经过体力和意志的折磨之后,身体已经完全透支。有的还没迈开步子,腿脚就开始乱抖,接连摔跤。实在走不动了,一些战士就直接坐着往下滑,以至于到了山脚下,很多人像喝醉了酒似的,站都站不稳。

长着络腮胡子的谢法海虽然也是满身泥浆,但由于没多大高原反应,当他站在二郎山的火夹沟垭口时,豪迈之中竟有些诗情画意——东望是潮湿阴雨云雾弥漫的"仙境",西望则是熠熠生辉的贡嘎雪山,天气爽朗,远处的群山和山坡上星罗棋布的村庄尽收眼底。俯瞰大渡河，宛若一条玉带蜿蜒向南流去；而泸定县城泸桥镇就在河两岸延伸开来。

在下午5点左右，谢法海一路直下经过干海子，泸定就在眼前。

三

一五四团已经顺利翻越了二郎山，而军前指还在后面艰难跋涉着、煎熬着。

4月19日，走在军前指前面的侦察营在经过一个叫仙人桥的铁索桥的时候，铁栏杆坏了一边，从桥面上通过时，有两匹骡马掉进河里，这让跟随侦察营一起走的夏景文十分心疼。后来，工兵营及时将仙人桥修复好，部队才安全过去。

20日，军前指在大雨中前进。机关人马刚过前碉桥，桥基即被洪水冲垮。后续人员和骡马驮运的粮食，全部被阻于桥东。王其梅、李觉当即决定，只带电台、机要人员及少数参谋、警卫人员和测量队先行翻越二郎山，军前指机关大部人员和侦察营留在前碉桥至两路口之间抢修道路、桥梁，然后跟进。

道路、桥梁抢通之后，军前指机关大部人员和侦察营临时驻扎在两路口。这是李觉和王其梅决定的。因为公路不通，运输困难，部队的供应难以解决，所以这部分人员就留在两路口待命。

两路口是二郎山脚下的一个小场镇，十分荒僻，场上约有30多户人家，全是破旧的茅草房。夏景文他们在此一住就是18天。

几百人的部队驻扎在这样一个皮毛小镇，饮食供应问题很快就显现出来，特别是吃菜问题。虽然，两路口市场上间隔几天有少量的人从几十里外担点蔬菜和肉在这里交易,但这样的小宗供应根本无法满足部队的需要。

没有蔬菜和肉食了,大家只能用盐水泡米饭,直接生吞下肚,搞得战士们的肚子整天都"咕咕"地叫个不停。

幸好,有外出割马草的同志意外地发现了二郎山脚下有大量的野韭菜、野山药。这些平时不起眼的植物,突然成了部队的山珍美味。于是,战士们开始出动,四处割回野韭菜、野山药,洗得干干静静的,然后送到炊事班。

不过,困难总是接连不断地出现。吃野菜只吃了三两天,一个更为严重的问题来了:部队所带的大米马上要吃光了,光吃野菜那是万万不行的,不但不能吃饱,还容易吃出病来。

夏景文被派到镇上去买粮食,但是奔劳了一天却一无所获。老百姓的粮食自家都不够吃,哪有多余的。于是,他们马上向后方发电报,催促快点运粮食来。几百人就在饿一顿饱一顿的日子里煎熬着,连天上飞过一只鸟,都恨不得立刻抓下来吃了。

虽然饿着肚子,但部队还是坚持开展各种教育、整顿工作,包括学习藏语。

就在炊事班的米缸即将见底,战士们开始绝望的时候,辎重团从后方运来了50000斤大米。夏景文和战士们欢呼雀跃,终于可以活过来了。

大米虽然运来了,却还需要战士们辛苦一番:由于接连下雨,河水猛涨,冲坏了附近新架起的木板桥,大米运不过来。

救命的粮食就在眼前,却吃不进嘴里。怎么办?夏景文立刻组织人员去背运粮食。战士们空着肚子绕道几十里,一包一包地将大米背到两路口。

战士们背运粮食的心情是急切的,以至于当时通过一个小桥时,由于人多超重,木板桥突然折断,有6人掉进水里,夏景文等人奋力抢救,最后只救起4人。另外两名战士随着他们心爱的粮食,被河水冲走了。

5月9日,军前指机关大部人员和侦察营奉命前进,夏景文在半夜翻越了二郎山。

第三章 万里长江犹忆泸关险
　　　　溜溜康定欢迎解放军

一

　　部队到达泸桥镇后,迅速在泸定桥东桥头附近扎营。

　　郄晋武和政委杨军顾不上休息,就来到泸定桥头察看地形。红军22名勇士"飞夺泸定桥"的英雄事迹早已为人们所熟知,郄晋武早就想来看看这座著名的铁索桥了。

康熙亲笔题写的"泸定桥"匾额(卢明文 摄)

桥头亭的匾额上是三个楷书大字"泸定桥",由康熙亲笔题写。1701年平定"西炉之乱"后,为了巩固边防、解决运输困难、促进川藏贸易,由四川巡抚能泰奏请朝廷在大渡河上架设铁索桥,这个建议获得批准。建桥仅用一年多时间,于1705年动工,1706年建成,由康熙取名为"泸定"。顾名思义,"泸"指河,"定"是安定,表示泸河一带已安定。不过,康熙并没有把大渡河的名称考证清楚,把

"大渡河"误认为是"泸水"。事实上,大渡河古称"沫水"。

穿过桥头亭,铁索桥随即映入眼帘。郄晋武和杨军踏上桥面的木板上,往前走了几步,感觉到桥身在摇晃。虽然铺了木板,但并没有铺完,木板之间有一定的距离。透过这些没铺木板的地方往下看去,大渡河水在翻腾,看久了让人头晕。此桥长约100米,距水面约10多米,或许是由于铺了木板,或许是由于这个季节水量比较少,泸定桥并没有想象中的那么险。

郄晋武和杨军仔细查看了桥身的结构:由13根铁索组成,9根作底链,两边各有两根作为扶手。在扶手与底链之间,每5米左右又有小铁链与底链相连,使桥身连成一体。桥身铺的木板长约3米、宽0.1米,桥板之间相距较宽,远看形如栅栏。人一踏上桥面,整个桥身一齐摇动,起伏荡漾如泛轻舟。

部队通过泸定桥(资料图片)

郄晋武不禁感叹:"有木板过桥尚且不易,想当初22位勇士在桥面没有木板、对面有敌人火力的情况下强行过桥,实在是九死一生啊!"

杨军点点头:"是啊,依我看,很有必要在战士们中间再讲讲当年'飞夺泸定桥'的故事。一来可以缅怀这段历史,二来也可以鼓舞大家的士气。"

第二天，全团召开了向"飞夺泸定桥"的勇士们学习的动员大会。在泸定桥边，听着大渡河的涛声，当年那惊心动魄的一幕再次生动地浮现在战士们眼前……

1935年5月25日，一方面红军在安顺场抢渡大渡河后，要用仅有的几只小船将几万红军渡过河去，最快也要一个月的时间。然而国民党的追兵紧追不舍，形势十分严峻。5月26日上午，毛泽东、朱德等作出了夺取泸定桥的指令。其部署是由刘伯承、聂荣臻率领红一军团一师和陈赓、宋任穷领导的干部团为右路军，由中央纵队及一、三、五、九军团为左路军。5月28日，红四团接到红一军团命令："王开湘、杨成武：军委来电，限左路军于明天夺取泸定桥，你们要用最高的行军速度和坚决机动的手段，去完成这一光荣的任务。"接令后，红四团昼夜兼行240华里山路，于29日晨出其不意地出现在泸定桥西岸并与敌军交火。

当时百余米的泸定桥已被敌人拆去了约80余米的桥板，并以机枪、炮兵各一连于东桥头高地组成密集火力，严密地封锁着泸定桥桥面。中午，红四团在沙坝天主教堂内召开全团干部会议，进行战斗动员，组织了由连长廖大珠、指导员王海云率领的夺桥突击队。下午4点，22名勇士冒着枪林弹雨爬着光溜溜的铁索链向东桥头猛扑。3名战士在王友才的率领下，紧跟在后，背着枪，一手抱木板，一手抓着铁链，边前进边铺桥板。当勇士们爬到桥中间时，敌人在东桥头放起大火，妄图以烈火阻击红军夺桥。勇士们面对这突如其来的烈焰，高喊："同志们，这是胜利的最后关头，鼓足勇气，冲过去！莫怕火，冲呀！敌人垮了，冲呀！"廖大珠一跃而起踏上桥板，扑向东桥头，勇士们紧跟着也冲了上来，抽出马刀，与敌人展开白刃战。此时政委杨成武率领队伍冲过东桥头,打退了敌人的反扑,占领了泸定城,迅速扑灭了桥头大火。

整个战斗仅用了2个小时,便惊险奇绝地飞夺了泸定桥,粉碎了蒋介石南追北堵欲借助大渡河天险将红军变成第二个石达开的美梦。当时在激战后的泸定桥上,刘伯承元帅曾用脚重重地在桥板上连跺三脚,感慨万千地说:"泸定桥,泸定桥,我们为你花了多少精力,费了多少心血,现在我们胜利了,我们胜利了!"

战士们被勇士们的勇敢和牺牲精神深深打动了,他们纷纷表示:"向勇士们学习!进军西藏!解放西藏!"

在"飞夺泸定桥"的精神鼓舞下,战士们豪情满怀,开始过泸定桥。由于铁索桥容易晃动起伏,所以不能一下子上太多的人,而且前后之间要有一些间距,大家尽量步伐一致,减少桥身的晃动。木板之间有距离,过桥时必须全神贯注,尽量不看河水,以免晕眩。

武器和各种物资由人背运过桥,而骡马则从上游平缓的河面上泅渡过河。一群群等待泅渡的骡马,在河滩上拥挤着、骚动着,惊惶不安,骡马后边的人一齐挥手吆喝,把它们赶下河去。这事看起来简单,其实不然:有的骡马胆小,一见滚滚河水,便使劲蹬着两只前蹄,任你吆喝吓唬,就是不肯下去;有的刚下到水里没泅几米,又回头朝岸上跑。这时,岸上的人赶忙围追堵截,喊叫的、扔石子的、敲铁桶的,一时喊声震耳,好不热闹。那些泅到对岸的骡马,一抖掉身上的水珠,马上就昂首"咴儿咴儿"嘶鸣,似乎在欢呼渡河胜利。

谢法海背着几十斤装备踏上了泸定桥。前面桥面上已有10多个同志在小心地前进,桥在不停地摇晃。他不由自主地左右摇摆,赶紧抓住边上的铁链,小心翼翼地一步步往前挪。河水泛起白沫,涛声撞击着心脏,心跳加速,手脚微微有些颤抖。越到桥中间摇晃得越厉害,他停止了前进,休息了一会儿,才继续往前走……百余米的距离如此漫长,他足足走了10多分钟。

有少部分战士有恐高症,有些特别严重的根本不敢过河。据有的战士讲,他们一上桥没走几步,脑海里就出现幻觉:眼前仿佛出现一道悬崖,自己的身子飘了起来,正朝悬崖坠落下去。可是退回来一踩桥墩,幻觉又消失了,跟没事人一样。

针对这种情况,大家特别设计了"过桥三件宝":项圈、眼罩和腰带。项圈使人只能直着脖子走路,看不见桥下汹涌的河水;眼罩减弱阳光照射,减轻头晕目眩;至于腰带,既可以让前面的人牵着引路,又可当保险绳。

穿上这身"行头"的战士,惹得大家一阵哄笑:脖子上套了个项圈,额头齐眉处勒了一块黑布,腰间还拴了根背包带,两眼盯着前方,像个木头人似的,梗着脖子直挺挺地走上了桥。

二

过了泸定桥,部队继续沿着大渡河向40多公里外的康定进发。

泸定县地处青藏高原东南缘的横断山脉,属典型高山峡谷区。山体呈南北走向,高山林立,谷深壁陡,沟壑交错,许多山峰都在海拔4000米以上;岭谷相对高差大,山高坡陡,高差悬殊,岩体破碎,岩石裸露。

峡谷里溪水潺潺,偶尔可见红豆杉、康定木楠、连香树等珍贵植物,各种动物的身影在树丛中时隐时现,路两边开满野花,山谷中回响着动听的鸟鸣声……谢法海一边在山路上行军,一边感受着大自然的魅力。

沿途,他遇到一批批衣不蔽体的背茶的背夫,有汉族人,也有藏族人。他们的运输工具是一种木头做的背架:有一人多高,呈弓形,茶包就一层层叠起来捆绑在背架上。一个茶包约16斤,为了多挣运费,有的一次背10多包,由于负荷过重,走路时三步两拐,很吃力。

谢法海在心里默默地想:"什么时候我们能帮助他们从这种悲惨可怕的状况下解放出来呢?"

他问其中一个汉族模样的背夫:"你从哪里来啊?"

背夫用一根"丁"字形的拐杖托住背架在路边休息,用衣袖擦了擦汗,用四川话回答:"从雅安来的,到康定去。"

谢法海是做政治工作的,专门了解过藏民族的生活习俗,知道他们很喜欢喝茶。藏民族有谚语云"一日无茶则滞,三日无茶则痛","饭可一天不吃,茶却不能一顿不喝"。然而藏区很少产茶,因此,主要从内地运进来。这种专门销往康藏地区的茶有一个名称——"边茶"。雅安边茶品质优良,历来在藏胞中享有盛誉。边茶销售地点集中在康定,通过"锅庄"售与藏商,藏商再销到甘孜、青海、西藏等地。"锅庄"类似于内地的行栈性质,锅庄的主人介绍藏商向茶号及其他商家买卖茶包,要抽取藏商百分之四的佣金。茶包出售给藏商后,茶号还就地换取或购买金、银、麝香、狐皮、虫草、贝母等运回内地出售。

"到了康定之后,一定去'锅庄'看看,也许能了解到很多情况呢。"谢法海心想。

康定古称"打箭炉",相传蜀汉时诸葛亮南征孟获,命大将郭达在此造箭而得名。传说郭达将军昼夜造箭3000支,造完箭乘仙羊而去。后人为纪念郭达造箭有功,把康定城东北一座大山取名郭达山。在清咸丰年间还在郭达山下建有郭达将军庙。传说归传说,其实"打箭炉"是藏语"打折诸"的译音。"打"指打曲河(雅拉河),"折"为从折多山流来的折多河。"诸",是打曲河、折多河汇合之处。

一五四团到达康定的时候,康定刚刚解放不久,百废待兴。

1949年12月9日,刘文辉率西康党政军各部宣布起义,西康得以和平解放。

1950年3月5日,国民党军胡宗南残部田中田等1000多人窜入康定和泸定等地,起义的原西康省代主席张为炯及西康省政府人员被迫转移至康定以西的营官寨。田中田部控制康定后,已经起义的二十四军康定行营主任唐英、康属警备司令傅德铨和副司令龚耕耘等部叛变。他们勾结在一起,抓捕进步人士,杀害了中共地下党员李良瑜、陈宗严和中国民主同盟康定负责人朱刚夫。拼凑了"康属临时政务委员会",扩充实力,聚积物资,妄图"死守康定"。

1950年3月18日,中共康定地委和康定军分区在雅安成立。地委书记苗逢澍兼军分区政委,樊执中任司令员。19日一八六师师直一部和五五六团向康定进军,22日抢占泸定桥,解放泸定;24日进军康定,击溃国民党军残部,解放康定。27日,康定军事管制委员会成立,主任为苗逢澍,副主任为樊执中、夏克刀登、邦达多吉、李春芳。

一五四团是下午时分进入康定县城的。康定军管会主任苗逢澍带领几位委员会成员和各界人士组成了隆重的欢迎队伍,位于高山峡谷间的小镇一时间显得热闹非凡。

只有山顶上还映照着夕阳的余晖,窄窄的街道上挤满了欢迎的群众。队伍中的谢法海特别留意观察着这座狭窄的小县城。

1950年3月24日,中国人民解放军进驻康定(资料图片)

街上有很多店铺,有皮毛店、酥油店、茶行,还有些洋货铺子,摆着从印度来的布匹呢绒杂货等。

折多河与雅拉河在城中心交汇后成为康定河,这个季节河水水量不大,河水清澈。走过一道木桥向南,快出城时见街旁有几家脚客店(供背夫住宿的客栈),院子里泥污的地上站着卧着成群的没下驮子的牦牛,走出的人发出汗膻气,可以想见长途驮运之苦。

部队在县城南边的折多河畔扎营。从山岗上远远看去,只见折多河边滩地上罗列的帐篷,成群的骡马和正在搬石头、抱柴的战士们。帐篷群落上空炊烟缭绕,四处马嘶人叫。这场面,好像是小说上读到的游牧民族的赛马会。太阳西沉了,暗淡的红色光辉从山顶照过来,冷风吹卷着帐篷顶上的旗帜,河水奔腾着。此情此景,谢法海不由地想起了杜甫的《后出塞》:"落日照大旗,马鸣风萧萧。平沙列万幕,部伍各见招。"

第四章 翻越雪山走进藏区
　　　　先遣部队到达甘孜

一

　　这几天康定县城的冰糖已被卖断货了,商人们不得不连夜从泸定紧急调运大批冰糖来补缺。这些冰糖全被一五四团买走,所有的战士都分到了红枣那么大一块。一五四团团长郗晋武反复叮嘱大家"暂时不要把它吃了,这是留到翻越折多山的时候用来预防高原反应的"。

　　面对高原反应,战士们其实在康定就领教过了,康定海拔只有2500多米就让大家头重脚轻,更何况横亘在前面海拔4200多米的折多山。

　　折多山是西出康定后的第一道屏障,它像一只拦路虎一样,虎视眈眈地面对朝它而来的一五四团先遣队。"它是虎我们就要当武松,哪怕是赤手空拳也要把它打趴下了。"郗晋武虽说是一员武将,但他说话常用一些恰当的比喻,这让他和战士们拉近了不少距离。"都说山中无老虎,猴子称霸王,我郗晋武是属猴的,现在山里有老虎我这只猴子也要称霸王。"

　　郗晋武是有资格称霸王的,刚满30岁的他已经打过淮海战役、渡江战役、解放大西南战役,并且立下过赫赫战功,如今进军西藏,他又带领队伍走在了最前面。

没有任何参照的对象,可以说是摸着石头过河,虽然这条河的深浅他并不知道,但他愿意当童话《小马过河》里的小马,他要用自己的脚来丈量河的深浅,以便为后来的大部队提供更好的参考依据。

他口头上说要把折多山踩在脚下,但在不可知的大自然面前他还是不敢贸然翻越大雪山。前几天郄晋武在一位老乡处得知,口含冰糖过雪山是不会有高原反应的,于是一五四团所有官兵都在临出发前得到了一块冰糖。

折多山是康巴第一关,又是重要的地理和文化分界线,过了折多山就到了真正意义上的藏区,它在文化形态上更加接近西藏。

西藏,一个既陌生又熟悉的称呼。它的陌生在于它和外界遥远的距离,更陌生在它的文化差异和政治制度上;可对它的熟悉,大家更觉得像对自己的母亲一样,我国许多条大江大河都发源于这块高地,共饮一江水的华夏儿女,同宗同源。

大河东流,大军西进。

折多山看似不险峻,但由于海拔高,翻越的难度可以说要比二郎山高出很多。连日来,折多山一连下了好几场雪,积雪足有30厘米厚,走在雪地上每往前挪一步都要付出超人

折多山,海拔4298米(卢明文 摄)

的毅力。大家把冰糖含在嘴里，也丝毫没有减轻高原反应带来的头痛和气喘，很多干部战士嘴唇青紫，脸色苍白，有个别战士甚至昏迷瘫软。

雪又开始下了起来，狂风夹杂着雪片像针一样扎得人生疼，前进的步伐越来越慢，郄晋武鼓励大家说："红军长征过雪山，比这个困难多了，我们要学习红军的精神，过了雪山前面就是大草原了，就离西藏更近了，藏族人民还等着我们去解救他们呢。"

是对大草原的渴望和对"解救藏族人民"这一神圣的使命增强了大家的信心。战士们互相搀扶着，朝他们心中最美丽的大草原走去。

但是郄晋武发现很多战士的眼睛已经睁不开了，一看到强光眼就像针扎一样疼痛，并且这一趋势正在蔓延开来。他们将此情况报告军部转卫生部后，方诊断为雪盲并给出了预防的方法。没有眼镜，战士们只能把帽檐压得低低的，然后闭着双眼，一个拉着一个，就像不倒的长城，屹立在茫茫雪山上。经过一天的努力，终于翻过了折多山。

到达道孚的时候，战士们的脸都掉了一层皮，谁都不敢洗脸，就这样以最原始的方式面对这块陌生的高地，在他们的生命里第一次有了高原赤裸裸的印记。

高原留在他们记忆中的还有辽阔的天空和美丽的大草原。

这是一个和中原、和四川盆地完全不同的世界，云朵低得仿佛伸手就可以摘下一片，成群的牦牛散落在草原上，帐篷顶上飘出烧牛粪的青烟，河谷地带土司的定居房则以张扬的色彩强烈地刺激着人们的眼球，五彩的经幡阵在山上夸张地舞蹈，所有的一切都那么令人不可思议，它带给人的震撼超越了所有人的想象。然而这并不是一个世外桃源的香格里拉，虽然已经解放了，但广大的藏区还没有实行民主改革，陈旧而残酷的农奴制度还在上演着人类社会最黑暗的一幕。藏族同胞睁大着双眼惊恐地看着面前的解放军，他们不知道这支大军从哪里来的，又要到哪里去，他们更不知道自己将来的命运会和这些陌生的军人联系在一起。

然而历史的大潮已经到来，他们将在这股洪流中获得新生。

一五四团在道孚停留的时间并不长，道孚在藏语里被称为小马驹，这里海拔3000米，鲜水河流过的地方水草丰美，成群的骏马在草地上自由地飞奔，刚刚从折多山下来的郤晋武看到这片美丽的草原也禁不住大大赞叹一番，他借住在一个土司的家里，房屋的造型让他产生了兴趣。原木结构的房屋共分三层，第一层喂养牲畜，第二层住人，第三层放草和农具，尤其令郤晋武好奇的是，这里的楼梯都是用一根整木挖出来的，走在上面摇摇晃晃，一不小心就会踩翻楼梯摔在地上。征战多年，好久没回过家了，郤晋武第一次有了住在家里的感觉。但是他知道自己不能在此处多停留，第二天郤晋武就率部队继续西行。

二

几天后，随军前指赶来的谢法海，在翻越折多山的时候天色已经暗了下来，寒冷让他浑身发抖，黑暗中他几乎迷失了方向。正在他一筹莫展的时候，看到远处一抹温暖的光正在朝他招手，当他走到亮光的地方时，发现是一顶黑色的牦牛帐篷，火塘里烧得正旺的牛粪冒出红红的火舌,他扑倒在灶膛前,十分钟后才有了知觉。他就着热腾腾的清茶,把主人给他揣的最后一团糌粑吃了个精光。之前他虽然也为了适应藏区生活学着吃过糌粑喝过酥油茶,但谢法海感觉这是他有生以来吃过的最香的一顿饭,这顶帐篷也成为他记忆里最温暖的地方。

晚上,他躺在牛粪火塘旁,静静地观察着这个温暖的"家",这其实并不算一个真正的家,一个用石头砌的火塘,一只碗,一把壶,一个陶罐,几张拆开的麻袋片——这就是全部。主人的妻子和妹妹都是道孚附近一个农奴主的差巴,一年到头回不了几次"家",而他也不是自由身,他在这里为主人放牛。

谢法海的心被猛地刺了一下,"我们吃这么多苦去西藏,其实藏族人民的苦比我们大多了,我们西去就是要解放那些受苦的藏族同胞"。想到这里,他进藏的意志更加坚定了。他在日记中写到,折多山在藏语里是弯曲的意思,但我希望把这个世界变直。

早晨,雪终于停了。帐篷里的灶膛上留着两块大洋。太阳出来了,照在雪地里一串串脚印上,反射出耀眼的红光,这一串串脚印一直伸向远方,伸向西藏。

且说郄晋武一行离开道孚后,一路西进,在快到达炉霍县城的时候,他远远地看到草原上搭了好几个大帐篷,刚刚到炉霍上任军管会主任的夏克刀登等官员给郄晋武来了一个"途中等待出门远迎"。夏克刀登用藏族最高的礼仪给郄晋武献了哈达,他拿出一个大木碗对郄晋武说:"到民族地区就要学会民族地区的礼仪,这样对以后在藏区开展民族统战工作很有帮助啊。"郄晋武连连称是,接过夏克刀登的木碗,连喝了3碗青稞酒。这个出生在河北的汉子,正在一步步融入到藏民族的风俗里了。

夏克刀登有着离奇的人生经历,1936年6月,中国工农红军北上进入四川藏区,当地地方势力在道孚、炉霍二地阻击失败,退到甘孜后急令德格土司派兵增援。夏克刀登受命率更庆寺的喇嘛敢死队和上千武装,在甘孜绒坝设三道防线阻击红军。一个晚上三道防线被红四方面军二六五团全部攻破,他本人被炮弹炸伤腿部做了红军的俘虏。

夏克刀登在甘孜养伤时,红军首长王维舟多次看望,讲述共产党的民族宗教政策,讲述红军的政治主张。朱德总司令也来探视,同他拉家常,讲形势,使夏克刀登的认识逐步提高,态度有所转变,由敌视、怀疑红军到信服、支持红军。德格土司派乌金泽登来甘孜了解他的伤情,夏克刀登要他回去转告乡亲:"红军待我很好,伤好后就回去。"

乌金泽登离开甘孜时,朱德总司令和王维舟等会见了夏克刀登与乌金泽登。朱总司令让乌金泽登回去转告乡亲:红军是藏族人民的朋友,不是国民党诬称的土匪,夏克刀登的伤好后就回去,要乡亲们放心。并庄重地对他俩说:"红军的目的是要解放全国的穷苦百姓,我们现在不能久留,我们要北上打日本鬼子,十至十五年后,我们还会回来,那时我们共同建设美丽的康巴地区。"

1936年5月1日,康区16个县的700多名代表齐聚甘孜,参加中华苏维埃甘孜博巴政府的成立大会。夏克刀登与格达活佛等当选为"博巴政府"副主席。他们以实际行动积极支援红军北上,除了协助安置伤病员外,还从玉隆赶来400多头牦牛、100多匹马送给红军,受到朱总司令的嘉奖,群众中广传"夏克刀登与朱德是好朋友",夏克刀登的名气也更大了。

1950年初,康区获得解放,夏克刀登在康定参加了迎接解放的庆祝会。在3月27日成立的"康定军事管制委员会"中,夏克刀登担任副主任。不久,贺龙、刘伯承、邓小平等西南军政委员会领导人又邀请夏克刀登、格达活佛等康区进步上层人士到重庆,听取他们对建设康区,支援解放西藏等方面的意见。任命夏克刀登为西南军政委员会委员。

郄晋武告别夏克刀登继续前行,他于4月24日到达了甘孜。甘孜位于雅砻河谷平原之上,这里相对开阔,又是到拉萨的中间点,这里日后成为进藏部队最大的一个补给站。郄晋武到达甘孜后发现随部队带来的粮食已不多了,他们将面临着断粮的危险。

谢法海4月28日也终于到达了甘孜,他是这样描述所见到的甘孜:北山坡上有一颇具规模的喇嘛庙;下边的居民区户不盈百;一条不满百米长的南北街,又窄又脏;没有一个像样的旅馆、饭馆,只有两三处商店模样的门面,门口的小方凳上的箩筐里摆有几个烧饼和少量的香烟。所见的是满街的乞丐和那些身戴刑具的监外犯人;再就是成群的野狗到处乱窜。

与此同时,大部队也正在积极准备前往甘孜。

第五章 断粮一月磨砺意志
毅然挺过彰显铁军本色

一

甘孜城四周被大山环绕,城镇的西侧和南侧山峰连绵不断,峰顶一片银白。雪山下,雅砻江从城南蜿蜒流过,河水不深但非常湍急。城外,是广阔的草原和山地。和所有的藏区一样,5月的甘孜有着最美的风光。但是,进驻到此的一五四团却面临着最残酷的煎熬:断粮。

川藏公路的修筑正在紧张地进行着,在天全,姜登云和五十三师的战友们配合着人民解放军西南工兵部夜以继日地战天斗地。要想靠公路运粮到甘孜,那是一个遥远的梦想。郄晋武望着茫茫的草原,突然觉得心里没底了。一五四团在此遇到的不是敌人的顽抗,而是战士们最基本的生活保障。

就在部队刚到甘孜的第二天,曾接到军里来的电报,西南空军准备派运输机向甘孜空投粮食和物资。那一天,战士们都齐齐地望着碧蓝的天空翘首以待,就像等待自己的新娘一样亢奋和急切。但是,12时过去了,13时又过去了,除了偶尔有几只苍鹰从头顶掠过以外,战士们没看到任何东西。

谢法海一直望着天的脖子有些酸痛了,和其他人一样,他知道今天将一无所获。而运输机什么时候会飞临甘孜,没有人能给出确切的答案。

当天晚上,张国华很遗憾地给五十二师师长吴忠发去电报:今天,二郎山上空有一雷电雨区,飞机不能通过。这次空投失败了。

抽着熟悉的"大炮台",看看仍一动不动站在门口的张瑞堂,张国华有了和当时先遣支队在雅安受阻时的忧虑。断粮,是部队最大的威胁,怎么办?这两天,雷电雨区一直稳定在二郎山地区上空,空军部队连续向甘孜试飞,但都被迫返航。另外,青藏高原地形地势复杂,十八军居然没有一张详细的空中线路图。

这块"空中禁区",难道真的无法逾越?"军一号"一筹莫展。

5月5日,吴忠的来电更让张国华愁眉紧锁。吴忠报告说:部队随身携带的粮食已经吃完了,在当地征粮十分困难,没有任何进展,运输机空投未成,部队已开始了长期打算,从即日起尽量节约粮食,已动员部队每人每天只吃两顿,每人每天只发一斤青稞,磨成面就只剩下七八两了。战士们共同的口号是"以度过灾荒年的精神,同粮食打仗,度过飞机不能空投的日子"。

看着吴忠的电报,张国华的心痛了。吴忠是一员战将,打起仗来脾气暴烈,天王老子都敢骂。他14岁就参加革命,出生入死,英勇善战,先后7次负伤。红军时期,他参加了万源保卫战和嘉陵江战役,长征中曾三过草地;抗日战争时期,他带领部队深入敌后,开展游击战争,特别是担任昆张支队支队长期间,以机动灵活的战术重创日伪军,为保卫冀鲁豫作出了重要贡献;解放战争时期,他率部从冀鲁豫一直打到大西南,在著名的章缝集战役中,吴忠率几百人钻进敌军"心脏",配合主力歼敌3000余人。他的故事被编成歌谣在解放区传唱,刘、邓首长专门嘉奖了他。满身的伤痕是吴忠最耀眼的奖章。

就是这样一位坚强的部下,从来没有在艰难困苦面前低过头;但面临数千指战员缺粮断炊的困境,他不得不"软"下来了。

午饭时间到了,张瑞堂端上一盘鸡蛋炒辣椒,外加一碗菠菜汤。这是张国华平日里最喜欢吃的,但是,现在他没有任何胃口,想着在甘孜挨饿的战士们,张国华只能一支接着一支地抽着香烟。

饭菜已经凉了,张国华立刻给重庆发去了一封电报。接着,西南局给西南空军下达了"死命令":想尽一切办法,克服一切困难,迅速向甘孜空投粮食。

二

坐在营区外的草地上,郄晋武抚摸着临走前五十二师参谋长李明送给他的那把猎枪,内心充满着矛盾。附近的草原和山地间有许多野兽,但直到现在,这把猎枪在自己手里还没派上任何用场,那两箱子弹也还未开封。

没办法,作为团长,他最熟悉部队的政策和纪律。

部队已开始挖野菜充饥了。战士们放下枪支,迎着阳光和风,拿上竹兜和铁锹一群一群地走出了帐篷,在原野上慢慢散去。

甘孜是农牧兼作区,满山遍野都是野菜,诸如灰灰菜、野葱、野蒜、野韭菜、地丁、蒲公英,种类繁多,数不胜数。在饥饿的威胁下,战士们挖野菜的干劲空前高涨,只要一出去,就不会空着竹兜回来。遇到不知名的野菜,就请当地的老乡帮着辨别。而且,战士们都把各自挖回的野菜拿到小河边洗得干干净净,然后送到炊事班。

解放昌都 1950

在给养供应困难的情况下，战士们挖野菜充饥（资料图片）

行军锅旁边，每天都堆满了野菜。炊事员将野菜清理好，切碎，和着少得可怜的青稞面一起倒进锅里。不一会，满锅的野菜汤就冒出了热气。这在战士们看来，那就是比龙肉还鲜的美味。

野菜的生长速度永远也赶不上战士们挖掘的速度。附近的野菜挖完了，战士们只能走得更远去挖，有时，往往在夜色渐浓的时候，战士们才拖着疲惫的身体回到营地，实在累得不行了，就往地上一躺，马上就睡着了。累一点没关系，现在没有大米吃了，至少要保证野菜的供应啊。

吴忠端着一碗绿绿的野菜汤，连思考的时间都没有，就一咕隆吞进了肚里。不过，饭后没多久，吴忠就感觉饿了。野菜汤毕竟没有多少"内容"，一进肚就消化得特别快。

就这样，战士们在腰酸背痛的情况下喝着野菜汤的同时，已经开始憧憬着下一顿那碗稀溜溜的野菜汤了。

野菜，野菜。就在战士们喝野菜汤喝得"浑身发绿"的时候，救济终于到来了。

5月7日，王洪智率领6架运输机从重庆、新津机场起飞，最后终于飞抵甘孜上空，实施了空投。当一包包大米像包子一样往下

115

坠时,王洪智笑了。虽然看不到地面上战士们的面孔,但他知道,一五四团的所有人比自己笑得还开心。

虽然后方送来了大米,但是吴忠在短暂的兴奋之余,还是陷入了忧虑。这次空投的108袋大米共约5000余斤,对在甘孜的4500余人的部队来说只是杯水车薪,按供应标准尚不足一日之需。部队不能"做一天和尚撞一天钟",而长期吃野菜也不是办法,必须另外想办法。

三

走出住处,望着即将落山的夕阳,吴忠叹着气。晚风吹来,一群地鼠在他脚边追逐嬉戏着。

第二天,吴忠下达了一个无奈的命令:捉地鼠。

地鼠,这是一种至今在川藏地区还能见到的小动物,藏话叫"阿惹",它没有尾巴,毛色灰白,短腿利爪,头部好似小兔子。这种地鼠繁殖力极强,靠吃草根为生,对草场破坏极大。牧场上的千百个大窟窿,小洞洞,牧草大片枯黄成灾,就是它们的杰作。可是当地牧民却把它们看成是"草原上神灵的骏马",都没敢招惹它们。

地鼠胆子很大,不怕人。大的有七八两重,小的三四两不等。最重要的是,地鼠的肌肉丰满,肉质非常鲜美,营养价值甚至超过了牛羊,这在饿得发慌的战士们看来,可是高级的滋补品啊。

最开始,战士们捕鼠没有经验,全是各自为战。遇见地鼠就采用木棒敲、石头砸、铁锹拍、挖鼠洞等最笨拙的方法。战士们漫山遍野地跑了半天,累得上气不接下气不说,还没什么收获。后来,有脑瓜子机灵的战士,想出了最有效的办法。因为这些小东西的洞穴在地下是连成一片的,从这边的洞口灌水进去,那边就有成群结队的地鼠窜上来。战士们就用袋状的破布、破麻包甚至是剪下一截裤腿罩住洞口,那边开始灌水,地鼠慌乱逃窜之中就跑进这边的袋子里。战士们立刻抓紧口子提起来往地上一摔,就可以摔死好多只。

不过,战士们也有找不准洞口的时候,那边一灌水,地鼠却从旁边的洞口跑了,急得战士们直跺脚。

不过,跑掉的地鼠毕竟是少数,这样集约化的作业让战士们省事多了。

而且,捕鼠过程中还有意外收获。在捉鼠的袋子里有时居然还有不少的小鸟夹杂其中,这种鸟大致像麻雀,但体型较大,毛色浅。

鸟鼠同穴?这也算是高原奇观吧。

作为书生的谢法海后来才探究明白,草原上没有多少树木。鸟儿难以找到一个栖息的枝头,更无茂盛的枝叶做掩护,极易受到猛禽的攻击。同时,鸟儿也无处架巢穴繁育后代,才迫不得已躲进鼠洞。另外,由于洞里比较潮湿,会生出许多的虫子,鸟儿在洞里不愁找不到食

地鼠(资料图片)

物。不用出洞门又有吃的,何乐而不为呢。

地鼠在奔跑,鸟儿在飞翔。今天把这片地上的捉完了,过上一夜,其他地方的鼠、鸟又蜂拥而至填充进来,不留真空地带,给战士们以捕之不尽的感觉。

有了野菜、地鼠、鸟儿,从炊事班端出的饮食就丰盛起来了,饭虽然还是一天两顿,但饮食质量大大提高了。有的官兵的气色也随之由瘦黄转为红黑,跟当地牧民的肤色差不多了。

当地的老百姓也十分通情达理,部队是在百般无奈之下才去捕鼠捉鸟的,他们从内心里都能谅解。谢法海看在眼里,喜在心头,这体现着藏族人民的深明大义和爱兵之心。

郄晋武看着扔在帐篷角落里的猎枪,心中涌起一股莫名的兴奋,而更让他感到高兴的是:当得知部队断粮后,一个藏族老乡把一袋约有三四公斤重的糌粑悄悄送进战士的帐篷,但被婉言谢绝了。

后来,这件事被编排成一个小剧目《一袋糌粑》,让文工团的战士们演出。

然而,幸福的日子并不长久。

此时,当地寺庙里的喇嘛放出风来,说地鼠是神物,不能杀害这些生灵。为此,吴忠又无奈地再次下令:一定尊重藏族人民的风俗习惯,禁止捕捉地鼠。

看着满地乱窜的地鼠,战士们只能忍耐。一五四团又回到喝野菜汤的日子里,并急切地盼望着后方的运输机能经常"光顾"甘孜。虽然从5月7日至17日,王洪智率队一共空投了大米2.3万余斤,间断性地缓解着粮食短缺的问题,但照此下去,这支部队很可能会饿死在这遥远而陌生的草原上。

就在人挨饿的同时,战马和骡马也开始成批地死亡。其实,这是有必然的连带关系的,人的口粮尚不能保证,马的食料就更难保证了。在高原地区负重远行,马的体力消耗比在内地要大得多,时间久了,膘情骤降而不支。还有就是高原反应,导致马匹死亡。

这些战马有些来自抗日前线,有的来自蒋介石的"奉送"。它们加入革命队伍,随战士们征战多年,同样出生入死,为人民的翻身解放立下过无数汗马功劳。每当有战马倒在这高原之上,战士们都会悄悄地落泪,痛心疾首。

缺粮的阴影,一直像乌云一样飘浮在战士们头上。

有的战士饿得头昏眼黑,实在熬不过去,就去营区附近寻觅,把早先扔下的死马的骸骨上被鹰、犬撕咬剩下的干皮、干肉剔下来,拿到炊事班里,用水煮了,然后囫囵吞枣般吃下去应付一下。

到后来,连干皮、干肉都被吃个精光的时候,战士们只能把死马的骨头捡回去,砸碎了熬汤喝,毕竟,马骨头里可以煮出一点油水,可以支撑身体。

只要是不违反部队纪律,一切能吃的都进入到战士们的肚子里。饮食卫生和营养的下降,随之而来的,就是战士们眼睛浮肿比较普遍,病号急剧增多。

四

1950年的5月,成为吴忠率领的这支部队最艰难、最刻骨铭心的岁月。

在病号增多的同时,一股埋怨情绪像草原上生长力极强的野草,开始在部队里蔓延开来。有的战士说,上级说派一个空军师为我们空投,派500辆汽车运输,到甘孜每人每天吃半斤牛肉,现在半斤牛肉没吃上,倒吃上一斤青稞了。还有的战士说,十八军倒霉,充军西藏,今后上级再说什么我也不相信了。

这些话源源不断地传到了吴忠的耳朵里,他深知继续这样下去,部队面临的问题将更加严重。为扭转这种被动的局面,先遣支队召开了一次营级干部会议。会议就在吴忠和天宝的住处进行。

当时,部队规定十分严格,大部队都驻扎在帐篷和山洞里。作为先遣支队的领导,吴忠和天宝被特别安排在当地一个头人家的二楼住,楼下是畜圈,楼梯是一根独木,很细,上面用刀砍出几个坎,走上去有些腾云驾雾的感觉。

一大早,当几个营级干部踩着独木楼梯走进屋时,吴忠和天宝还没吃饭。几个营级干部既不敬礼也不说话,背对着吴忠和天宝一屁股坐下,一声不吭。整个屋子里的气氛有点紧张和尴尬。

先遣支队的营级干部们敢和这两位令人敬重的领导赌气,实在是因为内心怨气太大了,他们是在用这种无声的方式表达着不满。

这时,警卫员为吴忠和天宝送来早饭,共有三样东西,简单得出乎营级干部们的想象:一盆开水、一碗炒面、一盘野菜。吴忠和天宝也不作声,各自往自己的搪瓷杯里倒进半杯开水,抓上两把炒面,用筷子搅成面糊糊,再拌上点野菜。三下两下,这顿饭吃完了。当他们吃饭时,有的干部装作不经意的样子,偷偷瞟了瞟他们的搪瓷杯,然后和旁边的人悄声嘀咕着什么。一顿早饭迅速吃完了,吴忠让大家把憋在肚子里的意见讲出来。

"缺粮食,上级没尽到责任。"

稍微沉默了一会后,有胆子大的打响了头炮。

"战士吃不饱,咱对大家没话说,没有本钱交代不了。"

"有病的同志,情绪更悲观,看到去拉萨还有那么远,听说前面还有很多比二郎山、折多山更高的山,这样下去,非死在路上不可。"

大家的情绪开始激动起来,也不顾忌领导不领导了,纷纷把肚子里的话都说出来。

吴忠细心地听着,最后他突然把脸沉了下来:"你们还能记起夹江老百姓塞进我们嘴里的糖果味吗？我们的困难,不仅上级机关关心,而且受到全国人民的关注,因而困难局面不久就可以得到改观;但在我们的思想上,宁可准备时间更长一些;干革命总会有困难,我们现在充其量是吃不大饱,这同早年红军在甘孜时,既要同强敌作战,又要自己筹粮、常常断粮相比,我们的困难微不足道。你们对战士没话说,首先是你们思想没搞通。领导干部,无论战时还是平时,都要做战士的表率,刚毅沉着,坚

吴忠少将(资料图片)

定乐观,做好部队思想工作。只要你们心里不乱,部队就不会乱。"

一通训斥下来,在场的所有干部都无话可说。

吴忠心里很有底地挥挥手:散会。

下楼的时候,这些营级干部个个脸上挂着微笑,颇有信心地走出吴忠的住处。

五

军前指是4月24到达康定的,进到康定不久,部队携带的粮食也吃完了,只能靠购买少量糌粑、土豆和挖野菜维持生活。

负责专家们后勤给养的王亮炳每天都会赶着马匹到郊外去觅食。虽然自己饿着肚子,但他首先得把几十匹骡马照顾好,因为一路走来,这些马匹比自己辛苦多了。

尽管食粮严重缺乏,生活艰难,但王其梅和李觉带领军前指立即展开工作,调查西藏情况,研究政策意见。

康定、甘孜地区为藏族聚居地区,其间杂居着少数汉族。虽然当年国民党管辖下的西康省下面设有专、县等政权组织,但当地实际上仍由有头面、有实权的土司和头人统治着藏族群众。

先遣部队开展一切工作,都必须得到他们的同意与配合。军前指首长遵照党的民族团结政策,主动对民族、宗教上层人士开展统一战线工作。王其梅、李觉到达康定后,即前往拜访康定军管会副主任夏克刀登及委员格桑悦喜、张西郎杰、益西郎杰等人,还广泛接触其他上层人士,宣传人民解放军进军西藏、解放西藏、统一祖国大陆的任务和意义,宣传党的民族、宗教政策,希望他们努力支援进军西藏。夏克刀登系德格玉隆地区大头人,土地、牛羊颇多,拥有相当数量的枪支和武装力量。此时,夏克刀登不仅向部队出售了数10万斤粮食,还出动牦牛为部队承担大量的物资运输。为解决渡过金沙江以后的随队运输,通过开展统战工作,先遣部队在石渠即购得牦牛6000头。德格女土司降央白姆和夏克刀登等人,都向部队出售了数百到数千头牦牛。

统战工作进行得很顺利,使得整个部队开始轻松起来。在军前指准备向甘孜进发的时候,夏景文特地去放松了一下。

飞机在甘孜上空投送物资(资料图片)

康定城北8公里处,有一个温泉,水温较高,虽然设备比较简陋,但是价钱很便宜。每洗一次只需要7分钱(部队每月的津贴为:战士2元,排、连干部3元,营、团干部5元,师以上干部8元)。

夏景文在此享受之后却发现,自己又"掉队"了。之前,"二陈"去雅安的时候把他留在了乐山;现在,王其梅和李觉要去甘孜了,却又把他留在了康定。

很快,夏景文就坦然了,因为他听说了一五四团在甘孜严重断粮的事情。王其梅和李觉根据实际情况,只能带少数人马先行去甘孜,军前指大部分人马还得留在康定待命。

在甘孜,吴忠与天宝也做着扎实有效的统战工作。不久,甘孜一带有名望的人士纷纷向解放军靠拢,积极为解放军筹措粮食。

5月底,后方空投粮食的数量和次数明显增加,部队逐步走出了断粮的困境。

驻扎在甘孜的北路先遣部队有四大任务:修机场,修公路,造船,进行社会调查。张国华很清楚,甘孜地区在支援进军西藏中,地位十分重要。北路先遣支队到达甘孜后,西藏工委根据指示,立刻向4个县派出军代表,协助西康省甘孜地委开展新区工作。徐达文、夏仲远、杨东生(藏族)、马扎布(蒙古族)分别担任甘孜县、德格县、邓柯县、炉霍县军代表。这些干部到各县后,积极开展调查研究,团结上层人士,动员组织藏族群众支援解放军进军西藏。

而早在5月6日,一五四团政委杨军就率二营从甘孜出发,16日抵金沙江边的邓柯。二营在邓柯一面打造准备渡江的船只,一面积极调查对面藏军和道路情况。团主力和师直属分队在甘孜修飞机场,后转入抢修通往炉霍的公路。

5月28日,先遣部队召开排以上干部和骨干分子大会。吴忠再次指出,积极设法改善粮食供应状况固然重要,但是,如果就事论事,只强调物质问题的解决,而不注意强化斗志,树立正确的苦乐观,那就如同扬汤止沸,不能从根本上解决问题。

经过短期教育,先遣部队绝大多数干部战士重新振作起来。

就在这次大会上,吴忠提出了"生活康藏化、高原化"的号召。其主要内容是:学着喝酥油茶、吃糌粑,学说藏语,学会住帐篷、打毛袜子等。

第六章 吃糌粑学藏语生活康藏化
　　　　融入藏区他们愿做一块糖

一

　　5月底的甘孜,白杨树的枝叶已经长得很茂盛了,融化的雪水让雅砻江变得开阔起来,牛羊由于有了青草的喂养而膘肥体壮,圆根也已经露出了丰收的迹象,河谷平原上的斑鸠在青稞地里欢叫。

　　甘孜把它最迷人的一面展示在了一五四团先遣部队官兵的面前。然而要想真正融入到甘孜的生活里并不是看看风景就可以的,生存是融入藏区能够成功的首要因素,"意识形态的问题"解决不了,所有的战略部署都是纸上谈兵。

　　随着空投次数和成功率的增加,粮食、副食和其他物资逐渐增多,还空投了一些银元,允许部队就地采购部分粮食和副食品,以补空投之不足,就地采购的粮食以糌粑、酥油和牛羊肉为主。"肚皮问题"是暂时解决了,但另一个"肚皮问题"也随之而来。没有吃过酥油和糌粑的干部战士,觉得吃这样的食物简直比吃野菜还难以下咽。

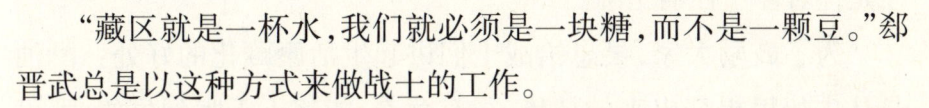

　　"藏区就是一杯水,我们就必须是一块糖,而不是一颗豆。"郄晋武总是以这种方式来做战士的工作。

　　然而这个"肚皮问题"成为摆在大家面前的一道屏障,想迈过这个障碍显然要比把糖放进开水里最后溶化要难得多。

　　在选择豆和糖这个问题上,吴忠觉得这不应该是个选择题,而应该是个必答题,而唯一的答案就是——糖。他提出的"生活康藏化、高原化"的号召,其主要内容是:学着喝酥油茶、吃糌粑,学说藏语,学会住帐篷、打毛袜子等。"只有做到了这一点,军人才会成为一块真正的糖,这块糖一旦溶解在藏区这杯水里,你才不会再是一个局外人,你才觉得这杯糖水的甜蜜。"

甜蜜是一步步走进战士们的生活里的。这个甜蜜也是从胃和大脑的革命成功后开始的。

吴忠发现,同样在恶劣的自然环境中藏族同胞的体质却很健壮。除了身体基因的遗传,还在于他们饮食结构的独特,牛羊肉、酥油和糌粑是他们的主食。甘孜地区是农牧业混合区,牧区牦牛和羊都很多,那里完全是自给自足的自然经济,一般牧民无处挣钱,生活极为贫苦、单调。一五四团决定从他们那里购买一些牦牛、酥油和糌粑,这样既可以改善部队生活,又可以增加牧民收入。吃牛肉大家很快就适应了,但吃糌粑和酥油,却让大多数人难以应付。

由于开始不懂得酥油茶的做法,大家用大锅烧上茶水,放进一块酥油,用勺子搅几下,便成为酥油茶了。开饭前,大家排着队,干部带头,一人喝一碗,作为纪律执行。开始大家一喝就吐,有的同志甚至闻到酥油味就吐。但是为了适应藏区的生活环境,同志们硬是捏着鼻子往嘴里灌。

为了鼓励大家,吴忠给战士们讲起生活康藏化的好处:"酥油是从牛奶里提炼出来的精华,很有营养,能够天天喝到牛奶,那可是共产主义社会才能达到的生活水平啊。"

在吃糌粑这个问题上,吴忠同样是苦口婆心。"糌粑体积小,分量轻,最适合长途行军和作战环境,我们到了宿营地,只需要烧锅开水,很快就可以吃饭。每天可以余出很多时间来,恢复体力,保持精力。如果我们不习惯吃糌粑,只带大米,大米体积大,分量重,做饭时间长,不容易煮熟,在长途行军作战中,减少我们好多宝贵的时间。就营养来说,糌粑加牛奶酥油比山东的高粱窝窝头加辣椒和四川的大米加白菜要强得多。"

吃糌粑其实也是有讲究的,怎么吃、怎么用手捏揉都有一定的技术,甚至可以说是一门艺术。刚刚从四川甘孜白玉县参加到十八军队伍里来的藏族青年郑英,成了大家的老师。只有17岁的郑英上过三年学,会说一口流利的汉语,而他的汉语老师就是当年红军长征时,留在他家乡的一名汉族红军战士。

第一次当老师,郑英显得很拘谨,他先给大家鞠了一躬。然后,说,糌粑是用手按着吃的,先在木碗里倒些酥油茶,如果没有酥油茶,就放上一小块酥油和茶水,再加上糌粑面,用中指向碗底戳一戳,搅和搅和,然后再贴着碗边转动,轻轻按捏均匀,按成一团就可以吃了。

郑英边说边给大家示范,谢法海在这个小老师面前也当上了学生,他虽然在折多山那间帐篷里看到过怎么按糌粑,但实际操作起来还是觉得"像一门艺术"。

有的战士嫌用手按糌粑不卫生,拿双筷子在碗里搅来搅去的,可糌粑就是不成团。郑英急红了脖子:"不行,不行,按糌粑,按糌粑嘛,就得拿手按,筷子怎么个按法?"郑英告诉大家,藏民族有句俗语,糌粑按一百下,不放酥油也等于放了酥油。可见糌粑越按越香。

在这个小老师面前,战士们已把学吃糌粑当成了一件最有趣的事了，一到开饭时间，大家都围着郑英问这问那，饭堂俨然成了课堂。

慢慢和大伙混熟了，郑英也不再拘谨，他甚至和战友们开起了玩笑。一天，正在大伙捏着糌粑吃的时候，他突然大喊一声："错了，错了，你们把糌粑的尾巴先吃了，这样糌粑会跑的，以后它再也不会跑到你的碗里来。"正在大家面面相觑的时候，郑英伸出左手在空中抓了一下，当成抓了一把糌粑的样子认真地捏着，一边捏一边说："吃糌粑还有个讲究，一团糌粑有头有尾，尾在上，头在下，先吃头后吃尾，就这样……"说着，他突然把拳头翻过来，往嘴里一丢，还"得儿"一声打了个响舌。

大家被郑英逗得哈哈大笑。也学着他的样子一边捏着糌粑一边说，糌粑先吃头，不能先吃尾。

就是在这样轻松和谐的气氛中，大家慢慢学会了吃糌粑喝酥油茶，而他们获得的却是强壮的体魄和充沛的精力，为日后更加残酷的挑战积蓄了力量。

许多战士也讲了自己的体会，有个战士在翻越二郎山时晕倒过，但吃了一个月酥油后，浑身是劲，扛60斤柴一口气能走七八里。另一个战士的亲身体验是，刚到甘孜时走平路喘不过气来，上个小坡就腰疼腿酸，抬一桶水走二十多步就要休息一次，自从吃了半个月酥油后，扛柴禾走二三十里也不累。

二

学会说藏语成为大家的第二个课题。

战士们知道语言是交流感情的工具,没有共同语言就说不到一块儿。到西藏去不懂藏语,等于没有耳朵,听不见群众的声音;不懂藏语,等于哑巴,又哪能宣传党的政策呢。

通过和当地藏族老百姓的接触,先遣支队的战士们发

部队战士向藏胞学习藏语(资料图片)

现,藏族群众把会说藏语、会接糌粑的人叫做"卓波"(朋友)。一开始,大家的学习热情就很高,你追我赶,恨不得一夜之间就成为藏语通,好做藏族群众的知心朋友。

此时,甘孜的天气格外好,田间地头都成为大家的课堂,战士们找个宽敞的平坝,坐在草地上,把腿一盘,折支柳条当笔,一边跟着老师念藏语一边在地上沙沙地写着。

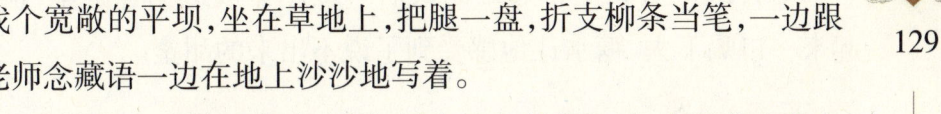

"昂措米芒金珠玛米应(我们是人民解放军),金珠玛米米芒向德秀(解放军为人民服务)。"草地上响起一片诵读声,大家学习的热情空前高涨。除了这些句子外,战士们还从藏语最简单的字母开始学起。整个甘孜仿佛变成了一个大课堂,当地的老百姓也被这样的氛围感染着,一有空就跑到战士们学习的地方去旁听,他们被战士们不太标准的发音逗得哈哈大笑。

为了让大家能尽快地学会藏语，老师们还编出了许多顺口溜。

天是"朗"，地是"沙"，太阳是"尼玛"，月亮是"达娃"，吃饭就是"卡拉洒"，请坐就是"叙顿假"……

郑英再次成为大家的编外小老师。

郑英真正的工作是供给处的翻译，一旦没有任务，他就飞快地跑到各个课堂上去凑热闹，"跟着领导到当地各头人那里去做翻译，没有和战士们一起热闹。"

"薅头道青稞的样子，就像乌鸦在灰尘里翻滚。薅第二道青稞的样子，却像黑牦牛在土堆上玩角技。当青稞出穗的时候，像英雄男儿把喝完酒的铜杯倒放在前面。"在这样的氛围里，先遣支队的同志们很快学会了最基本的藏语，并且能和当地的藏族老百姓进行交流了。

当他们用刚学的藏语加手势和藏族群众交谈时，藏族群众一脸兴奋和惊讶，不时发出"哦呀哦呀"的赞许声。

过了饮食和语言这两道关，住帐篷和打毛袜子就显得特别容易。没过多久，先遣支队就很快融入到了当地的生活里。他们不再是高原上的局外人。

郗晋武把从康定带过来的最后一颗冰糖放进搪瓷缸里，他端起来一口喝下去，糖水让他感受到了说不出来的甜蜜。

第七章 劈山架桥筑天路
遥遥天路写忠诚

一

十八军北路先遣支队到达甘孜后,带的粮食全部吃完了。但部队坚决执行中央"进军西藏,不吃地方"的指示,不向当地摊派征购,靠自己挖野菜、捕麻雀、捉地鼠充饥,坚持了一个多月。情况的严重性,正如陈明义参谋长曾经说过的:"公路不通,前方的部队等于被流放,我们就站不稳脚跟。"

在进军西藏之前,高层决策者们就预见到了会出现这种情况,作出了明确的指示,采取了积极的措施,决心修筑公路就是最主要的一条。

毛泽东主席在进藏之前就指示说:"一面进军,一面修路。"之后,又手书了"为了帮助各兄弟民族,不怕困难,努力筑路!"送给了十八军。

朱德总司令题词:"军民一致,战胜天险,克服困难打通康藏交通,为完成巩固国防繁荣经济的光荣任务而奋斗!"他还说:"飞机、公路不断运送,可壮士气。"

1950年2月下旬,西南军区根据进军西藏的需要,决定将特种兵纵队中的炮兵、工兵部队"一分为三",编成炮兵纵队、工兵纵队,坦克团编为独立团。谭善和任工兵纵队司令员兼政委,廖述云任副司令员,刘月生任政治部主任。

谭善和是湖南茶陵县人,1915年3月1日出生于茶陵县一个贫苦农民家庭。早在刘、邓、贺首长联名发出的《进军西藏政治动员令》后,时任二野特种兵纵队副政委的谭善和就认为:特种兵纵队有工兵,为配合进军解放西藏,艰巨的筑路任务很可能会落在特种兵纵队肩上,因此必须提前做好准备。于是,他立即与部队领导一起决定:在干部配备和物资器材调拨上进一步向工兵部队倾斜。

谭善和少将(资料图片)

特种兵纵队改编后,谭善和立即赶到西南军区司令部。他首先向军区参谋长李达请示:"参谋长,我们工兵纵队当前的主要任务是什么呢?"

李达说:"主要是支援进军西藏——修路,你要马上投入准备工作。"

在军区,邓小平见到谭善和就问:"《进军西藏政治动员令》看到了没有?"

"看到了。"谭善和回答说。

邓小平是谭善和的老领导了,彼此见面倍感亲切。

"进军西藏,军事上不会有很大的硬仗,最大的困难是运输补给。这方面工兵的任务很重，所以才把特纵分开。你当工兵司令员兼政委，副司令员和政治部主任都是贺老总从西北带来的，也都是你在二方面军时的老战友，你要和他们搞好团结，做好支援进军西藏的工作。"邓小平十分具体地指示说。

"这次十八军执行进军西藏的任务，张国华来谈，他们最担心的是粮食、弹药的补给问题，这也是我担心的。我们已给军委发了电报，要不惜任何代价，全力以赴抢修公路。困难自然是有的，前人形容康藏'乱石纵横，人马路绝，艰险万般，不可名状'，并不完全是夸张。能不能在这样的地方尽快修出一条路来，就看你们的了。"刘伯承接着说。

"请首长们放心，我们一定团结一心，完成支援任务！"面对着刘、邓两位首长期待、信任的目光，谭善和郑重地说。同时，在他的眼神里透射出一种坚定和自信。

3月初，特纵分编，谭善和率100余名机关干部前往成都组建工兵纵队。他首先去找正在成都的贺龙司令员报到。红军时期，谭善和曾在贺龙指挥下战斗过。屈指算来，他已有十几年未见过老首长贺龙的面了。这次，两人一见面就谈起了"修路"。

贺龙拉着谭善和坐下说："西藏情况特殊，中央要求进藏部队不吃地方，一切补给都由内地解决，可没有公路就不能运送给养。所以连毛主席都在电报中强调，要'一面进军，一面修路'。筑路部队这次可以说是先行官。你的任务是赶快把工兵部队组织起来，拉上去，先将雅安到甘孜这一段修通，让汽车跑起来。"

仍然像当年受领作战任务一样，谭善和认真地听着，不住地点着头。

贺龙最后说："伯承和小平同志要你当工兵司令,对你是很大的信任,希望你克服困难完成任务。"

3月25日,工兵纵队在四川新津县正式组建,下辖第2、第7、第8、第10、第11、第12共6个工兵团和一所工兵学校。谭善和除担任工兵纵队司令员兼政委外,还兼任工兵学校的校长、政委。

与此同时,为支援十八军进军西藏,西南军区又组建了支援司令部,由昌炳桂任司令员(3月,改由谭善和继任)。支援司令部统一指挥工兵部队6个团又1个营和十八军步兵筑路部队3个团、4个汽车团、2个马车团、2个驮骡团、1个空军运输大队及医院、兵站等保障部队。

打通"康青段"是支援司令部建立之后的主要任务之一。康青公路又称雅甘路,起点是雅安,终点在甘孜,它是在国民党时期修筑的,原路基本来就粗糙简陋。1940年10月15日曾经举行试车,颠簸了5天,才有一部小车勉强到达了康定。到1946年,这条耗时4年半、先后征民工13万余人、死伤9000人的所谓公路,就被水冲毁废弃了。

1950年4月13日,康藏公路修复工程在川藏交界处"金鸡关"破土动工。随后,西南军区工兵纵队司令员谭善和亲率6个工兵团和十八军的一五八团、一六二团等部以及工程技术人员、筑路民工,肩负着打通二郎山的任务,开上了二郎山筑路战场。

二

雨,连绵不绝的雨。

为保证进藏部队的物资供应，工兵部队和参加筑路的进藏部队，从1950年4月至8月，仅以4个月时间即修通了长达1200余里的雅安至甘孜段公路。这是修建公路动员大会会场。（资料图片）

连有祥就是在一个阴雨绵绵的雨天随一五八团二营到达二郎山下的两路口的。搭好帐篷之后，连有祥走出营地，走到通往二郎山的路口，仰望着隐在雨雾中的大山。夜幕下的二郎山神秘莫测，黛青色的山犹如一头巨型怪兽，虎视眈眈。

晚上，战士们烧起柴禾烘烤白天被雨水淋湿的衣服。树枝也是湿的，冒着浓烟，大家被熏得眼泪直流，一边抹泪一边笑嘻嘻地开玩笑："明天有烟熏肉吃了！"

可是，烤到半夜，衣服也没有干。和衣睡在低矮窄小的帐篷里，湿气和地下的凉气袭来，连有祥浑身发冷。听着帐篷顶上嘀嗒的雨声，他迷迷糊糊地睡着了。

第二天一早，部队在雨中开赴二郎山。

当时部队的物质条件很差，仅有铁锹、十字镐、钢钎、铁锤等简单施工工具，而且数量不足。部队最大的困难是作战部队第一次向大山开战，对于筑路知识和施工技术懂得很少；有关施工的组织领导，也只能边干边摸索。

打通二郎山，首先是清除遍地稀泥。塌方地段多，一塌就是几里地。连有祥站在深及小腿的稀泥里，带着战士们锹铲筐抬，箕挑

板推,人人成了"大花脸",军装成了"泥子"服。为了鼓舞士气,他带头唱起了《打得好》:

"打得好来打得好,

四面八方传捷报来传捷报。

到处都在打胜仗,

嗨,捷报如同雪花飘。"

清除了路上的稀泥,大家稍作休息。你看我我看你,互相指着脸上的稀泥取笑。

两路口至二郎山顶约37公里,大小桥梁共36座,需要重修的有20座。百分之九十的路面无排水设施,百分之三的路面被水浸,淤泥很多,山上仍然积雪,每晚都会下雨。主要由工兵十团在这一带施工。

年轻的连有祥(连有祥提供)

一五八团二营的战士们并不熟悉修路、架桥,怎么办?连有祥号召大家向十团学习工兵技术,虚心请教。

4月底,部队接受了赶架深沟子桥的任务。要架桥首先需要木料,连有祥带着三连的战士们上山伐木。

上山的羊肠小道尚且崎岖难行,何况是在根本没有路的草丛和树林间前行!没有路,走在前面的战士就用刀砍出一条路来,常年被雨水浸润的岩石上长满青苔,一不小心就会滑倒。

山上毒虫很多,蚂蟥长一尺,有10多人被咬肿腿。蚂蟥潜伏在草丛中和树叶上,有人经过就会吸附在衣服或鞋袜上,伺机叮咬在皮肤上吸血。吸饱之后体积会增大好几倍,由于它会分泌一种麻醉剂,被叮咬的人毫无知觉。

连有祥吩咐大家走一段之后就停下来相互检查,发现衣服上有蚂蟥或者毒虫就及时清除。

二郎山上的树木以圆头柏、刺榆、灌木丛为主,种类达20多种,密密麻麻。灰眉、白头翁、山和尚等山鸟在树丛中穿来穿去时起时落,发出清脆的鸣叫声。连有祥和战士们顾不上欣赏,到了树林中就开始伐木。

一棵棵高大的树木被砍倒、修枝后,被战士们纷纷推下山坡,有的掉进悬崖摔得粉碎。

山高雾大,收工时棉衣完全被水浸湿,重达6斤。

夏季的二郎山,阴雨连绵,空气稀薄。部队没有房子住,每人发一块雨布,白天当雨衣,夜里做帐篷。山坡表层是杂草和树木层层积聚的腐朽物质,踩上去松软而有弹性,扒开来滋滋冒水。帐篷就架在这上面,铺些树枝便成了"钢丝床"。正如战士们说的:"山坡架帐篷,睡在云雾中","铺上鼾声阵阵,铺下流水潺潺"。

高原气压低,饭煮不熟,有时运输供应不上,就喝稀饭,吃野菜。因为营养不良,加上高山反应,不少同志鼻孔流血,晕眩、呕吐。同时,由于蚊虫叮咬,疟疾痢疾也时有发生。至于手上磨出多少血泡,身上被砸伤多少次,战士们都认为是区区小事,没有放在心上。他们起早贪黑,以革命的乐观主义精神和英勇顽强的战斗作风,一锹一锤使公路向前延伸。

与连有祥他们相比,同在二郎山上施工的工兵十团的战士们更加艰苦。山口海拔3000多米的二郎山气候多变,总是雨、雪、雾交加,很少能看见太阳,战士们身上的棉衣每天都是湿漉漉的。有时,狂风突然从山上刮下来,带着暴雨,还夹着冰雹,打在脸上,疼得钻心。风雨一过,跟着来的就是漫天银白的雪片。大家的帽檐上、眉毛和眼睫毛上都挂着白花花的冰凌子,鼻子和面颊都冻得发麻。被雨水浇透的衣服,内衣被体温烘得冒着蒸气,而外面的军装却已经结了冰,像生牛皮一样硬,干起活来嚓嚓作响。

由于寒风吹、冰雹打,战士们的脸上都脱了皮,脱皮后露出的嫩肉,经寒风一吹,疼得像刀割一般,因此很多战士都不敢洗脸。在施工最紧张的阶段,部队就在雪山上宿营。到了第二天早上,战士们宿营的地方白茫茫一片,除了雪什么也看不见。起床的军号一响,被大雪覆盖的战士们像蚕一样,这儿冒起一个,那儿钻出一个。有时从雪地里扒出一个没有起来的战士,并不是他没有听见起床号响,而是"他已经永远睡着了……"

虽然修路任务紧急艰巨,但工兵十团的战士们为了帮助入藏部队顺利翻越二郎山,还提前在二郎山山腰、山顶设茶水站,鼓动站。

十团的战士们抢下入藏部队战士们身上的机枪、背包和炊事员背着的大铁锅,决心把入

工兵部队在二郎山上,冒着大雨修筑公路(资料图片)

藏的同志们送到山顶。

有位名叫孙庭高的战士,把一个因血压升高昏倒的同志背起来,爬过1公里多的山坡,送到茶水站抢救过来。孙庭高顾不上满身大汗,气喘吁吁,紧接着又跑下山,把入藏部队一个机枪手的机枪背上山来。这真是铁打的英雄汉!

修二郎山公路时用的工具(江舒 摄)

二郎山上锣鼓声、歌声汇成世界上独一无二的进军交响乐。十团的战士们爬到树上用广播筒唱起快板和新编的歌:

"同志们,不简单,二郎山高你们快爬完,咱们都有老经验,山顶再高也挡不住咱。你帮我,我帮你,团结互助克服困难!"

"同志们,真英雄,你们爬上了二郎最高峰;同志们,真勇敢,再加把油上面就是茶水站!"

"同志们进军西藏多光荣,不怕雪山高呀哎呀,不怕路程远呀哎呀,发扬艰苦好作风——英勇顽强!"

"西藏是咱们的边疆,帝国主义来侵略呀哎呀,要把西藏侵占呀哎呀,打跑那些大坏蛋,保卫边疆,巩固国防!"

这就是英勇顽强、团结互助的人民解放军,他们万众一心,众志成城!

1950年5月26日,两路口至二郎山山口段工程竣工,车通至二郎山口。当连有祥站在海拔3000多米的山口时,放眼西望,不由暗自感叹——蓝天白云,天高地阔,好一派壮美的高原风光!

山口上竖着一块写有"贯通康藏"四个大字的木牌,这四个字仿佛有一种魔力,让连有祥胸中翻涌着无穷的力量。

三

修复康青路,有三大工程最为艰巨,即二郎山、橡皮路、八大桥。

八大桥,指从雅安到两河口之间的仙人桥、前碉桥、沙坪桥、两河口等8座大桥。其实只是些木头架起来的便桥,当时还可以勉强通过,用来运输进藏物资,起的作用很大。由于夏季雨水多,如碰上下大雨,本来就摇摇欲坠的这八座桥,经常在一夜之间就被全部冲毁了。

当时工程的指挥机关,领导上是工兵司令部,业务上是雅(安)甘(孜)工程处。参加施工的有好几个工兵团和步兵团,还有一部分技术工人。为了解决八大桥的问题,他们在新津大寺里召开了紧急会议。

在这次新津会议上研究抢修方案时,指挥员们发生了激烈争论。他们给西南军区发了请示电报,军区批准了穰明德的意见:架设钢桥。

重修康青路,第一个接受任务的是穰明德。贺龙司令员对他说:"我给你命令,9月1日通车甘孜。"

穰明德副部长是长征干部,湖南人,祖宗三代都是农民,是一位性格倔强、雷厉风行的实干家。

西南军区从重庆派来两架飞机,运来了工程师和器材。

架设钢桥,当时是缺乏经验的。那时连18公尺长的钢架都摆不上去。在抢修仙人桥时,如何把30吨重的根基钢架拉上去就成了问题。施工人员众说纷纭,一人一套办法,有的人甚至主张用绳子吊。

遇到难事善于找群众商量的穰明德,带了一瓶酒、四两花生,还有二斤面,找到了三位比较有经验懂技术的工人,请他们为架设钢桥出主意并同他们碰了杯。

工兵部队在修筑二郎山沙坪桥(资料图片)

工人们非常感动,他们说:"做了一辈子工人,还没有这样一位首长和我们碰过杯。"发誓要把桥修成,当即提出了可行的方案。

穰明德当机立断,说:"你们不能走,先到房子里去休息。我去找人算账。"

他知道,工人的理论水平不够,单靠工人还是不行的,他要去找工程技术人员进行计算。国民党和美国的安全系数是"5",计算的结果则是"1",工程师不安地对穰明德说:"安全系数少了一些!"

这时,正好汽车十六团的团长来了,又将两台吊车调来,使安全系数达到了"4",合乎前苏联的标准。

架桥成功了！

另一个难点是如何治服橡皮路。

橡皮路又叫翻浆路,厚厚的草皮下或有泥水,或有冻土,被汽车压来压去,路面就变成了富有弹性的表层,进而又变成了陷车的泥坑。进藏初期,凡是走过康青路的人,不管是坐车的还是开车的,一提起橡皮路,无不摇头色变,心有余"泥"。

当时的解决办法是让车子去压,当车子陷进橡皮路,拖出来后,再填石子。因为要把泥沼全部挖出来,非常费工。后来采用前苏联的先进经验,不用全部挖掉泥沼,先铺木头,再放石头。

6月中旬,雅安至康定全线贯通。

6月16日,谭善和从新津出发前往康定,沿线视察工作。19日中午,他坐汽车向预定的目的地出发,下午到达二郎山脚的滥池子。这条路是5月23日竣工的,但一些收尾工作尚在进行,沿途可见战士们都在紧张地忙碌着,他们在流速3米/秒以上的流水里堆放木料,在高约1500米的悬崖上抬运木料。公路上响起的碎石声、机械马达声和英雄们的歌声混合在一起,好不热闹！

天还在下雨,寒风一阵阵袭来,但谭善和却被这样热烈的场面感染,他想：动工以来,的确饱尝千辛万苦,"天无终日晴,地无三尺平,时有风雨袭,出门带蓑衣",的确名不虚传。不妨我也加几句来形容这条路吧："坡度三十六,路上气呼呼,一档加加力,司机还担心,上坡还不算,下坡更小心。"

6月20日,谭善和赶往泸定。

如何将物资运过大渡河,谭善和是颇费了一番心思的。为了赶时间,他决定不在河上架桥,而是在大渡河边建渡口,赶造船只,把物资运过河,然后再用骡马驮运。但后来发现有一个大问题:由于骡马在途中也要消耗粮食,所驮运的粮食到达目的地后已经所剩无几。

谭善和为此召开了多次会议,支援司令部的成员群策群力,最后决定把汽车拆卸开来,分批运过河之后再组装起来。由于汽车拆卸之后仍然很沉重,普通船只无法装运,"支司"调运了一批从日军手中缴获的橡皮舟。将多艘橡皮舟连起来,就可以运送大型的汽车部件。

21日早上8点,谭善和就早早起床来到大渡河临时渡口指挥所,准备过江。临时指挥所位于泸定桥上游。一道岩壁斜插下来,把湍急的河水逼向对岸,留下一片新月形的沙滩。沙滩上,帐篷林立,红旗飘飘,从二郎山上下来的汽车,沿着岩壁下面的公路驶向渡口码头。码头上堆放着架桥的钢梁和筑路器材,全国人民支援进藏部队的粮食、被服、干菜和罐头等物资,盖着防雨的绿色大苫布,像一座座小山丘。

渡口上,大橡皮舟的绞绳昨天被大水冲断了,车子暂时不能摆渡过河,工兵连的战士们正在抢修。他们先由几个人驾着小汽划子把一根细钢绳由东岸向西岸牵。由一个人掌着马达和舵,4个人坐在小船里边拖钢绳。驶到河中间时,汹涌的浪涛似乎要把他们吞没。小船快到西岸时,因水流太急,阻力太大,战士们不仅拉不住钢绳,而且险些翻船,只好把钢绳放掉。然后汽划子再返回去重新开始。这样往返了10多次,直到中午,终于把钢绳拉到岸边。岸上的几十个战士拉住小船上抛过来的连接钢绳的麻绳,大家紧张地吆喝着,拼命把钢绳拉上岸,绑在固定在岸边的绞盘上,然后欢呼起来。

　　谭善和亲眼目睹这一切,不禁为战士们的勇敢而赞叹。工兵连的领导告诉他,前几天这条渡船的绞绳被冲断,一只橡皮舟被急浪打翻,船上7人全落在水中,有4人被卷进漩涡再没上来,其余3个人被冲到下游。当时就是这位驾驶汽划子的小驾驶员和另外3名战士,驾着汽划子不顾危险去追,直追过了下游铁索桥,才把落水的3位同志救了上来。

　　谭善和听了,大为感动。

　　有了这条细钢绳,就可以把作渡船绞绳的粗钢绳拉过来,大橡皮舟摆渡便恢复了。这船可以载渡六轮"嘎斯"小货车、十轮卡车,大"道吉"也可以拆开载渡过去。还专门有一个搬运连,把东西搬过桥再装车。渡口上还有两只小橡皮舟,不用绞绳就可渡河,但有危险。河对岸一招呼,只见头系白头巾、身穿救生背心的水手们就跳上了船,船长一声令下:"划!"其他水手便骑在橡皮舟两侧划起桨来。小船剧烈颠簸着穿过巨浪,不一会儿就到达了对岸。

　　渡口上车来人往,非常热闹。卸下物资的汽车鸣着喇叭,通过跳板开上大木筏,由横跨河面的钢绳牵引到对岸。几十只橡皮舟、小木船在激流上来来往往,抢运各种军用物资。后勤部门的工兵、辎重人员在这里摆开了战场。人们奔跑着、忙碌着,你追我赶,争分夺秒。一位挂着红色执勤带的干部在渡口上跑来跑去,吹着哨子、挥着胳膊指挥。

　　哨声、橡皮舟水手与激浪搏斗的呼喊声、装卸物资的"嗨哟嗨哟"的号子声、汽车喇叭的"嘀嘀"声、骡马"咴咴"的嘶鸣声,再加上风声、水声,汇成了雄壮的"交响乐"。

谭善和就在这样雄壮的"交响乐"中渡过了大渡河,坐车前往康定。

遇到河流,汽车大队的同志们就将汽车卸开,摆渡过去(资料图片)

第八章 先头部队康定庆"七一"
　　　　筑路大军继续挺进甘孜

一

　　谭善和乘坐的吉普车于6月22日缓缓驶入康定县城。两山夹峙之中的街道非常狭窄，街道旁边就是奔腾的河流。
　　一个藏族青年跳上车来，两手把着车窗站在车子前部的踏板上。他身上的藏装非常破烂，但脸上绽放着笑容，像孩子一样高兴。他一边跟坐在车里的谭善和"呜哩哇啦"地说着藏语，一边向坐在路边捻毛线的妇女们打招呼，仿佛站在这个会自己走路的铁家伙上很是骄傲，夸张的动作和神情完全是在炫耀。
　　前边一部吉普车上坐着一位穿紫红长袍的藏族老人，一群儿童也争着向车上爬。他们也许是初次见到汽车，都想上去坐坐。一旁守卫着车子的战士没有阻挡，只望着他们憨笑。
　　街道两旁的店铺门前站满了人，人们惊奇地观望，脸上既显得惊讶，又兴高采烈。大家指指点点，品头论足。
　　谭善和住在城里一个公馆内，条件不错。房间内的摆设以汉式风格为主，又添加了一些藏式风格的装饰，干净、整洁。
　　晚上组织了一个小型的晚会，会上首先由谭善和向工兵团和部分支援司令部的同志介绍了后方的支援情况，特别讲到了各个路段的修路情况。接着鼓励大家再接再厉，争取早日完成贺老总的指示:"9月1日通车甘孜。"

最后,由文工二队表演节目。文工二队的成员大部分来自南方,可是经过一个多月来与战士们朝夕相处,他们学了满口的北方话。看到他们用各种艺术形式把筑路部队的生活表现出来,谭善和非常高兴,他饶有兴致地听着一个战士说快板:

"说雪山,道雪山,眼前就是折多山。

折多山,挨着天,康定出来第一关。

咱三营,铁脚板,抖擞精神往上蹿。

万丈雪山脚下踩,战士面前无困难。"

清晨,每当谭善和醒来,听到的就是"嘀嗒"的雨声。连绵的阴雨让他倍感焦虑,雨季毫不留情地到来,这给修路和运输带来了极大困难。然而,艰巨的后勤保障工作却刻不容缓。

这不,后方又在催促,要求无论如何要在7月份修通康(定)甘(孜)段。谭善和在心里暗自叫苦:康甘段全长382公里,仅康定至道孚段就需工140461人,而在前面修路的部队却不过4700多人,一个月才能做150000工,仅够到道孚。

而"洪水到来之前1300万斤运粮计划"更像一柄利剑悬在他头上,让他寝食不安。这段时间,他几乎都是凌晨3点入睡,早上6点就起床——就是这样,还是有做不完的工作。

工兵十二团负责折多山段的修路工作,这是康甘段的第一道难关,谭善和特别重视,经常询问进展情况。

6月26日,他决定和工兵纵队副司令员廖述云、政治部主任刘月生一起,乘吉普车去折多山了解筑路情况。

早饭后,司机发动车,谭善和一行沿折多河前行。雨中的折多河水流湍急,河水撞击着岩石,水花飞溅。沿途都是修路的队伍,铺路架桥,热火朝天。吉普车在新修的道路上行驶,格外费劲,经过两个小时才到达折多山下的折多塘。

到达团部门口,各营教导员闻讯从团部出来迎接。谭善和下车和大家一一握手,然后问:"你们在山上能做工吗?"

大家纷纷回答:"能!请司令员放心,我们一定完成任务!"

当谭善和问竣工日期时,二营教导员回答说:"明日可竣工!"

谭善和抑制不住内心的欣喜,他面带笑容,继续询问战士们的生活情况。

二营教导员回答说:"海拔高,干饭做不成,只能做稀饭,煮一锅稀饭要5个钟头。"

还有,终日下雨,战士们高山反应严重,第一天就病倒了100多人,但很多战士仍带病工作。有时命令收工后,有的战士又偷偷上山去干活。

谭善和心潮起伏,他想:战士们这样忍饥耐寒地工作,祖国一定会为有这样的勇士而欣慰、自豪吧!

二

工兵十二团接到打通折多山道路的任务后,就立即着手进行施工准备。

折多山海拔4200多米,这个季节山顶上仍有积雪,气候多变,一天"九个脸"。刚才还是晴朗的天气,一转眼就阴暗起来,厚厚的

战士们吊在悬崖上作业（资料图片）

云层压在山顶上让人喘不过气来；突然间，"哗啦啦"一阵暴响，豆大的冰雹劈头盖脸地打将下来，仿佛千军万马在驰骋咆哮；冰雹过后，乌云散去，天上又出一轮"火球"，积雪在阳光的照射下反射着刺眼的光芒，紫外线格外强烈，烤得人火烧火燎。

恶劣的自然环境倒还是其次，由于部队首次接触雪山上的冻土层，没有经验，在施工上遇到很多困难。冻土层异常坚硬，用铁锹使劲挖下去，只有一条白印，反倒把手震得很疼。后来，战士们发明了火烤的方法：拾来柴禾、牛粪，"火烧雪山"，将冻土烤化；这样就可以挖开一小片冻土，从而可以由挖开的地方向两边扩展。

在那些无法攀登和无法立足的地方搭起"人梯"上下，在腰间系上绳子，悬空撬石打眼。一根根麻绳吊着一个个战士，像串串葡萄挂满峭壁。

由于天气奇寒，有的战士手握住钢钎，就被粘掉一层皮；有的战士抡铁锤时虎口连冻带震，裂了口，血直往下流；有的战士由于高山反应严重，吃不下饭；有的刚吃进去就连血一起呕吐出来……

尽管大自然找了许多"麻烦",但是工地上却贴着这样的标语:"山再高,没有我们的志气高;石再硬,没有我们的骨头硬!"并誓言"铁山也要劈两半!"

十二团二连为提前完成任务,二排、三排凌晨1点钟偷着去做工。伙房的炊事员发现后,赶紧起来做饭、烧水送到工地。天明起床,连长发现两个排不见了,到处找,找到伙房才知道部队上工去了。

为加快进度,部队还在当地招募了一批藏族民工。这些人虽然身体强壮、适应高原作业,但普遍不懂修路。筑路委员会决定每个战士带20至60个民工,边学边修路。语言不通就"藏话、汉话加比划",既交流了感情又使民工逐步学会了什么叫坡度、弯道,怎样修排水沟、涵洞、堡坎等技术。工效也由每日人均不到1立方米上升到1.8立方米。民工

藏胞民工抢修河道,支援我军进军西藏(资料图片)

们在劳动中得到了实惠,劳动热情一天比一天高,对修路意义的认识也更加深刻。民工扎西彭错55分钟就打了近千锤,进尺66厘米。民工洛桑在齐大腿深的冰河里砌边墙,冰渣把他腿上多处扎出了血,一连几个小时不休息。战士们拉他上来,他还说:"修公路是为藏族人民造福,又有报酬,我们不多干行吗!"

在长期的共同劳动中,部队战士与藏族民工结下了深厚友情。民工们不忍看到部队同志忍饥挨饿还与他们一样劳动,纷纷

把省下来的钱或是糌粑送给战士们。在战士们婉言谢绝后,他们又偷偷地把奶干或糌粑放到战士们的挎包里。汉藏军民就是这样互相关心,互相体贴,亲密无间,同心协力地去克服困难。

筑路部队十分注意执行党的民族团结政策和宗教自由政策。在修路中每遇"神山""神石""神树""玛尼堆",都是先征求民工和藏族官员们的意见后或搬迁、或绕道。在重大宗教节日,则安排放假而且工资照发。藏族民工和官员都说:"解放军和我们藏族的心是相通的。"

三

6月29日,张国华到康定检查工作。

第二天,他找谭善和长谈了一次。

张国华说:"中央决定今年进到昌都,你有把握没有?"

谭善和沉思了一下,问:"具体有哪些部署?"

张国华提出了几点:"第一,尽快打通康甘段,让大部队可以坐车到甘孜;第二,洪水到来之前要完成1300万斤运粮计划;第三,为了加快进度,先派一个团到德格;第四,预计有三个团的兵力进驻昌都,公路必须修到金沙江边。"

谭善和顿时感觉肩上的担子异常沉重。如果队伍要乘车,粮食就运不快,又是雨季,大部分的桥都是便桥,很难保证不被冲毁;目前到德格的路还未打通,先派一个团到那里,运输补给跟不上,反而有害无益……他没有过多地说到困难,只是简单地回答:"虽然困难很多,但我们保证完成任务!"

由五十三师第一五七团组成的南路先遣支队,在副政委苗丕一的率领下,于4月3日自四川眉山出发,沿途遭到土匪袭击。因供应困难,主力进至天全即开始一面进行修路,一面继续完成进军准备工作。公路粗通到泸定后,张国华决定由苗丕一率500人(一五七团一营及由该团抽组的兵站人员)提前于5月25日向前进发,6月13日到达康定,驻扎在飞机场。

7月1日是中国共产党建党的日子。头一天,南路先遣支队的战士们就忙碌开了。

一营的帐篷群落前有许多战士早晨起来就继续布置他们的"花园",一个帐篷前是"战士之家",在不到两米见方的地方搭起了一个"新村"。小通道两旁栽种了从山上采来的各种花草,正中是一个小广场,栽了细细的小草,广场周围用小石子砌了字:"保卫世界和平""建设新中国"。另一座帐篷前修了个"战士小乐园",这是一个月牙形的小花园,中间用石子堆起了一座小假山,插了几枝青翠的树枝当作大树,铺了从山石上铲下来的绿苔藓作草坪。周围也做了一些字,不是用石子摆,而是用苔藓铺成的。大字是"解放西藏,统一全中国",小字是"进军西藏过康留念"。另一个角落是战士们从高山上搬来的白垩石捣碎铺成的"操场",周围也栽了"树木",边上是用白垩石砌的字:"在毛泽东旗子(帜)下前进!"一条"路"旁插了个小木牌,上面写着"进军西藏之路",牌上还有几个小字是"载重二公吨半"。此外还有一些别致的小建筑,也各具特色。其中一处砌的字是"纪念七一""庆祝党的生日"。

康定刚解放不久,情况比较复杂。作为张国华的警卫员,张瑞堂当然非常紧张。6月30日,张国华就把第二天的行程安排好了:

早上先到康乐剧院作报告,然后去一五七团驻地慰问。

7月1日,张瑞堂早早就起床了,他先安排了一批人到康乐剧院,查看会场情况、布置保卫工作。

上午9时,会议正式开始。到会的人员除了连以上干部,还有康定军管会的成员。军管会副主任夏克刀登也参加了。张瑞堂是第一次见到夏克刀登,特别注意观察了一下:黑胖胖的,身穿紫红长袍,一只胳膊和白衬衫露在外面,脚上穿一双长筒皮靴。

张国华途经康定时,当地人民献给他的哈达披满了全身(资料图片)

张国华作了报告,主要传达了党的七届三中全会上毛主席报告的目前的形势和任务。任务主要有四项:平衡收支,稳定物价,调整工商业;土改;解放台湾和西藏;整风。

接下来,张国华谈到了进藏问题。

张瑞堂跟着"军一号"参加了各种大大小小的会议,虽然主要是负责保卫,但通过"军一号"的各种讲话,加深了他对进军西藏的认识——只有建设西藏、帮助藏族人民发展生产并实现当家作主,才能从根本上解放西藏。

张国华最后说:"我们去西藏的三大任务是:提高藏族人民的觉悟,发展生产建设,巩固国防。"

下午,张国华来到十八军驻地。

他先到团首长的帐篷和干部谈话,询问了部队干部战士的思想、生活等各种情况。然后专门谈了高原生活应注意的问题。他嘱咐各级干部要告诉战士哪种食品应怎样吃,比如吃糌粑应多吃些酥油,还要喝茶;吃压缩干粮应先喝开水;吃蛋粉应喝稀饭等。

当他问到战士们的健康状况时,说:"住帐篷一般比住老乡家清洁整齐,但要特别注意预防传染病,因为住得集中。"

他一边听别人谈话,一边提出要注意的问题。微笑时露出缺几个牙齿的牙床。他精明、和蔼,考虑问题细致。

张国华到每个连队看望战士时,大家都站好队喊着欢迎口号。他向战士们挥手致意,要求大家解散,随意围拢过来,向大家谈路上应注意的事项。他问帐篷漏不漏雨、糌粑好吃不好,气候习惯不习惯。战士们感受到首长的关怀,脸上泛出喜悦的红光。

张国华看到战士们帐篷前的小"花园"、小"建筑"很高兴。当他看到"人马健康路"和砌着"建设西藏"字样的小园圃等时,满意地点着头。

他耐心地向战士们讲:"你们的任务是光荣的,但是很艰苦。遇山就要开路,遇水就要搭桥。假如有敌人敢斗你们,你们就把他消灭;他们要投降,你们就不要打喽……"

他又告诉战士们:"咱们到西藏准备着当工人,从事生产。你们大多数不就是工人、农民出身吗?这是很好的。咱们要教藏胞盖好房子,教他们种地。"

谈解放西藏之后的任务时,他说:"同志们,你们这里有许多同志是从豫皖苏来的。过去我们共同开辟过豫皖苏大平原,这回我们还要共同建设西藏大高原。我将来就住在拉萨,决心共同把西藏建设好。我们到西藏不是去做官,是做藏胞的工人,替他们工作,做他们的先生,又做他们的学生。"他的话充满了感情,战士们都聚精会神地听着。

最后他谈到红军长征时的情景。他说:"我在草地生活两个月,那是很苦的。有次行军我把一双绑带撕成四截,缠上两只手和两只脚,爬行了最后一段路,因为那时饿得再也走不动。但我们始终没有失掉信心,这是最重要的……"

当张瑞堂看到战士们精心布置的"花园"和各种标语口号时,不由心生敬佩——战士们在艰苦繁重的训练和劳动之余,还有这样的精力和兴致来精心美化临时的生活环境,这表现了多么活跃的生命、多么丰沛的乐观精神和创造才能啊!

7月9日早晨8点半,作为南路先遣支队先遣队的一营,由几位师首长率领,从康定启程向巴安(1951年改为巴塘)进发。后梯队的同志们都来送行。有些战士替他们的老战友背着挑着东西,送了3里路。

四

这次张国华来康定,还有一个重要任务就是搞好统战工作。他同中央联络部随军进藏、负责统战工作的徐淡庐研究如何做好西康3位上层人士的统战工作。这3位人士是北路玉隆的夏克刀登、德格的女土司降央白姆和南面义敦的邦达多吉。夏克刀登原是降央白姆的管家,后来同降央白姆发生矛盾,便在玉隆地区称雄。邦达多吉是邦达养壁的弟弟,邦达家是大羊毛商。

7月4日,张国华举行了一次上层人士参加的茶话会,热情地招待了夏克刀登。

张国华首先谈到了对西藏的政策。他说:"人民解放军解放西藏后,对西藏原有政权机构将暂予保留,并且团结僧俗官员。同时对寺庙财产一律加以保护,对宗教活动不予干涉,宗教信仰自由。"

为了让在座的各位上层人士充分了解相关政策,他还逐条讲解了《进军守则》,如此细致而明确的规定,让到场的藏族人士放下了心头的担忧。

夏克刀登发言时十分激动,他说:"当年红军长征时,朱总司令、刘伯承参谋长在甘孜成立了博巴苏维埃政府,我也参加了,对朱总司令、刘伯承参谋长非常敬仰。"

夏克刀登又说,他自己是一个佛教的忠实信徒。说到清末赵尔丰烧毁四五十座喇嘛寺庙时,他哽咽起来,泣不成声。

他说:"目前在藏族人中有谣传,说共产党是无神论者,要毁寺庙杀喇嘛。但今天听了张军长的报告之后,明白了共产党的政策是尊重宗教的。尤其是看到解放军修路自己带粮,不骚扰藏族群众,藏族人都很受感动,愿意帮助解放军运送物资。"

最后他表示,要积极支援人民解放军进军西藏。

张国华肯定了夏克刀登当年参加博巴政府的功绩,他紧紧握住夏克刀登的手说:"汉、藏民族本是一家,我们一定会成为好朋友。"

谭善和也参加了这次茶话会,他听了夏克刀登的发言,心想:这是多么生动的例子啊!只要我们严格执行党的政策,解放西藏、争取藏族同胞的支持都是有信心的。

参加完茶话会后回到住处,谭善和收到了军区发来的电报,电报中批评说:天全至二郎山顶路窄,磨烂篷布、翻车事件屡次出现,望即加宽路面,与抢修同等重要。

二郎山一段屡屡翻车,谭善和的心里也很难受,很着急。但当初修建时,因沿线都是悬崖和坚硬的岩石,必须有技术装备才能解决问题。然而无论如何,他还是觉得自己有很大的责任。

7月5日,张国华准备从康定返回新津,谭善和派了两部车送他,并且把昨晚给军区首长写的信和一些文件、图表托他带给军区首长。

在信中,谭善和主要反映了实际情况,同时检讨过去自己在领导方面的缺点,提出了今后的意见。

五

7月15日,军区来电令谭善和去甘孜,沿途了解修路情况。接到这个命令,谭善和觉得很惭愧。自己受人民重托,但在这个岗位上没有很好地了解情况反映到军区,没有组织各种力量收集情况,导致工作总是很被动,每次都是军区来电报催才着手去解决。因此,这次一定要尽快出发,他给军区回电,决定17日从康定出发。

出发前,他在七团开会布置了新的修路任务,并且根据过去的经验在技术上特别指出了几点：一、主观思想上对路面不重视，因此产生了"扒平"一下即可的观点，从而造成了行车缓慢甚至翻车，造成很大损失。二、对土质不了解，在石路上路基较坚固，但在泥地上的路面造成陷车事件。三、坡度大，造成翻车死人的悲惨事件。四、曲半径不合规定，常是在最危险地方转急弯。五、能清除的塌方隐患我们没有清除，而形成下雨即塌的现象。六、应做涵洞的地方没做，而简单做过水路面，遇雨即被冲毁。

修筑康藏公路（资料图片）

谭善和严肃地指出："这些问题主要是不懂得科学，因而工作起来带有很大的盲目性，修起来的公路经不起大车队的考验，这些应引起注意。"

7月17日，谭善和一大早就出发了。站在海拔4200多米的折多山口，他眺望着远方起伏的群山，听着经幡在风中"呼啦啦"作响，不由得感慨万千。再高的雪山，英勇的解放军战士也能战胜；再恶劣的环境，也阻挡不了战士们前进的步伐！

当天走了107公里,到达塔公寺。除了松林口有茂密的松柏外,塔公寺周围全是露出地皮的草原。这里没有任何庄稼,满山遍野都是黑色的牦牛和帐篷。

这一路走来,最让他难过的是战士们瘦弱的身体。尤其是十二团的战士们,简直瘦得变形,看着让人心痛。他们在空气稀薄、气候十分恶劣的条件下干活,营养不足,每日消耗不能补充。3个月来是"鞭子跟着屁股打",战士们没有好好休息,长期这样下去,就是一块铁也会磨坏的啊。

7月22日,谭善和到达道孚。道孚是康定到甘孜的必经之地,这里有200余户人家,700多人口。大部分是藏族化了的汉人,许多人连汉话都不会说,生活完全本地化了。

十二团三连的战士们完成任务之后正在休息。然而,长途跋涉后的谭善和却连打个盹儿的时间都没有。在连部,连长流着泪向谭善和讲述了这样一件事:就在前不久,当时战士们正在鲜水河上架桥,河上漂流下来的木料堆成了垛,战士们在钩木垛时,木垛轰然倒塌,成千上万吨原木以排山倒海之势伴着急流冲泻下来,6名战士当场牺牲……

站在波涛汹涌的鲜水河边,谭善和内心有着剧烈的疼痛。牺牲的战士们仿佛正在水中捞木料,年轻的脸庞上是昂扬的斗志,还不时回过头来冲着他笑。他们是那样勇敢,脸上甚至还带着一丝稚气……谭善和的眼睛湿润了,滚烫的泪水跌入滔滔的鲜水河,顷刻不见一丝痕迹。

对于架桥牺牲的烈士,曾经有位随军记者写过一首诗,题目叫《他站在桥头上》,其中有几段是这样写的:

"他救下了桥桩,
也用尽了力量;
风雪和浪头把他卷走,
他牺牲在河上。
……
因为他爱这个山谷,
他爱这座桥梁,
他喜欢松林里的阳光,
他喜欢山谷上的村庄。
战友们遵照他生前的喜爱,
就把他的塑像,
立在桥头上。
他看着四季常青的古松,
他看着汽车日夜来往。
在一个露水未干的早晨,
山谷的风飘着花香。
他看见:第一部拖拉机,
从桥上开过,
藏胞们高声欢呼,
山谷发出轰响。
他收下了拖拉机手的敬礼,
他收下了藏胞的青稞酒,
他收下了雪白的哈达,
他站在桥头上。"

伤痛的另一面,或许就是迢迢的抚慰。8月3日那天,在向新津后方报告了修路和运输的情况之后,谭善和听到了夫人邵言屏的声音。自从分别之后,一直没有接到她的来信,谭善和知道,这不是她不想给他写信,只是交通不便。但不管怎样,虽然相隔千里,仍阻止不了彼此的思念。谭善和听到那熟悉的声音,多么熟悉亲切的声音啊,在一千里之外,她来了。她用温柔的声音告诉他:母亲病了,不过大夫去看过了,没什么大事,尽管放心。你在高原上要好好保重……

谭善和轻轻放下话筒,有那么一瞬间,他仿佛看到了那个美丽的身影从窗外飘然而过。

8月13日,谭善和离开道孚前往甘孜,沿途巡视各工区。于17日下午4时到达甘孜。15年前他在这里住过近1个月,在他的印象中当地老百姓的穿着不是这样褴褛,街道也不是这般萧索。然而,这次在甘孜,映入他眼帘的是一个空旷的甘孜,见到的藏胞不但没衣服穿,连靴子也普遍没有,房子里酥油糌粑就更少了。由此可见当地藏胞们的生活低下到何等程度了。

第二天,谭善和与天宝及十八军前指的同志开会,会上,大家根据这段时间收集和了解到的具体情况提出了相应的意见。大致意见是:一、康区现在情况是,人民拥护我们,生活困苦,希望我们解放。但像内地那样马上拿东西支援是不可能的。二、部队进军靠补给,但公路和飞机都不能按战争需要完成补给任务。三、借牦牛、买牦牛搞运输,沿途要吃草,而草场有限,无形中与民争利,毁坏人民生存条件,会给敌人以借口。

对于种种现实问题,谭善和提出应以稳定为主、步步为营的意见,根据中央对西藏的"政治重于军事"的方针,应做好一步前进一步,稳扎稳打,冒险是不可取的。军事上可以取胜,但如果经济上接济不上,就会带来政治上的不良影响。会议结束时,大家基本上统一了意见。

这次巡视各工区回到道孚之后,谭善和发现了各处出现的问题,及时总结并加以解决,加快了修路进度。

8月25日,这注定是一个不平凡的日子:雅安至甘孜公路通车。总计开挖土石27万立方米,修建桥梁195座、涵洞678道。部队、民工1.5万人参加施工,伤亡650余人。雅甘段公路建设,是一场没有硝烟的战争,是一场用生命铸就的生命线。雅甘段公路通车,为昌都战役提供了有力的运输保障。

1950年8月25日,康藏公路雅安至甘孜段通车。汽车运输队运载大批粮食、弹药到达甘孜(资料图片)

第九章 终点到起点他发生蜕变
　　　南路先遣支队到达巴塘

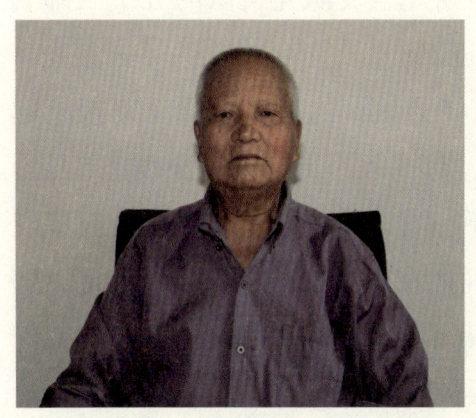

一

2010年的洛桑朗杰（卢明文 摄）

　　21岁的洛桑朗杰没想到自己5月下旬才从老家巴塘到康定，现在又要随十八军南路先遣支队回到巴塘。这正如人生的许多轨迹一样，往往是转了一圈之后又回到原点。不过，对于洛桑朗杰来说，这一次并非是简单地回到原点，而是他人生重大的转折点——从一个普通的藏族青年成为了一名人民解放军战士。

　　新中国诞生前夕，四川巴塘藏族共产党员平措旺阶等人在当地组成中国共产党康藏边区地方工作委员会，并秘密发展了进步青年组织"东藏民青"。洛桑朗杰正是"东藏民青"组织成员之一。1949年12月，原国民党西康省军政负责人刘文辉通电起义后，巴塘地下党转入公开活动。1950年4月，平措旺阶到重庆汇报后，被任命为西南军政委员会委员和中共西藏工委委员。接着，平措旺阶通知巴塘党组织，动员党员和"东藏民青"成员到康定学习。

解放昌都 1950

这批到达康定的有60余人,其中共产党员22人,"东藏民青"成员40人。洛桑朗杰和大家一起背着背包从巴塘出发,步行了20多天,于5月下旬到达康定。6月8日,平措旺阶由重庆回到康定,传达上级关于动员参军进藏的意见。大部分人都要求参军,愿意到西藏去。后来根据本人身体和其他情况,洛桑朗杰和大部分"东藏民青"成员被批准参加了十八军,他被分配到由苗丕一率领的南路先遣支队工作,担任翻译。

7月9日早晨8点半,作为南路先遣支队先遣队的五十三师一五七团一营,从康定启程向巴塘进发。

7月14日下午,部队到达雅江县城。这是一个看起来很不起眼的县城,雅江岸边有几十户人家,一条小街道。洛桑朗杰5月份才走过这里,但这次却感觉到不一样的气氛:家家都挂着五星红旗,有的人家还烧好茶水,用木桶摆在街上,战士们口渴了,可以随时用木瓢舀水喝。洛桑朗杰用藏语和同胞们打招呼,街边的人们看见这个穿着军装的藏族人都很惊讶,议论纷纷。

部队在河滩宿营,准备次日过河。河水有宽约百米,水流湍急,有漩涡。目前有三种渡河工具:一是木船,是老乡花了一个多月在三天前造成的,能载60人或12匹骡马,一个小

部队过江的热闹场面(资料图片)

时渡一次,需水手20名。一是牛皮船,是在木架外面绷一层牛皮,有20只,每只能载全副武装的战士2人。还有一种是竹索溜筒,每次可溜3人或牲口1匹,每三五分钟就可溜一次。

下午的天特别热,河滩上沙子和鹅卵石都晒得烫人。搭好帐篷后,大家都到河边洗澡洗衣服。管理员买来两头牛,18个银元买一头。晚上河滩上燃着油松照明,每个单位都在炖牛肉,香气扑鼻。木工队在火光下忙着制作牲口上船用的跷板。

第二天一早,雅江渡口上就热闹起来了。

一连很早就吃过饭,开始渡河。有的班做好饭没来得及吃,就端着饭锅菜盆上了船。沿江堆满了各种物资。人马混杂在一起,吆喝声、马的嘶鸣声、喊叫声不绝于耳。水手们像投入战斗一样紧张而专注。掌橹舵的大个子叫李应科,他紧握着橹舵的粗把,每摇一下,腰里挂的银质刀鞘便闪耀一下。青年水手傅东孙和李文生领着两班划桨手用藏语喊着号子。过江的水道正好在一个支流汇入雅江的地方。船要冲过两道急流,水手们拼命地划着,吆喝着。因为假如有一两支桨使不上力,船就有被冲下去的危险。过这两道急流,船调了两次头,最后从墨绿色的漩涡里挣脱出来,走了一个"之"字,才靠了岸。水手们这样来回奋力划,到中午11点,才把一连全部送了过去。午饭后,又渡直属队过河。这400多人,100多匹马,几乎渡了一整天。

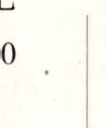

中午12点以后,雅江兵站的领导向师副政委苗丕一等同志介绍当地的情况,这位领导是国民党军队侦察科长出身,很能讲,说话时两只眼睛溜溜转。据他介绍:雅江县城51户人家,大小人口240人,大部分是清末赵尔丰进藏时留在雅江一带的20名船工、水

手的后裔,他们大都娶了藏族女人,生了孩子。传到今天,这51家几乎都有亲戚关系。

二

7月19日,苗丕一带着队伍从西俄洛出发,沿河谷走了20里,从山坡上远远望见河对岸有一处整齐的高高的楼房,紫红色的顶部边缘,几层都有红边的窗口,和一般藏胞的石头房子不同。这幢高楼的周围是一些灰黑矮小的房子,四周有树木、田地,远一点的地方是山坡牧场,放牧着成群的骡马和牦牛。

"这应该就是崇西土司的家了。"苗丕一心想。崇西土司是雅江三大土司之一,他统治着大约方圆百里的地盘,控制着这一带的牦牛驮运。昨晚苗丕一已派出两名藏族同志带着砖茶去通报,今天他决定专程去拜访崇西土司。

当时地方上还是土司的势力。部队向藏胞雇牦牛运粮,需要先和土司订合同,合同上写清驮运的起点和终点、工价、保证等等,就可以放手交给牧民去运,这样不容易出事,就算出了事也有土司帮助解决。如不经过土司同意,直接请人运输,妨碍了土司的"乌拉"制度(藏族农牧民向包括贵族、寺院、政府等农奴主无偿地服人、畜劳役的制度,土司一般都是贵族,又是地方政权),就会遭到各种阻碍。

洛桑朗杰作为翻译,随着苗丕一和几位部队首长进入崇西土司的住宅。洛桑朗杰虽然是巴塘人,但也还是第一次走进土司的家里,不禁暗自感叹这里的豪华。

走进大楼的红色大门,是一个小天井,四周楼下是牛棚马圈,二层以上才是住人的房子。沿着昏暗的楼梯爬上第三层,进入了一个六开间的大客厅,也是厨房。左手一个大灶,几个仆人正忙着煮茶炒菜,熊熊的火焰从灶口向上翻卷,浓烟弥漫。下面是一条矮长桌,桌后靠墙摆了一排铺着藏毯的坐垫。苗丕一被让到坐垫上盘腿坐下,洛桑朗杰也被请到上座。

土司不在家,他的弟弟、儿子、秘书和仆人等在对面或坐或站地招呼着。长桌上摆了四大盘炒牛肉和四盘粗面粉做的甜饼,火盆上放着三把酥油茶壶,每人面前摆了一碗热酥油茶。土司的弟弟有一副丰满而泛油光的黑胖面孔,穿一件黑布面的羔皮袍子,穿着绸衫的半个上身和一只臂膀露在外面,长头发梳向后面。当洛桑朗杰一一向他介绍来访人员情况时,他弯腰站起来笑着点头。

两个老仆人干瘪的脸上满是皱纹,黯淡的眼睛深陷在眼窝里。其中一个头发全白了,一直弯腰斟茶。他们可能是伺候了土司一辈子的贴身奴隶。灶边的奴仆中有两个妇女,她俩一直在向灶里添木柴。一会儿又进来一个背水的,一个送酸奶的,都赤着脏脚,长辫上系着油污的红头绳。还有两个似乎也是家仆的胖喇嘛,在人群中转来转去,主人笑时他们随着笑,主人沉下脸,他们也把脸上的肌肉拉紧起来。最胖的是土司的藏文秘书,他一会儿和土司弟弟说些什么,一会儿又掏出一副古老的平光眼镜架在鼻梁上,一脸的阿谀奉承。

双方寒暄以后,苗丕一用洪亮的嗓音说:"我军奉毛主席、朱总司令的命令去解放西藏,路过贵地,得到了崇西土司的帮助,我代表进藏部队南路全体指战员向土司致谢。"然后又说明了进藏部队的四项政策原则。

　　当洛桑朗杰把这些话翻成藏语时，土司的弟弟一边仔细地听着，一边用藏语说着："是！是！"那位肥胖的藏文秘书也点着头。

　　苗丕一讲话结束后，土司的管家拿着一串钥匙回来了，一个仆人端着两张狐皮跟在后面。土司的弟弟拿过狐皮两手举着献给了苗丕一。苗丕一接过狐皮，表示感谢，拿出一套毛主席和朱总司令的画像送给主人。

　　在征得主人同意后，大家参观了主人的房间。又上了一层楼，土司的儿子打开了一个讲究的房间的门，门上贴着几张英国画，这是土司的卧室。一进门，一个珠光宝气的中年妇女从坐垫上站起来，怯生生地张望着。屋子左边有一张铺着花藏毯的床，上面放着皮衣和毛毯。墙上挂着一支步枪和一把带鞘的长刀。床前小凳上摆着一把银制的錾花酥油茶壶。屋子一角的高桌上供着活佛的画像，像前摆放着一盏点燃的小酥油灯和一排闪光的铜碗。屋子右面墙壁上挂着一杆猎枪，满墙贴着各种西洋画。

　　再顺着木梯往上爬，就到了房顶，可以一览土司庄园的全景了。楼房前面有一条弯曲的小河，田里的青稞已经吐穗。楼房后面是草坡，远处树林中的鸟在叫着，环境幽美。土司的家好像是一个自给自足的农奴制小社会。

　　走出土司家的大门，洛桑朗杰眼前浮现出老家巴塘那些普通百姓的生活——他们终年靠卖柴、背水、替人帮工等谋生。有的用原始的工具开一小块坡地，种些洋芋、青稞。多数群众就靠洋芋和少量糌粑度日，根本买不起油盐，衣服破烂得难以蔽体，满身泥污，手脸从没洗过。那些瘦弱肮脏的孩子，真是靠天养活着，像小野羊一样。许多人家既没有床也没有被盖,好一点的人家有几张破羊皮……

这种对比让洛桑朗杰产生了一种强烈的责任感,他想,"一定要让乡亲们过上好日子!"

三

部队再往前走,逐渐进入了纯牧区。阳光把雾气驱散之后,草原更美丽了。绿草上点缀着各种颜色的小花,一片一片,黄的、白的、粉的、紫的。牛羊成群,遍布在山头、山坡和小河岸边,黑色的牛毛帐篷上冒着炊烟。女人们垂着长长的辫子弯着腰挤奶,上半身穿着皮袄、赤着脚的孩子们在母亲身边打着滚儿。

由于部队所带的粮食不多了,供给处决定在这个牧场买一些牦牛,洛桑朗杰和一个武装班留了下来。

下雨了,洛桑朗杰带着两位同志走进了一个帐篷。这个用牛毛织成的帐篷,像个椭圆形的半球覆盖在斜坡上,足有两间屋子那么大。一端留了门,顶上开个天窗,中间是用草坯砌成的灶头,干牛粪在灶内熊熊燃烧着,上面一排放着三口铜锅,一口锅正煮着茶。

这家只有母子二人。母亲60多岁,穿一件老羊皮袄,赤着脚,剃光的头上戴着一顶旧毡帽。儿子是个魁梧健壮的汉子,39岁,但看起来像20多岁一样。他是个出家的喇嘛,不过常年和母亲一起在牧场生活。

老阿妈一定要煮鲜牛奶给大家喝。洛桑朗杰解释说:"煮也可以，但喝了要给钱，不然我们是不喝的。"老阿妈很生气，经洛桑朗杰再三解释，才很不情愿地收了一个藏洋。香甜的鲜奶冒着热气，喝一口，满心里都是温暖。

儿子名叫阿朗多吉，他让大家先喝茶吃饭，晚上才能看牛讲价钱（牛群白天都在山上，晚上才赶回来）。洛桑朗杰和大家商量了一下，决定买一只小绵羊，这样十几个人便有了丰富的晚餐，第二天还可以吃一天羊肉。阿朗多吉马上喊了一个藏族青年来，让他牵来了一只肥胖的小绵羊，把羊宰了，并且剥好皮，放在锅里煮着。

大家围着灶火，喝着香喷喷的酥油茶，和阿朗多吉闲谈起来。阿朗多吉问洛桑朗杰："为什么你们买一只小羊还要大家商量一番呢？"

洛桑朗杰笑着告诉他："这是共产党的规矩，做什么事都由大家出主意。"

阿朗多吉又问："你们共产党的领袖是谁呀？"

洛桑朗杰说："就是天下有名的毛泽东主席呀！"

阿朗多吉点点头说："他（指毛主席）领导得真好。"

老阿妈面色干枯，但从山坡下背六七十斤重的一桶水一点也不吃力。这个心地善良的老人家自己吃得很少，把搓好的酥油糌粑一会儿给来玩的别家的孩子一团，一会儿又给另一个来串门的邻家姑娘一团。

洛桑朗杰见羊肉里有一个水泡，问阿妈是怎么回事，老阿妈说："母羊丢了羊羔便要哭，眼泪流到肚子里就成了水泡了。"

洛桑朗杰想起了老家的一首民谣：

"母羊爬上山尖，

羔羊留在山脚。

慈爱的牧童哟，

请让我们母子相会。"

天快黑时，各家的牛羊赶了回来，男人女人都忙着把牦牛系在长绳上，有的把小羊羔抱进帐篷，因为草原的夏夜是很冷的。

阿朗多吉带着战士们到各家各户去买牛，讲价钱。阿朗多吉做没有报酬的中间人。他先和牛的主人在破皮袄袖子里拉拉手，然后再和洛桑朗杰拉拉手，最后拍着肥胖的牦牛屁股高声讨价还价。有时是经过三番五次讨价还价才成交的。

买好了牛，冒着雨回到阿朗多吉的帐篷。这时，大铜锅里的羊肉已散发出令人垂涎的香气。灶旁一位年轻壮实的女人一面天真地说笑着，一面吃着酥油面团。她的大耳环和黑红的胖脸被火光映得发出美丽的光彩。通过阿朗多吉的介绍大家才知道，这是阿朗多吉家的牧牛女，是用很低的工钱雇来放牛的。她整日追着牛群在山里跑，因此锻炼出强健的身体和爽朗的性格。阿朗多吉和老阿妈也很勤劳，他们对牧牛女态度和蔼，看不出主仆之分，与土司家的主奴之间的关系大不相同。

晚上，我们就住在阿朗多吉家的帐篷里。夜雨洒在草原上，轻轻敲打着帐篷，偶尔有牛羊叫几声。

当透过帐篷的缝隙看见天色发白时，老阿妈喊她那近40岁的儿子就像喊小孩子一样："阿朗，你出去看看，假如东边那山的缺口发白了，那就是天快亮了。"

阿朗多吉听到母亲招呼，翻了个身说："不必看，天亮还得一会儿呢！"他躺在被窝里和洛桑朗杰聊着天。

洛桑朗杰问阿朗多吉："部队没到以前你们怎么想？"

阿朗多吉马上答道："'共产党'没来以前，简直怕得要死。可是'共产党'真的到了以后，那简直就规矩得没得说。不要说不要我们的牛羊（这是他们最怕的），就拿两件事说吧！第一，城里街上很少有当兵的游逛；第二，寺庙里没有军队去。"

老阿妈还有个顾虑，她问洛桑朗杰："人家说'共产党'快来了，那些穷光蛋高兴得要死，因为听说什么东西都大家平分。你告诉我，这办法什么时候实行啊？"

洛桑朗杰耐心地跟她解释说："'共产党'来了，也不是把东西平均分。'共产党'喜欢的是靠自己劳动吃饭的人，自己劳动得到的东西是不准任何人分去的。"

老阿妈听了很满意。在这几户牧民中，她家是比较富足的，既然靠自己劳动得到的东西不会被夺去，她就放心了。她虽然雇了个牧牛女，但他们母子二人也终年在劳动着。

阿朗多吉已经披着老羊皮袄坐起来了，他郑重其事地问："我很虚心地请教你们，你们为什么要到西藏去呢？"

洛桑朗杰给他讲了解放西藏的道理，但他不大相信，继续问："是不是热振那一派请你们来的呢？"

大家为阿朗多吉提出这样的问题而觉得他是一个有趣的人。洛桑朗杰对他说："事情哪里那么简单！热振是个爱国的活佛，我们尊敬他。但'共产党'不是为哪一个人或哪个小团体的利益而做事的……"

阿朗多吉终于明白了解放军进军西藏的道理，最后他说："哦！这样说来，那就太好了！"

后来，话题转到当地的事情上来，阿朗多吉告诉大家：从雅砻江到理塘河边，都是崇西土司的势力。一般牧民每年给土司送20驮柴，30斤酥油。种地的人要交粮食。但他们家不用交粮食和酥油，因为他是喇嘛。要交的东西如果不按时送到，或不出"乌拉"，就要受很重的处罚，因此大家都怕……

天近大亮了，牧牛女已生着了火。洛桑朗杰和战士们在烟雾弥漫中穿衣起床。他们告别阿朗多吉一家，赶着买来的40多头牦牛继续往前走。

这一夜，对于战士们来说是平生少有的体验，但对于牧民来说却只是最平凡的一个夜晚。藏族同胞的勤劳、善良和热情给他们留下了深刻的印象。

8月2日，苗丕一率领十八军南路先遣支队进入巴塘。回到家乡，洛桑朗杰心里别提有多高兴了。他在山坡上就看到了山下欢迎的人群。最前面的是出城5里来迎接的20余名骑着马的各界代表，见面后他们一一向苗丕一副政委献哈达。然后是两个骑马的旗手举着两面大旗转身领着部队前进。列队欢迎的群众、"东藏民青"成员、妇女会员、小学生等都欢呼着"欢迎解放军！""毛主席

我军到达哪里，就把党的民族政策宣传到哪里。这是我军人员在向藏胞进行宣传（资料图片）

万岁!"等口号。

小学生向部队首长献花,一个小女孩还在老师的提示下念了欢迎词:"我代表巴塘的藏族小朋友向解放军致敬……"部队高举国旗、军旗、毛主席像、朱总司令像和大幅标语整齐地前进。

巴塘人民欢迎进藏部队(资料图片)

部队入城前,城外路边站着端着牛奶的穷苦藏胞,他们拿出可能是家里仅有的一点酥油和牛奶欢迎解放军。大人、孩子、妇女个个蓬头赤脚,大概是从四面八方的乡村里赶来的。

第十章 一五四团金沙江边遭遇战
十八军风云齐聚甘孜城

一

"五月断粮"一过,郄晋武就被派往金沙江边的邓柯。这是五十二师师长吴忠的主意。

其实早在6月上旬,五十二师师前指就接到了军前指关于昌都战役的初步设想,按照军前指的谋划,打算将主力部队集结于邓柯一带,强渡金沙江,其他战线上的各支部队配合作战、实施牵制。其实对于这次战役,吴忠早就派出了一五四团政委杨军先行探路,以摸透金沙江对岸的军情和纵深。现在,他把郄晋武也派出去了,就是要做到知己知彼,万无一失。

6月11日,当郄晋武率领一五四团辎重连从甘孜出发的时候,他感觉比一个月前轻松多了。如今,各方面的工作开展得有声有色,公路正在迅速抢修,粮草等后勤支援也有了基本保障。思想包袱少了,他终于可以轻装上阵了。

不过,让郄晋武有点意外的是,当他到达邓柯后,一五四团马上就和藏军遭遇了。

18日到达邓柯后,前方侦察员来报:藏军由江对岸的贡觉增兵百余人到达了卡松多。藏军突然将部队推到一线,这是什么意图?难道藏军想先来个下马威?进犯邓柯或者玉树?以搅乱我军

解放昌都 1950

我军战士不畏严寒,携手渡江(资料图片)

的战略部署。

为了摸清敌情,郄晋武决定派人抢先渡江。22日凌晨3时,一五四团的一个侦察排历史性地渡过金沙江。当日他们曾在惊天动地的炮火声中横渡长江,如今,他们却在万籁俱静中泅渡长江的上游金沙江。

侦察排渡江之后马上向纵深前进。约10时左右,在距江边约20公里处,侦察排与数百藏军不期而遇。对方正在一片山谷间休息吃饭,数不清的骡马、牦牛散乱着,撒得漫山遍野,看来毫无戒备。当这股藏军发现我军后便惊慌失措,乱作一团,四散而逃。混乱中,竟有10多匹驮马和几十头牦牛向我方跑来,被侦察排缴获。但当藏军见到我军人数有限时,便整顿队伍,倚仗人多势众,骑上马呐喊着向侦察排冲杀过来。

一场十八军进藏的遭遇战,就这样打响了。

那天率领侦察排的是一位见习侦察参谋。按照正常的战法和之前对藏军的一些了解,他本可乘对方混乱后撤之际,从容指挥战士们脱离接触,撤回江这边;即使藏军合围上来,也可依托有利地形,发挥我军火力优势,采取交替掩护的战法,有秩序地后撤;同时可以派人急返邓柯报信。倘能如此,则这一仗因是对方首先发起攻击,而侦察排是被迫自卫,政治上于我有理有利;军事上侦察排虽以少敌多,仍可在给予对方一定杀伤后全身而退。但可惜的是这位参谋却因经验不足和判断失误,初次交手就作了一系列的错误处置:他派两名战士赶着缴获的牦牛、驮马送往邓柯;命令两个班就近占领左侧高地担任警戒,而以另一个班继续前进,直插纵深。

结果,前出的班孤军深入,被兵力占绝对优势的藏军冲散,另两个班也难以抗住对方潮水般的冲击,只好向江边且战且退,然而江边开阔,没有什么可以作为掩护,这样一来死伤更大。担任后送和报信任务的两名战士,因牦牛行动缓慢而延缓了速度,待赶到江边时,后面大股藏军已追上来,因而未起到报信作用。一着不慎,满盘皆输,侦察排就这样吃了败仗。

虽然双方只是小规模交战,但是在金沙江这边的郄晋武还是听到了急促的枪声。过江的只有一个排的兵力,对岸地形地貌情况如何不得而知,对面会有多少藏军?郄晋武心里没底,但他明白首战决定士气的道理,他不能让这支先头部队有任何闪失。于是,一五四团六连奉命急速渡江支援。但藏军已占领有利地形,并且在士气上占优,六连的攻击未能奏效,双方在江边形成对峙,最后相互撤出战斗。这一仗互有伤亡,我方包括增援部队共牺牲、失踪25人,伤26人。

这是十八军第一次与藏军交手,也是十八军从进入甘孜地区到昌都战役发起前的5个多月时间里,同藏军进行的唯一一次战斗;同时是十八军在向西藏进军的整个过程中,伤亡最大的一次战斗。战斗的结局令人痛心。

不过,在付出鲜血的代价之后,郄晋武所收获到的,就是粉碎了藏军进驻西邓柯的企图,摸清了藏军的一些作战特点,起到了"火力侦察的作用"。

初次过招之后,藏军也没敢再有所行动,双方隔江对峙起来。而一五四团则按照上级指示,迅速抓紧时间开始了"造船运动"。

造船的木料就近取材,造船的指导师傅是从乐山请来的。一五四团在热火朝天地干了一个月之后,就建造出可载百人的大木船1艘、23人的中等木船10艘、载一个班的小船6艘。同时,在距离邓柯200公里外的德格,进驻于此的部队也备足了渡江所需的牛皮船。这些船只,基本上能保证部队渡江的需要。

二

一五四团进抵金沙江边进行渡江准备时,吴忠则在甘孜见到了五世格达活佛。五世格达活佛,1902年出生于甘孜县生康乡德西底村一户贫苦农民家庭,7岁移居白利寺,以格达活佛坐床。17岁时,五世格达活佛远涉拉萨甘丹寺学经,历经8年苦学,经过辩经获得"格西"称号,

五世格达活佛(资料图片)

这是藏传佛教的最高学位。之后他返回白利寺。

五世格达活佛严守佛教戒律,生活俭朴,如果老百姓有一点苦难他就夜不能寐,并想尽一切办法给予帮助。因此,宅心仁厚的五世格达活佛很受老百姓拥戴。

关于五世格达活佛,不得不把时间往前推移:1936年4月,红军长征经过甘孜时,五世格达活佛曾为支援红军做出了杰出贡献。也就是在白利寺,他见到了朱德总司令。

在很短的相处时间里,朱德与五世格达活佛分别在白利寺和甘孜县城会面9次。在此期间,两人以心相交,互赠礼品,秉烛长谈,常常是彻夜不眠。

最终,在朱德的谆谆教诲下,五世格达活佛成为中国共产党的忠实朋友。

相逢总是短暂的,离别总是难舍的。当红军北上离开甘孜时,朱德把自己的一张照片赠给五世格达活佛,并告诉他:15年左右,我们一定会再回来!

……

朱德总司令和格达活佛的塑像(卢明文 摄)

风和日丽。吴忠和天宝带了几个战士,出甘孜县城约15公里,就到生康乡。这是一个很小也很安静的小乡镇。出了镇子,吴忠和天宝踏上一条狭窄的灰黄色的乡间小路,两边是绿意盎然的青稞地。两人不由神清气爽,再静静地前行几百米,就能听见滔滔的河水声,向左,拐过一个开满野花的小山包,就看见一条河——雅砻江。奔腾的江水之上是一座古老的铁索吊桥,过吊桥右行,著名的白利寺就在眼前。

当年,朱德总司令和贺龙、陈昌浩等人,就是踩着这条土路走进白利寺,走进五世格达活佛心中的。

15年之后,十八军北路先遣支队的吴忠和天宝也是沿着这条路走来了。

10多年过去了,在五世格达活佛的住处,仍完好地保存着朱德送给他的那张照片。这是一种无形的信念,现在,他日夜盼望的人终于又来了。

如今的五世格达活佛,已经是西南军政委员会委员,并兼西康省人民政府副主席,康定军政委员会副主任。面对吴忠和天宝的到来,他显得格外激动:"朱德总司令真是一位神将,当年红军离开甘孜时,他曾告诉我,红军15年左右一定再回甘孜,今天你们果然回来了,正好15年。太了不起啦!"

和15年前一样,五世格达活佛与吴忠、天宝二人又是亲热地促膝长谈,而话题很快进入到进军西藏这个问题上。

吴忠和天宝在白利寺整整住了7天,双方谈了很多问题。也就是在这7天里,五世格达活佛更加坚定了利用自己的关系,去西藏宣传和平解放的政策,以推动西藏和平解放进程的决心。

对此,吴忠有些担忧。在他看来,五世格达活佛有着崇高的精神,但他如果去西藏,风险不小。他不但要和反动分子周旋,还要提防外国人的暗算,应处处多加小心。

但是,五世格达活佛却非常乐观地认为,西藏回归祖国是民心所向,是历史潮流,何况解放军已陈兵金沙江畔,西藏地方当局如敢顽抗,无异于以卵击石。此时他入藏,形势极为有利。为了大局,他义无反顾。

随后,他要求给朱德发报,以批准自己进藏。

远在北京的朱德总司令,实在拗不过坚决的五世格达活佛,终于同意了他的请求。同时,朱德告诉这位老朋友,要在安全有保证的条件下方可前往,即使出发后发现问题,也应立即返回,切不可冒险勉为其难。

朱德总司令的回电,无异于一股春风,让五世格达活佛倍感暖意。多年未见,朱总司令对他的关心依旧。他兴奋异常且踌躇满志,立即着手准备启程。行前准备工作很多,在吴忠看来,最重要的是要使五世格达活佛尽可能多了解一些党的有关方针政策,特别是中央关于和平解决西藏问题的方针政策,以便正确地、有针对性地向西藏当局进行宣传和解释。

一直以来,白利寺经济收入不多,五世格达活佛平时生活又非常清苦,再加上经常接济穷苦百姓,因此,五世格达活佛此去西藏还是面临许多现实的问题。解放军指战员们纷纷解囊想资助他一些银元,供途中所用,毕竟此去路途遥远,各种情况未能预见,但五世格达活佛坚决不收。不得已吴忠只好建议他带几支卡宾枪,以防散匪袭扰,并再次叮嘱路上务必小心。对于这个建议,五世格达活佛欣然接受了。

7月10日,五世格达活佛和他的几名随从启程,告别白利寺,告别他最爱的乡亲们。

7月的白利寺弥漫着离愁别绪。当地群众都来送行。许多人失声痛哭,一是对五世格达活佛远行而不舍,另外好似他们预感到将会发生什么不幸。五世格达活佛上马后,许多年长的群众还跟在后面,逶迤而行,手里摇着转经筒,嘴里高声为他祝福。此情此景,感人肺腑,令人动容。天宝也骑上马,与五世格达活佛并辔而行,又一次叮嘱他务必多加小心。五世格达活佛频频点头,要解放军不必过虑,他有着极强的信心和信念。走了一程,五世格达活佛下马,不让人们再往前送了,彼此依依不舍地相互道别。

一路风尘仆仆。几天后,五世格达活佛从邓柯与岗托渡口中间的卡松多渡过金沙江,然后马不停蹄地赶往昌都。

就在五世格达活佛进藏的同时,已有4个劝和团从西北和西南进入西藏。他们历经曲折、艰辛,但是西藏地方政府不为所动,最终4个劝和团还是无功而返。

五世格达活佛此去西藏,牵动着众多人的心。五世格达活佛走后,吴忠等人天天都在计算着活佛的行程,并祈愿活佛能一路平安。甘孜城,翘首以待五世格达活佛的归期。

然而,吴忠、西南局、朱德总司令等来的,却是那个充满血腥的日子和惊天的噩耗:8月22日,五世格达活佛在昌都遇害。

五世格达活佛遇害的消息传遍了甘孜,吴忠静静地站在自己居住的楼顶,遥望金沙江方向,没有语言,没有眼泪,只有满腔的怒火和无尽的缅怀。只有7天的交往,他在内心早已对五世格达活佛十分尊敬。

白天,所有人都满含着愤怒;入夜,整个甘孜城都在哭泣。

五世格达活佛遇害的消息一经传出,全国处于一种震惊和悲愤之中。对于五世格达活佛的大义赴死,邓小平同志提出关于五世格达活佛治丧问题的四项办法:责成西康省人民政府负责办理五世格达活佛身后事宜;委托张国华代表西南军政委员会致祭;拨治丧费1000万元(旧币);在渝举行追悼会,责成西南民族事务委员会负责进行筹备事宜。

山城悲咽,长江默默。在重庆,邓小平等800余人参加了历时3个多小时的追悼大会。刘伯承连写三幅挽联悼念五世格达活佛。

西康省人民政府拨治丧费1000万元(旧币),分别在雅安、康定、西昌三地同时举行追悼会。并在白利寺为五世格达活佛建立塔墓,以永世铭记。

十八军也在甘孜举行了近2000人参加的追悼大会,并举行公祭,甘孜城全体将士列队举行绕灵仪式。失去了最亲爱最尊敬的五世格达活佛,甘孜群众悲愤异常。为了缅怀五世格达活佛,有人献上这样一幅挽联:为真理,身披袈裟入险境,纵出师未捷身先死,堪称高原完人;求解放,手擎巨桨渡金沙,虽使英雄泪满襟,终庆康藏新生。

三

康定通公路后,大批粮食和军用物资也源源不断地运抵康定。夏景文他们的饥荒也告一段落。

这天,阳光暖暖地照在跑马山上,穿城而过的河水奏起了愉快的乐章。夏景文所在的侦察营分到了许多物资:帐篷、雨衣、水壶、服装;连以上干部每人还发了一双毛皮鞋。

活了20多年,这是夏景文第一次穿上皮鞋,高兴之余他又倍感稀奇,他甚至不忍心穿着皮鞋在地上走。

只穿了一天,夏景文就把皮鞋脱下来放进包裹里,因为他要上山了。

按照计划,十八军的各支进藏部队要陆续开动了。为此,康定地委、专署号召党政军民到山上砍柴割草支援进藏部队,夏景文就带领着80余人到康定城外的瓦斯沟去割草。不久,当1500多公斤的草料交到收购单位时,夏景文感到无比满足。

8月13日,夏景文他们在康定休整3个月后,也开始往甘孜进发了。在经过10多天的艰苦跋涉、风餐露宿之后,夏景文和战友们于8月29日到达甘孜。

四

就在夏景文到达甘孜城的前一天,8月28日,五十二师主力在四川眉山三苏祠内举行隆重的进军西藏誓师大会。

张国华和谭冠三政委到会检阅了这支即将西进的部队,并作了激动人心的讲话。以后的几

甘孜人民夹道欢迎进藏部队(资料图片)

天,部队便在驻地人民群众的热烈欢送下,分批乘汽车沿着刚刚修通的雅安至甘孜的公路浩浩荡荡地向西开进。

王树增坐在汽车上,看着送行的人群,眼睛有些湿润了。眉山各界及人民群众和学生列队在道路两旁,纸花、鲜花、慰问信像雨点一样抛上车,一群小学生手拿小三角旗摇动着、呼喊着"解放军叔叔进军西藏保卫边疆……在不断的鞭炮声中,车队像一条长龙,摆着尾巴游出眉山城。

17岁的年龄是一个充满激情和幻想的年龄,五十二师文工队队员方杰最后回望了一眼美丽的眉山,心中有着美妙的憧憬:我们要到唐僧取经的地方去了。

此时,十八军进藏的各支部队也开始呈阶梯状向金沙江边开进。

经过新津时,五十二师的将士们感受到了前所未有的热度:新津郎江岸边的船工们在喧天的锣鼓声中,纷纷将战士们的背包"抢"到自己的船上。江水澎湃,人心也同时澎湃。妇女、儿童在村口扭着秧歌,当地百姓用松柏枝扎起"进军门"、"光荣门",夹道欢送的百姓热情高呼"向进军西藏的英雄致敬"、"我们加紧生产,支援进藏部队"。

在澎湃的激情之中,方杰随部队到了二郎山下的天全,在这里,方杰生平第一次喝到了"老鹰茶"。

"老鹰茶"是雅安地区特有的一种茶叶,在刚获得新生的天全老百姓眼中,还算是稀有的东西。但是,为了支援十八军进藏,慰问一路走来的战士们,老百姓毫不犹豫地在各个路口设置了茶摊,每个茶摊上,几乎都有老人、妇女、孩子,老百姓们拿不出其他的东西，只求为辛苦的战士们送上一杯热腾腾的茶水，一份淳朴的温暖。"老鹰茶"具体是什么滋味，方杰未能细细品味，只感觉一个字：甜。

嘴里还留有"老鹰茶"的余香，方杰开始翻越二郎山了。跟之前先遣支队翻越二郎山相比，此时方杰他们无论在心态上还是路况上都有了很大的改观。

生性活泼的方杰一路蹦着就上山了，心里还在嘀咕：好家伙，都说往西藏走，山高路陡，还真名不虚传。

显然，二郎山在方杰眼里还是很新奇的，她一路走着，居然不喘气，还时不时地编些快板，边走边唱。

越往上走，方杰终于感觉到呼吸急促了，背上背着的物资和乐器也沉重起来。走着走着，方杰汗水直冒。40公斤的负重，在方杰看来，简直是一块上千斤的石头。

还没到山顶，方杰就寸步难行了，小姑娘就向文工队队长请示，要把背上的皮袄、皮裤、皮大衣等较重的东西扔在路边，让后面的部队负责收回。队长也没什么经验，看着年轻且疲惫不堪的方杰，很爽快地答应了。

不过，等方杰到了山顶，才发现自己犯了个大错误。山顶刮起了风，身上的衣服早就湿透了，冷得方杰直打哆嗦。现在有一件干爽的衣服披在身上该多好啊——但是，要返回去捡自己"丢"掉的衣服是不可能了，来回折腾，不被冻死、热死，也会被累死。

不过，乐观的方杰没有过多地思考，只能继续往前走，哪怕看到天空突然飘起了雪花，她也苦中作乐地觉得这景致非常美。

方杰还在想着唐僧取经的地方，而宋慧玲则钻起了"水帘洞"。刚上二郎山的时候,宋慧玲坐的车从瀑布下面穿过,大家都兴奋地尖叫,"我们进孙悟空的水帘洞了"、"孙悟空就在洞里面"。还没等大家乐够,一群猴子真的从洞里跳了出来,这些小东西爬到拉粮食的车上,把大米袋撕开,抓起生米往嘴里塞。"前方的战士还饿着肚子呢,米都被这些小东西吃了。"宋慧玲看到大米被顽皮的猴子糟蹋了,气得直跺脚。最后在大家的共同努力下,终于把猴子赶下了车。

越往上走,天气越冷,待上得山来,雪也开始下了起来。

第一次看到雪的小胖子宋慧玲,被这样的美景吸引住了,她把两条辫子解开,捆扎成一条粗粗的独辫,学着喜儿的样子,唱起了歌,"北风那个吹,雪花那个飘,雪花那个飘,年来到。"但没唱两句,强烈的高山反应就打断了她的兴致。

在二郎山山口,当宋慧玲回头眺望这座雄伟大山的时候,她看到盘山公路上到处都是筑路部队插着的红旗,十分壮观,一种进军西藏的荣誉感和兴奋感让她忘记了高山反应,她带头又和文工团的战友们唱起了《十八军军歌》,嘹亮的歌声在山谷间久久回荡。

几天后,到了康巴第一关折多山。看着白雪皑皑的山峰,方杰在兴奋之余,想到了另外一个字眼:雪盲。但是,好多人都没有墨镜,怎么办?小姑娘脑子灵,把墨汁涂在眼圈周围。嘿,就是这种连她自己都解释不清楚的防御办法,居然还起了一定的作用。

困难总是接踵而至,睡觉,是方杰遇到的最大的困惑和难题。每个人都随身带有一顶小帐篷,可以独自宿营,也可以几个人合起来搭一顶较大的帐篷。不管怎样,营地的基本条件是无法改变的。在雪地里宿营,只能先在地上铺一块帆布,再铺一块薄布。冰冷的地面,让方杰不敢躺下入睡,但是行军途中的劳累,很快让她有了睡意。迷迷糊糊中,方杰枕着雪山睡着了。

第二天醒来,方杰就自个儿发笑:雪化了,被子被打湿了,自己居然还睡得那么香。

就这样,方杰跟随部队一路坎坷地往甘孜进发。

到甘孜的第二天晚上,方杰和文工队战友们就开始了她们的本职工作:演出。

戏台是在一个空地上临时搭建的,从四野吹来的风让人们感觉到会场无比空旷。会场周围点着汽灯,光线不太好,只能勉强表演。然而,就是在这样简陋和艰苦的条件下,老百姓、战士把演出现场挤了个水泄不通。而舞台周围和外围都有战士持枪护卫。

歌剧《白毛女》,这是方杰的拿手好戏,在甘孜的第一场演出中,《白毛女》整整演了一个半小时。当方杰穿着从内地一路带过去的戏服出场时,迎接她的是全场热烈的掌声。而当"黄世仁"出场的时候,下边有人用小石子砸向舞台,也有吹口哨的。演出结束后,"黄世仁"悄悄对方杰说:这戏我是演不下去了,脑瓜子都起了好几个包。

整个歌剧有曲子70多首,方杰一个人就唱了20多首。由于是在高原上,天气又冷,方杰慢慢感觉喉咙发炎、脑袋眩晕,身体几乎被冻成

方杰和战友李均(卢明文 摄)

了冰棍。但是,小姑娘有着极强的责任感和奉献精神,硬是咬着牙圆满完成了演出。

接着,《刘胡兰》、《庆功报》、《血泪仇》等一出出精彩的演出,让观众们连连叫好,也让在此坚持了几个月的战士们从心灵上有了莫大的慰藉。

接下来的几天,宋惠玲和战友们也开始为驻扎在甘孜的部队进行巡回演出。

没有舞台,就在部队宿营地旁找一块宽点的平地,挂块幕条就在露天演出。不过那段时间,宋慧玲觉得生活过得非常充实和满足。

感到满足的还有王树增。王树增随部队到甘孜后,发现一五四团为他们准备好了一切。在到达甘孜的当晚,先遣支队的战士们像见到久别的亲人一样,将王树增他们迎进早就收拾好的帐篷里。一会儿,暖和的洗脚水、热腾腾的饭菜就送上来了。虽然不是什么山珍海味,但王树增心中涌起一股暖流,他悄悄地落泪了。

第二天,王树增一个人走出帐篷,四处转了转,他发现整个甘孜就是一个字:忙。

17岁的郑英已经有好些天没去看自己的哥哥了,虽然同在甘孜城,但是由于工作繁忙,他连休息的时间都没有。

吴忠率部队开进甘孜后,要开展统战工作,需要一些人帮助他们与当地的头人沟通,而当地既懂藏语又懂汉语的人非常少,郑英就这样成了十八军的翻译,进入到五十二师供给处。这两天,他每天忙着跟随领导外出采购,虽然累得直不起腰,但是看到这么多的战士陆续到了,在他心里,更多的是欣喜和对未来的憧憬。

2010年的续庆余（卢明文 摄）

大批人马的到来，让甘孜城热闹起来了。不过，战士们都很遵守纪律，要么住在帐篷里，要么住在老百姓家的羊圈里，没有人去骚扰老百姓正常的生活。

不过，战士们却经常"光顾"20岁的续庆余。作为五十二师一五五团三营的司药，续庆余成了最受战士们欢迎的人。因为之前，先遣支队缺少医护人员和药品，得了病只能忍着。

现在，续医生来了，他药箱里的药品，如消毒的、止痛的等，全都供不应求。

五

草原古城，风云际会。大批人马聚集，昌都战役一触即发，各种物资也运抵前方。至8月底，从甘孜方向共向前运送物资11664吨：被服装具2515.5吨、食品（干粮）577.7吨、武器弹药418.43吨、汽车材料60.7吨、汽车油料7090吨、卫生材料116吨、通信器材84.5吨、工兵器材639.5吨，另有银元183箱以及其他物资162.42吨。运到的粮食，除入藏部队及支援部队食用外，各地兵站尚有一批存粮。共支出7673亿元(旧币),其中包括黄金3000两,银元2611931元。这些,为昌都战役奠定了坚实的物质基础。

9月5日,军直属队政治处主任王达选跟随"军一号"抵达甘孜。在王达选看来,张国华是一路思考到甘孜的,毕竟,大战在即,作为领军人物,张国华需要无数遍地把作战计划和兵力部署梳理好。

分别数月,与老部下、老战友又见面了,在短暂的问候之后,张国华立刻召开会议,对昌都战役进行了具体部署。

十八军先遣部队在对西藏进行了方方面面的了解之后,张国华得出这样一个结论:除了西藏地方军,十八军还要面对另一个敌人,那就是西藏残酷的自然环境,它远比藏军更可怕。

在张国华的战略构思里,预定作战区域是藏东高山峡谷区。这里的平均海拔在4000米左右,而且地貌极为复杂。既有连绵不断的崇山峻岭,也有海拔虽高而地势平缓的草原,无论地貌如何不同,但都高寒缺氧。另外,正所谓"一山有四季,十里不同天",因地形复杂,也造成藏东气候多变,本来是风和日丽,晴空万里,转眼间却狂风骤起,天昏地暗,风雪交加。

在高山上,极易出现缺氧现象(那时,还没"缺氧"这个名词),另外还有各种身体异常情况,比如:头痛,呼吸困难,嗓子发干发涩,呕吐,蛋白尿,浮肿,脱发,指甲凹陷,休克,心跳加

空运大队工作人员从地面往飞机上装运粮食,运往甘孜(资料图片)

速,鼻出血,脑出血,高原昏迷,肺水肿,雪盲……数不胜数。

张国华要求全体将士首先从思想上去战胜它,适应它,从而才能很好地去贯彻昌都战役的作战意图。

针对藏军以昌都为枢纽沿金沙江布防北重南轻的特点,根据西南局报请中央批准的关于"在战役组织上,采取以我之主力使用于右翼(北面),迂回昌都以西,迫使敌军聚集昌都而歼灭之"的原则,张国华宣布:我军采取正面进攻与战役大迂回相结合的战法;基本战役布置成南北两个作战集团,集中主要兵力于北线(分左、中、右三路人马)。北线集团由五十二师和军直炮兵营、工兵营、54师炮兵连,以及青海骑兵支队组成,统由五十二师指挥。

张瑞堂听着首长全面细致的部署,感觉有一股热气自心底升腾起来。

张国华在做着大部署的同时,还不忘继续做部队的思想改造工作。这不,54师刚到甘孜,郑化明就和其他干部一起被张国华叫去开会了,要求各部队干部坦诚地谈问题,谈困难。烟雾缭绕中,张国华发话了:大家进藏,很艰难,我敬大家一杯酥油茶,以茶代酒。

好多人喝不下去,但又碍于首长的面子,只得捏着鼻子喝了。这时,张国华转入正题:连一杯小小的酥油茶都喝不下去,你们还谈什么解放西藏。那里的高原环境,更是比这酥油茶还难以让人适应……

接下来的几天,郑化明逼着自己喝酥油茶,渐渐地,他感觉,自己和西藏的距离近了,他更渴望马上渡过金沙江。

第十一章 "多路向心"只为这一战
　　　　追风少年痛失枣红马

一

　　先遣、备战、侦察，解放军的"多路向心进军"的目的地只有一个：藏东昌都。

　　作为西藏这片神秘土地的"锁钥之地"，昌都自然在毛泽东心目中占据着很重要的位置。其实，从8月18日到23日的6天时间中，毛泽东就曾三次给西南局和二野发来电报，询问昌都战役的准备情况。初次交战必须谨慎——这是毛泽东多年来的一贯作风。刘伯承读着毛泽东"集中绝对优势兵力，四面包围敌人，力求全歼，不使漏网"的指示，内心不敢有丝毫松懈，并且为更远的未来做了全局性的思考。

　　进军昌都，西南局和二野要求张国华在西藏地方军心理准备不足和未有大规模实战接触的情况下，歼灭其全部有生力量，避免以后再与西藏地方军漫山遍野地打游击战与消耗战。那样，才算是圆满完成战役。

　　虽然从双方的兵力对比来看，这样的战略部署显得有些"小题大做"，但这是必须要做到的，这也是从多年的革命斗争和解放战争中总结出来的宝贵经验。

　　即便昌都战役的战略部署已经确定，各路大军已经摩拳擦掌、跃跃欲试;即便之前的劝和团无功而返,但中央仍没有放弃和平谈判的努力,直到1950年9月30日,在全国政协庆祝建国一周年大会上,周恩来总理在讲话中再次敦促噶厦政府,速派人来京和谈。周总理说,人民解放军决心解放西藏,保卫我国边防,我们愿以和平方式求得实现。西藏爱国人士是欢迎进军西藏、和平解放西藏的,我们希望西藏当局不再迟疑,以使问题得到和平解决。

北京仍在热情地呼唤,不过西藏方面没有一点反响。达札们还在异想天开,真以为金沙江天险能挡住一切,能为他们偏安一隅助上一把力。

冷风袭来,张国华走出了住处。

晚饭是鸡蛋炒辣椒,这是张国华几个月来吃得最利索的一顿饭。刘、邓首长的指示不断地如雪片般飞来,各路部队反馈回来的信息也让他的思路变得越加清晰。在这样的现实情况下,只有采取一种办法了:以打促和,先打后和。

战略之下,就该是具体的战术了。

在张国华的脑海里,已经有一张无形但明了的敌军兵力配置图:藏军依托金沙江重兵布防,扼守入藏咽喉要道,以昌都为神经中枢,以昌都经生达至邓

2010年的赵钦贵(卢明文 摄)

柯为重点布防区域,沿国德至盐井千里金沙江西岸,分南、北两线做分区兵力配置。

根据藏军部署,张国华决定采取正面进攻与千里大迂回相结合的方针,形成关门打狗之势。

二

在十八军从东路向西藏节节推进的同时,另外几支部队也分别从青海、云南、新疆向西藏挺进。

14岁的赵钦贵这时候成了青海骑兵支队的一名战士。

"站起来还没有马高,也想打仗。"1950年6月才参军的赵钦贵在部队里常常被战友们打趣,"尕小子,还是回家去给你阿妈撒娇吧。"每当这时,赵钦贵总是把两个腮帮子鼓起来,然后倔强地说:"我都17了"。

赵钦贵何尝不想在阿妈的怀里撒娇,作为一名只有十几岁的孩子,他本应该在家里享受父母的疼爱,但由于亲人都已经不在了,他认定部队就是他的家,他要留在这个家里,要在这个家里去缔造幸福、快乐和荣耀。

出生在青海黄南州的赵钦贵,是个地地道道的藏族孩子。他放过羊,学过徒,直到解放大军来到他的家乡,他才从一名苦孩子真正变成了一个有尊严的人。

现在解放西藏的任务也落在了青海骑兵支队的肩上,赵钦贵想骑上战马、挎上战刀,到西藏去,去解救那些和他当年一样苦的藏族孩子。

青海骑兵支队是1950年3月,在以第一骑兵团第二营和特务连为基础的前提下扩建而成的。冀春光任中共玉树地委书记兼骑兵支队政委,孙巩为支队长,支队下辖骑兵一连、二连、三连,重机枪连、炮兵连、特务连,共680人,骡马800余匹。

骑兵部队在风沙中前进(资料图片)

骑兵支队成立后,在西宁进行了两个多月的整训和思想动员。全体干部、战士表示,一定要学习当年红军爬雪山、过草地的艰苦奋斗精神,坚决把革命进行到底,誓把五星红旗插到长江源头,完成进军任务。

赵钦贵到达部队的时候,为期两个多月的整训和思想动员工作刚刚结束。为了能达到部队的作战要求,最终成为进军西藏的一名骑兵战士,赵钦贵几乎是玩了命地为自己开小灶,他在湟水河边练体能,恶补文化课程,所有的困难在这个少年面前都不值得一提,他觉得没有什么能比他小时候在家乡所受的苦大。赵钦贵摘下柳条当战刀,骑在小木凳上,挥舞着"战刀",嘴里"啊啊"地大声喊叫,他感觉自己正驰骋在进军西藏的路上,勇猛地向敌人冲去。每当赵钦贵以这种孩子般的游戏态度陶醉在自己的世界里的时候,战友们就会说:"尕小子,你已经17岁了,你已经比马高了。"听到战友们这种不知道是夸奖还是揶揄的评价时,赵钦贵总会把"战刀"舞得更加带劲,并在大家不注意的时候突然把"战刀"朝人群中

年青的赵钦贵(赵钦贵提供)

砍去。

然而,当后来赵钦贵如愿成为一名进军西藏的骑兵战士,并且配上了战马战刀和一支步枪时,他也并没有放上一枪,甚至连个敌人都没能看到。艰苦的行军和恶劣的自然环境才是骑兵支队最大的敌人。

6月21日,骑兵支队和干部大队向西藏进发,赵钦贵骑在枣红马上充满了自豪和骄傲,马对这个藏族少年来说就是他的生命,从小就骑着马在草原上飞奔的赵钦贵只用了三天时间就把这匹战马驯服了。24日,支队越过日月山,进入青海南部草原藏区,面对一望无际的大草原,赵钦贵真想策马扬鞭再做一次自由的追风少年,但部队严明的纪律,只能让他打消了念头,他知道自己现在已经不是那个桀骜不驯的小牧民了,他现在是一名"17岁"的革命战士了。

当难题一个个摆在赵钦贵的面前时,有着许多幻想的追风少年逐渐成熟起来。

随着部队逐渐朝西藏腹地深入,恶劣的自然环境就像魔鬼一样伸出了它的魔爪。7月3日翻越海拔4500米的鄂伦山时,因高山缺氧,3名战士心脏病发作,抢救无效而牺牲。随后在过扎陵湖沼泽地带时,不少人马深陷泥中,好在组织严密,无一伤亡。

解放昌都 1950

藏胞帮助部队把物资装上牛皮船，准备渡过通天河（资料图片）

8月，通天河凶猛的水势挡住了骑兵支队的去路，在等了三天洪水逐渐消退的时候，部队开始强渡通天河。

在等待过河的这三天里，马的饲料已经完全断绝。由于通天河海拔高，附近几乎找不到一处草地，许多马已经瘦得皮包骨头。赵钦贵抚摸着枣红马的马鬃，难过得掉下了眼泪，他把自己省下来的一个馒头放在马的嘴边，心疼地说："吃吧，等吃饱了，明天好过河。"枣红马闻了闻馒头，"哧哧"地打了个响鼻，并没有张嘴，赵钦贵抽出战刀，猛地把馒头劈成了两半，"咱俩一人一半。"赵钦贵转身离开，他和着眼泪把那半个馒头咽下肚去。

第二天，部队开始强行渡河，通天河的北岸一片马的嘶鸣声，人乘牛皮船，马泅渡，很多战士都把脸转向一边，不忍心看到自己心爱的马在泅渡中拼命挣扎。赵钦贵站在河对岸，在乱作一团的马队中看到了他的那匹枣红马，这匹马虽然瘦，但却很勇猛，在挣扎了10多分钟后终于渡过了通天河，他把脸贴在马的颈项上，感受到了马的颤抖，当他轻抚着马因瘦而突出的背脊骨，听到马"呼哧呼哧"的喘气声时，再也控制不住自己，泪水夺眶而出，顺着马鬃流到了冰冷的通天河里。

待上得岸来，部队发现已有许多马被河水卷走。

马就是骑兵的战斗武器，骑兵支队一边等待后勤部队在藏区买马，一边继续南下。

当赵钦贵和枣红马到达唐古拉山的时候,一片沼泽地横亘在他们的面前,这一次他只能骑在马背上过去。

齐腿深的烂泥,让马每走一步都痛苦万分,此刻少年心如刀绞,他把眼睛闭上,把两只耳朵堵住,他不忍心看到自己心爱的马在泥沼中痛苦挣扎。枣红马此刻也仿佛看出了少年的心事,它把每一步都尽量迈得踏实平稳,甚至连喘气都是那样均匀,它怕急促的呼吸影响到背的起伏,从而使少年的两腿因它瘦削的背脊而被硌疼,它用最后一口气坚持着,它要把少年驮到幸福的彼岸去,让他尽快成长,骑着骏马在草原上驰骋。

当走出泥潭的时候,它倒下了,甚至连倒下都是轻盈的,它为自己没把少年摔疼而高兴。

在1950年7月17日的唐古拉山上,它流下了第一滴眼泪,唯一遗憾的是自己虽然是一匹战马却没能在战场上奔跑过。

而此刻,正在甘孜的五十二师一五五团政委李传恩那匹枣红马正在雅砻河边吃着青草,它发出了和在雅安时一样的嘶鸣。

此后,赵钦贵分到了另一匹马,当他来到藏北那曲并最终留在这里准备阻截藏军西逃的时候,骑兵支队的另一部分人马在经过23天的艰苦行军后,于7月24日胜利到达玉树,行程900公里。

羁留青海的原热振活佛之近侍堪布益西楚臣、班禅行辕派出的驻玉树办事处处长何巴顿等藏族人士20余人,也随骑兵支队和干部大队进入玉树地区,在藏族群众中开展宣传、统战等工作。参谋长郭守荣、益西楚臣带骑兵二连前出囊谦,查明昌都及那曲地区藏军分布与兵要地志、道路情况,为下一步进行昌都战役做准备。

赵钦贵站在广袤的羌塘草原上,他仿佛看到一匹枣红色的骏马在草原上飞奔,马鬃就像一片流动的云,变幻着不同的形状。

三

此时,远在云南丽江的白族战士寸心灵,也正随十四军四十二师一二六团从云南方向朝西藏挺进。

十四军四十二师隶属第四兵团,司令员陈赓、政委宋任穷是1950年2月14日得到刘伯承、邓小平"立即按野司前令部署,以一个精干团或三个小团(总数不超过3000人),带3000匹骡马,配合进军西藏"这一命令的。

随后,陈赓、宋任穷决定,由十四军四十二师一二六团及一二五团三营担负入藏任务。

寸心灵只比赵钦贵大两岁,同样都是苦孩子,这个出生在丽江的白族少年,是在父亲的支持下参加解放军的。1949年丽江刚解放时,解放军的一个排就暂住在他的家里,战士们只在他家搭了通铺,不但没有骚扰他们,反而给他家做了很多

寸心灵(江舒 摄)

好事,父亲觉得解放军靠得住,就把只有15岁的寸心灵交给了部队。虽然家里很多人不同意,但父亲的态度十分坚决,"你现在有

了好的归宿,我也就放心了。"临走时,父亲抛给寸心灵这样一句话。

是部队给寸心灵一张白纸般的心灵留下了革命的种子,如今这粒种子已经在寸心灵的心灵深处发芽。是"到西藏去,解救那里受苦的藏族同胞"的信念,让寸心灵在艰苦的行军路上充满了乐观,并且也让这个白族少年的人生观发生了根本的转变。

寸心灵所在部队是从丽江出发前往西藏的,在十四军一二六团九连一班的这个大家庭里,寸心灵是最小的娃娃兵,艰苦的行军让这个少年渐渐走向成熟。

从云南丽江到西藏芒康要沿着茶马古道一路北上西进,从前贩运边茶和盐巴的商人带给藏区的是生活用品,但这次部队带来的却是革命的道理和解放大军的品格。

寸心灵发现,开始部队所到的地方都是"人去楼空",当地的老百姓一看到部队就逃到大山里了,任凭大家怎么喊话,老百姓就是不肯下山。后来部队从原滇西北游击队和骑支队抽调了懂汉藏语言的汉、藏、纳西族青年,组成35人的工作队,走在队伍的前面开展沿途的群众工作。大家不顾行军疲劳,争先恐后地为沿途藏族同胞背水、砍柴、治病,并将节约下来的盐巴、

第四十二师辎重二团,从滇西丽江经过陡峭的狮子岩,支援进军西藏的兄弟部队(资料图片)

茶叶等赠送给贫苦百姓,很快当地的藏族同胞就接纳了这支与众不同的"新汉人"部队。

云南入藏路线为滇西北高山密林峡谷地带,运输补给任务十分艰巨,部队一天最少要走40公里的路,一个人一支步枪、300发子弹、15斤大米,全靠自己背。长途跋涉把脚全都磨起了泡,由于卫生员药品有限,大家就只能用块布缠一下。在越过澜沧江激流时,人员和物资全部以溜索悬渡,马匹则全部泅渡。班长王光全三次跳进澜沧江激流,抢救被洪水冲走的骡马,最后被急流冲走,牺牲在进军西藏的路上。

为了使后勤保障能跟上,十四军四十二师专门组建了3个辎重团负责运输。至9月初,先后有民工20000人、军工2000人参加修筑大理至德钦的公路;滇西地区共组织骡马2.1万匹参加运输,运到贡山、德钦的粮物达16.4万余公斤。第十四军组织的辎重二团,在喜州(大理北20公里)接受各师调来的人员和骡马,有干部、战士1800名,骡马2220匹。在团长刘得志、政委杨静生、副团长冯虎山带领下,往返行程3000公里,运粮40多万公斤,创造了在雪山深谷地区长途运粮的业绩。

四

除此之外,由第二军组建的独立骑兵师,于5月进驻新疆于阗地区,进行修路、侦察等进军西藏的准备工作。7月,王震批准独立骑兵师第一团一连为"进藏先遣连"。

8月1日,独立骑兵师在昆仑山下的于阗县普鲁村为先遣连举

西北军区之新疆骑兵支队,从于阗出发,经喀喇昆仑山进驻阿里地区(资料图片)

行出征誓师大会,何家产师长向先遣连授旗。先遣连当日从普鲁村出发,骑着战马,拉着骆驼,驮着帐篷、给养,涉冰河,穿古峡,过雪原。翻越海拔6400米的昆仑山口和海拔6000多米的冈底斯山东君拉大坂(山垭口)时,指战员们头痛欲裂,就用绳带捆住头;呕吐不止,仍强行吃饭喝水;山陡雪大,就拉着马尾攀登;帐篷被大风刮得搭不起来,就眠冰卧雪。历经半个月的千辛万苦,于8月15日,艰难地抵达藏北改则北部的两水泉;稍事休整,即分路积极地寻找并争取因疑惧而转移的藏族牧民返回住地。接着,该连奉命继续前进,穿过终年积雪的藏北荒原,克服了难以想象的困难,于8月29日进至阿里改则的扎麻芒保。从于阗起,走了近一个月,行程600多公里。

五

1950年10月1日。

高原寒意渐浓,但整个甘孜城却处于一派热闹祥和之中。这天,十八军召开庆祝中华人民共和国成立一周年暨昌都战役誓师大会。大会由五十二师师长吴忠主持,张国华和谭冠三等参加了大会。

坐在会场内的王树增,被两个特殊的人吸引了。在主席台上,坐着两位身穿藏装的老红军,他们是当年红军长征时因负伤滞留在甘孜地区的老同志,在这样的时间、这样的场合、这样的历史背景下,两位老同志的出现,让王树增感觉有一种特殊的意义在里面。

张瑞堂警惕地巡视着四周,"军一号"洪亮而有力的声音响起:西藏是祖国固有领土,近一个世纪来美英帝国主义侵略的魔爪伸进西藏,西藏已沦为半殖民地,还有外国军人驻扎在西藏。广大藏族同胞和爱国上层人士,都给党中央、毛主席写信或发电函要求解放西藏。中央政府和毛主席多次邀请西藏地方政府,派人到北京商谈和平解决西藏问题,可是被美英帝国主义操纵的西藏地方政府拒绝和平商谈,而且将自愿去劝说和平解决西藏问题的格达活佛毒死……

张国华的情绪有些激动,声音也更加高昂了:西藏地方政府在外国特务的唆使下拒绝和平商谈,并在以昌都为中心部署重兵,企图阻止解放军进军西藏。因此昌都之战是不可避免的,在迫不得已的情况下,我们向昌都守敌发起武力进攻,我命令全体参战部队,发扬一不怕苦、二不怕牺牲的精神,完全彻底消灭敢于抵抗之敌,不准跑掉一个,胜利地完成西藏首战昌都战役,为和平解放西藏打开大门……

张国华讲的每一个字,每一句话,都像一股热血注入王树增的心窝,他和在场的人一起沸腾了。历史,是让后人铭记的一种看似虚幻的东西,而现在,他就要和战友们一起去缔造一段真实而厚重的历史。

当天,五十二师一五五团三营的司药续庆余也在雪山之上过了一个终生难忘的国庆节。

续庆余已经跟随部队火速开往金沙江畔,连日来,连绵不断的雪山已经消耗了他不少的体力,他的眼里除了白色还是白色。

续庆余不知道这样走下去,要多久才能到达昌都,他也不知道在去昌都的路上,还要翻越多少高耸入云的雪山。爬到山顶的时候,续庆余累了,他一屁股坐在雪地里,一股凉意钻入身体,他不禁打了个寒颤。

淡淡的月光抚摸着群山,天宇间一片空寂。旁边的战友问"肚子饿了,到哪里弄点吃的",续庆余没有回答,他觉得现在自己说一个字都是那么费力,他真想就地躺下睡上一觉,后果会怎样他已无暇考虑。

就在此时,文工队的快板响起来了,有文工队员高声唱着:国庆节真热闹,雪山顶上逞英豪,千山万水何所惧,打响昌都第一炮。

在这样静谧的夜晚,这样的声音是那么的美妙和激人奋进。续庆余和旁边的战友们腾地站了起来,用十八军将士最热血、最豪迈的喉咙随声附和着,"千山万水何所惧,打响昌都第一炮。"

雪震了,雪崩了。

第十二章　草原作证他们收获了爱情
　　　　牦牛运输队诠释英雄本色

一

　　1950年的甘孜,就像抗战时期的延安,革命的理想主义和浪漫主义在这里生根发芽。热火朝天的机场工地、欢声笑语的演出现场、安静的藏语教学课堂、紧张的前线指挥部、忙碌的物资转运站,它就像一台机器在高原深处有条不紊地运转。

　　五十二师一五五团政委李传恩牵着他那匹心爱的枣红马来到雅砻河畔饮马,丰满的水草让枣红马一天天变得强壮起来。李传恩用清冽的河水把马儿的鬃毛洗了一遍又一遍,战马抖了抖身上的水滴,朝着草原深处跑去,马儿在一棵白杨树下转过身来,回头看了看李传恩,再迈开蹄子头也不回地走了。

　　这匹马是李传恩在乐山誓师大会后就分到了的,作为团职干部,李传恩是可以骑马到甘孜的,但为了照顾伤员和病号,李政委把他的马完全当作了牦牛来使用。驮东西成为这匹枣红马的主要职责。

　　如今到甘孜休整了,所有的马都被收回,交给饲养员统一喂养。但只要一有时间,他就会亲自去河边饮马。

　　马儿在草原上找到了玩伴,有时候趁饲养员不留意,就偷偷地跑到雅砻河边去撒欢。

雅砻河畔开满了各种各样的野花，美得让人心醉。这里也成为文工团女队员常去的地方。方杰每去一次都会怀抱一大束邦锦梅朵回来，她们的帐篷有了花香显得生机盎然。鲜花也给了姑娘们更多地创作源泉和演出激情。

"高原的山，

西藏的水，

这里有我留下的足迹，

美丽的西藏是我故乡，

在欢乐的节日里，

芳香的青稞酒，

我与藏族朋友干杯！"

这是方杰写下的诗句，她年轻的心里盛满了对生活的赞美，对美丽的追求。

在这样浪漫的地方，爱情也悄悄萌芽。

但部队还有一个坎，只有符合"二五八团"这个硬性标准才能够谈恋爱，那就是必须年龄25岁以上、8年军龄、团职干部。

五十三师一五八团的宣传股长路晨符合这个要求。他看上了一位名叫杨瑞华的漂亮姑娘，在组织的安排下，他第一次单独和一个姑娘在雅砻河边约会了。

"我们就要解放昌都了。"路晨递给杨瑞华一张油印的小报《战友报》，报上娟秀的小楷正是出自路晨之手。

杨瑞华接过报纸，只扫了一眼就把报纸卷成了一个筒，然后低下了头，一句话也不说。

"我们的新闻来源于中央人民广播电台、新华社和邯郸广播电台。"路晨不知道对姑娘说什么,只一个劲地谈他的工作。

"我们的报纸每天印300份,都是刻印。"

"嗯。"

姑娘应了一声,把报纸卷得更紧了一些。

"我们的机器是一路用骡马驮过来的"。

"哦。"

……

雅砻河水哗哗地流着,草地上的马儿低头吃着草,远处修甘孜机场的劳动号子隐隐传来,甘孜的这个夏天热得让路晨流下了汗。

"我今年30了。"路晨说。

"你愿意和我一起干革命工作吗?"

杨瑞华其实早对路晨有所了解,他油印的《战友报》,给她们枯燥的生活增添了许多乐趣,他的蝇头小楷,他发表在报纸上的诗歌都让她倾倒。前几天组织来提亲时,她一点没有犹豫就答应了。她更知道他家里穷,12岁时就进照相馆当学徒,15岁参加新四军,打过日本鬼子,参加过淮海战役、渡江战役、湘南战役。

杨瑞华把头抬起来,坚定地点了点头说:"我愿意。"

此时,李传恩的那匹枣红马抖了抖鬃毛,在盛开着邦锦梅朵的草原上奔跑了起来。

郄晋武也是在甘孜认识他后来的妻子——五十二师师职小分队二分队队长郭蕴中的。郄晋武把他的那杆猎枪装上子弹,朝天空连放两枪,这位30岁的团长用枪声为他的爱情鸣炮。

二

爱情是甜蜜的,但在甘孜的生活更多的是苦涩。

宋慧玲的长辫子已经剪了,可她心头的那一丝疼痛和伤楚却时时刻刻都在纠缠着这位年轻的胖姑娘,因为她在文工团的战友尹学仁扛竹子时劳累过度,倒下了。

在甘孜的几个月里,尹学仁的病情一天天加重,医生也束手无策。这位19岁的青年和宋慧玲有一个约定,就是把竹子扛到拉萨去插红旗。来自北方的尹学仁没见过竹子,四川盆地茂盛的竹林给他的生活增添了一抹浪漫的色彩,他甚至幻想,在雪域高原的西藏要是能长出竹子,那么绿色的竹子、蓝色的天空、洁白的云彩和红色的国旗结合在一起,一定会是天底下最美丽的图画。他叮嘱宋慧玲,一定要把竹子扛到拉萨去。宋慧玲噙着眼泪,答应了尹学仁的要求。

"你放心,我会把竹子一根不少地扛到拉萨去的。"宋慧玲哽咽着说,"我们家乡有很多的竹子,以后我会把春天的笋子挖到拉萨去,让西藏也长出漂亮的竹子"。

尹学仁握着一根发黄的竹竿,把它放到鼻子跟前,他仿佛闻到了竹叶的清香。在清幽的竹香里,他举起红旗,发现自己正站在喜马拉雅山顶上。

三

夏景文已经随侦察营前往德格,不过,此行他们身上的担子轻了,除了必备的粮食和武器之外,其他的物资都"甩"开了,而且随身携带的武器也尽量以轻便为主。

这是张国华对参战部队的特意安排。要在高海拔的陌生地带展开战斗,就必须要讲速度、省体力。

参战部队的速度是提上去了,体力也节省了,但后勤保障却不能落下,那些"甩"开的物资怎么办呢?张国华早从政策研究室和先遣支队了解了一些信息,即:从甘孜到昌都要一二十天行程,即使从江边的德格出发,也需10天左右。这样远的路程,骡马运输队要自带饲料,能驮运的其他物资就很有限了。军党委经过调查研究,认为以牦牛作为主要运力是比较可行的办法。牦牛的主要缺点是速度慢,管理困难,但它最大的优点是以草为食,可以走到哪里吃到哪里,不需携带饲料。

就这样,经张国华拍板,牦牛运输队应势而生。当时,十八军在甘孜地区一共筹集到了14400头

牦牛运输队(资料图片)

牦牛。其中，5100头分配去邓柯跟随北路部队向昌都进发，其余9300头牦牛编成5支运输大军从中路直奔昌都，以保证部队的补给。

牦牛运输队，是昌都战役的重要组成部分。这是一支庞大而又奇特的队伍，赶牦牛的人员都是从各单位临时抽调来的。有干部、战士、勤杂人员，还有五十二师的几十名女同志，甚至连十三四岁的小同志也参加到这个行列里来了。

他们赶着牦牛，驮着弹药、给养，有的直接编入各路部队，有的独立行动，从各个不同的方向前进，浩浩荡荡指向同一目的地——昌都。

最开始，牦牛运输队的人员情绪波动很大。很多战士认为自己千里迢迢直奔昌都，就是要上前线真刀真枪地打一仗，现在居然赶起了牦牛，太屈才了，心里很恼火。

十八军领导针对同志们的思想，用毛泽东关于进军西藏"政治重于军事，补给重于战斗"的指示，对大家进行开导：我们赶牦牛不是一件轻松自在的差事，而是要把几百万斤粮食，大量的弹药和物资运到前方去，这个任务同战斗部队一样光荣。没有充足的物资保障，前线战事就无法顺利展开。十八军领导还举了例子，比如，炊事班的战士们，许多就没上过战斗一线，他们的工作不也同样重要？

除讲清赶牦牛的重要意义来提高大家的思想认识和积极性外，十八军党委还专门制定了赶牦牛的立功条件：不跑、不丢、不死牦牛；不违反政策纪律；不叫苦、不急躁，服从命令听指挥；团结互助、爱护公物等。这样一来，很快统一了大家的思想，也提高了大

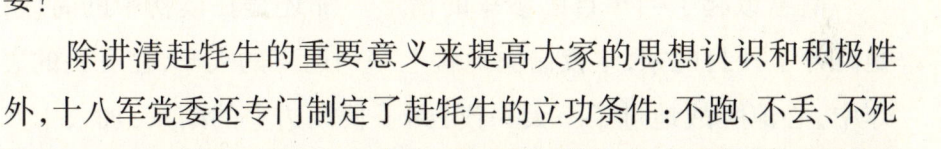

家的积极性。

四

大军开进,但郑英暂时去不了昌都,他有了新的任务,驮着几大箱银元到青海玉树去购买马匹和骡子。而作为牦牛运输队一部分的"康藏工作队"就要出发了,董惠很不舍地望着甘孜城发呆。

作为十八军司令部的一名文化教员,董惠是在1950年8月上旬被抽调编入五十二师"康藏工作队"的。"康藏工作队"由清一色的30名女兵组成,另外配有3名负责警卫安全的男同志。

从眉山出发前,董惠花了两毛钱拍的照片(董惠提供)

最初,"康藏工作队"的任务主要是负责政策宣传和发动群众等工作,在大军从甘孜向昌都进发之后,她们也开始了赶牦牛的工作。

董惠想起了当年自己参军的情形。那还是在读初中的时候,她离开了开封的家,半夜偷偷地爬上一列运煤的火车,在飞机的轰炸中,心惊胆战地过了一天一夜,到了长江边上的南京,加入十八军。那时,她看着滚滚的长江水,感觉这个世界好大、好精彩。

而现在,从江南一路走了几千公里,她又要赶着牦牛去长江的上游金沙江,这难道是一种巧合?

已容不得董惠多想,"康藏工作队"上路了。董惠背着那个印有"中国人民解放军"的军用帆布包消失在甘孜草原上。

初见牦牛,董惠感觉既新奇又害怕。自己已经17岁了,还从没见过这么大的家伙。第一天,没有经验的董惠和战友们就想赶着牦牛走快一点,可是,问题马上就来了。

没有走出多远,牦牛就"无组织,无纪律"地跑得满山遍野都是,而且还和老百姓养的牦牛混到一块了。这可急坏了这帮小姑娘,有的姐妹手足无措地哭了起来——这可是上级交代的任务啊。

董惠没有哭,也没时间哭。前面的参战部队已经拉开很长的路程了,如果不能及时地把牦牛赶上去,那么前方战士们的给养将跟不上,就有可能影响整个战役。董惠只得和姐妹们一只只地去找。

这时,有人请来了当地的藏族群众当老师。在了解问题所在之后,"藏族老师"便耐心地告诉她们:"赶牦牛不能心急,不能打,更不要惊吓,要慢慢地从后面和两侧赶;遇到水草好的地方要休息,以便让牛吃好草、喝足水;休息时一定要把驮子卸下来,让牛休息好。""藏族老师"还教给大家拴牛、放牛的办法。"康藏工作队"的同志们心领神会地照着做,牦牛也就渐渐地听招呼了。大家赶牛的信心又足了起来,走得也快了。

赶牦牛是一项漫长而沉重的工作,"康藏工作队"赶着牦牛,天天爬雪山、过冰河、钻森林,行走在漫长的高原道路上。时间一长,生活越来越艰苦了,麻烦的事情越来越多了。牦牛背磨破了,甚至有的牛蹄角也磨掉了,而驮运的物资中有的银元箱子砸烂了,有的米包划破了……大家只好一边走一边仔细检查，米包破了就及时补，银元箱子烂了就赶紧钉好；夜间还要轮流站岗，防止坏人偷盗，保证粮食和财物不丢失。

不但要赶牦牛，董惠和战友们的背上还要背负50斤的物资。不过，年轻气盛的董惠，干起事情来，总是有使不完的劲。她每天都会走在最前面，一到驻地就马上烧开水，搭帐篷，不时得到领导表扬，这使得她的干劲更大了，觉得累死了都值得。

在干劲十足的同时，董惠也闹出了大笑话。一次，赶到驻地的时候天已摸黑，她仍一如既往地忙着烧开水煮茶，结果一不小心捡起一块牛粪当砖茶扔进了锅里。当姐妹们端起一杯杯"茶水"喝了一口之后，董惠内疚得只想找个地缝钻进去。

赶着牦牛，董惠觉得最美的享受就是能隔几天吃上一顿"三宝饭"。所谓"三宝饭"，就是上面是黄的，中间是生的，下面是糊的。这都是因为高原环境所致。

不过，就是这样的夹生饭，也不是随时都能吃上的，因为大米是那么珍贵，都要运到前线去的。每吃一顿"三宝饭"，董惠都有过年的感觉。

赶牦牛需要极强的责任心，因为牦牛背上，驮着的是前方参

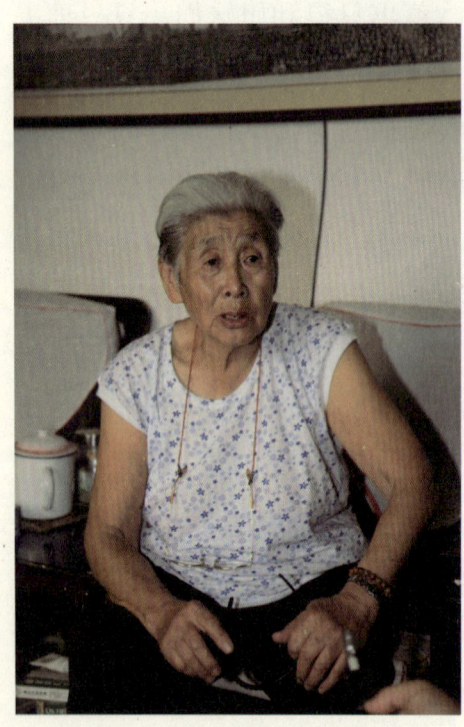

2010年的董惠（卢明文摄）

战部队的"生命",那是比自己生命还重要的东西。有的队伍里,累死的牦牛竟达百分之二十,有的同志看着倒下的牦牛,心中难过得不得了。不过,死了的牦牛也不能丢掉,战士们把好肉割下来,让其他牦牛驮上。牦牛累死了,这些驮运的物资怎么办?五十二师供给处处长王永魁带领的运输队,在一座雪山上累死了7头牦牛,他硬是组织大家,咬紧牙关把这7头牦牛驮的粮食一步步地扛到昌都。

赶牦牛的鞭子(董惠提供)

不仅是运送粮食和军需物资,牦牛运输队还在输送着各式各样的"精神食粮"。

每次过河的时候,董惠生怕牦牛背上的箱子被河水浸泡,因为箱子里还有大批的书籍、报刊以及办公用具。另外还有各种颜色的纸张、颜料等。

而每支运输队,几乎都运有毛主席和朱总司令的彩色挂像,当然也有西南军政委员会和西南军区司令部告藏族人民的布告,这些都是藏族上层爱国人士和广大僧俗人民最珍贵的礼物。

最让"康藏工作队"姑娘们感动的,就是她们为许多战友送去了从遥远的故乡带来的家信和爱人的情书。每当有战士捧着那滚烫的情书时,姑娘们就情不自禁地笑开了怀。

"过一山又一山,山山不断;过一河又一河,河河相连。"

牦牛运输队,他们趟过的,不是简单的山和水,而是一个个默默奉献的精神关口。青藏高原的自然环境是那般恶劣,是这支没有轮胎的运输大军,用他们的脚步和意志,接续起十八军将士永不言败的英雄本色。

宋慧玲把竹竿捆扎在牦牛背上,回望了一眼甘孜城,朝那个还没长上竹子的高地一步一个脚印坚实地走下去。

五

"白毛女"方杰,一不小心成"泥菩萨"了。

五十二师文工队需要紧跟在参战部队后面,为他们带去最精彩、最及时的演出。接连不断的冰河,早已冷透了方杰的肌骨,但她停不下来,为了在赶路的同时保护自己,方杰给自己做了三副绑腿。不过,这全然没用,当河水浸湿绑腿后,她感觉脚步越加沉重。

2010年的方杰(卢明文 摄)

方杰坐在路边晒了一会儿绑腿,心想再不能从水里过了,干脆踏着石头过吧,那样省事。

文工队已经走在前面了,方杰和一个姐妹慌忙地"摸着石头过河了",谁知一心急,石头又滑,两人一下子全掉进冰冷的河水里。好一阵挣扎,两人总算从水中爬上岸,发现身上都结了冰,像冰葫芦,彼此一碰就掉冰碴子。

两人苦笑着,抬头一看,部队已经不见了踪影。疲惫不堪的方杰掉队了。

两人往前走着,肚子饿得咕咕叫。这个时候,方杰总算体会到了什么是饥寒交迫。幸好没走出多远,后面来部队了,一位骑着马的领导看两人太可怜了,马上掏出几块饼干给她们。方杰拿着一看,都发霉了,也不知这位领导舍不得吃,存了多久了。

发霉就发霉吧,此时只要有吃的,那就能捡回一条命。方杰这样想着,饼干已经落进肚子里了。

前面又是一条河。

方杰现在是一见河就发怵,呆呆地立在河边良久没敢迈步。还是骑马的领导心好,让两位小姑娘上马,渡过河去。方杰骑上马背的时候,突然觉得自己真有点像去西天取经的感觉。

河是顺利过去了,不过没料到的是这马儿认生。下马的时候,马儿来了一股犟脾气,一下子把两人摔到泥潭里去了。正当方杰哭笑不得的时候,后面的战士们笑开了:两个泥菩萨……

当晚,她们赶上了文工队,并立刻为其他部队的战士进行了演出。当方杰穿着单薄的衣服,在寒风中闪亮登场时,她觉得这一天真是不可思议:冰葫芦、小泥人、演员,一天之中,转换了三次角色。

角色转换的,还有十八军军长张国华。

作为昌都战役的主角,张国华时刻关注着各路部队的情况:进入10月,各参战部队已经完成部署。北起青海玉树,经西康境内的邓柯、德格、巴塘,南至云南德钦,沿金沙江约700多公里的宽大正面,对昌都地区藏军形成了马蹄形大包围。直接参战兵力约2万人,各种大炮57门。

10月4日,张国华以客人身份来到玉隆夏克刀登家中。玉隆是一个牧区,帐篷极多。在这些如蘑菇般的帐篷中间,夏克刀登家的碉房显得非常高大、醒目。碉房是仿宫殿建筑,天花板上绘有花纹,四周墙上挂满了步枪。夏克刀登家奴仆如云,并雇有四川和湖南的厨师。

夏克刀登按汉族礼仪接待了张国华。

昌都战役开战在即,张国华此时专门到玉隆,是因为他对十八军的后勤运输保障不放心。如不解决这一关键问题,十八军主力从北线渡江作战将是十分困难的。谈了五六个小时,夏克刀登给张国华吃了一颗定心丸:保证让大批牦牛跟上去。

也就是在10月4日这天,西南局和二野发出了昌都战役的动员令。

下 篇

昌都战役打开西藏和平解放之门

第一章 阿沛受命奔赴昌都
格桑旺堆力主和谈

一

大军压境。西藏噶厦地方政府内分成两派：主战，主和。

在昌都战役开始之前，主战派占着上风。主战派企图凭借金沙江天险和横断山脉天然屏障，阻止解放军前进。

1950年6月下旬，阿沛·阿旺晋美受命出任昌都总督，接替原昌都总督拉鲁·次旺多杰的职务。与此同时，达札通知噶厦抽调藏军第七代本的兵力，将一批大炮及部分武器弹药运往昌都。

9月，阿沛在卫队的护送下开始了对防区的视察。沿波密、经通达到申达藏军第三代本部视察，途中经都兰都、衣曲克宗时，两个集镇的头人纷纷上报阿沛，状告临时征调的民兵横行乡里，强拉民夫，征抢牛羊，麦田无人收割，老弱病残妻儿无人照应，请老爷做主，放他们回家。阿沛看到这一凄凉景象，下令撤

阿沛·阿旺晋美（资料图片）

销波密宗民兵组织,身扛土枪和佩藏刀的民兵一个个向阿沛老爷磕长头表达谢意。

行至面达时,正遇民兵热杰代本率领一帮民兵抢劫,面达乡官家的牛羊被洗劫一空,他的女儿达桑梅朵站出来指责,被热杰代本抢入屋里强奸,面达乡官泪流满面向阿沛控告热杰,阿沛下令将热杰捆绑起来。热杰挣脱绳子从怀中掏出牟霞代本给的免死牌,呈示阿沛,崔科秘书将免死牌交给阿沛,"这种免死牌,清乾隆时才发给6个人,大胆奴才,你怎么会有?"阿沛怒斥。

"回禀老爷,这是我妹夫牟霞代本给我的。"

"死罪可免,活罪难饶。"阿沛说。卫士又将热杰捆起,一道押往第三代本驻地。

阿沛一行来到申达藏军第三代本驻地,牟霞代本按礼接待阿沛,火炮5响,全体官兵列队迎接,长号齐吹。阿沛惊讶,自己初到昌都,拉鲁都没有这么讲排场,在这里却受到了如此礼仪,但他高兴不起来。

牟霞说:"我代本团是藏军的精锐部队,武器精良,共军休想从我这里通过。"

阿沛说:"三代本的隆重礼仪和款待我心领了,不过热杰犯了罪,又拿了你的免死牌,我想你该知道怎么处理。"

热杰被押到阿沛跟前,跪趴在地上,告知上有老母,下有妻儿,请求不要杀他。

牟霞也一边求情,大敌当前,用人之际,免他一死吧。他命令手下将热杰抢来的牛羊退还乡里,戴罪立功。

阿沛本想撤销这支民兵组织,看到牟霞这样处理,也只好作罢。

阿沛一行离开申达,折回洞洞竹卡,沿途看见一批民兵挖野菜,吃圆根,民兵代本平措达瓦远远看见阿沛,令其部属全部原地不动趴下。他向阿沛报告,逃跑的士兵增多,现也不足400人。当他抬起头来时,阿沛一看,原来是一位五六十岁的老头,即下令解散回家。众民兵高兴得哭起来,趴在地上一个劲儿地给阿沛磕头。

回到昌都,阿沛下达通知,撤销洛隆宗、边坝等地所有民兵。并与新任官员商议,实现和谈主张。并把解放军进藏宗旨,和谈的时间、地点、内容、方式、人员等具体问题上报噶厦地方政府,着重说明要挽救昌都及拉萨的命运只有和谈。

电报发出后,拉萨诸噶伦并没采纳他的建议,回电指示:"汉藏谈判能否成功,难以预料,撤军是不可能的,究竟用文还是动武,形势未见明朗,而且关系重大,我们还要进一步研究。现所需军饷已批准,立即发出。"

阿沛陷入了苦恼之中。

二

藏军第九代本德格·格桑旺堆坐在书桌前,开始写自己的自传。忙完军务之后,他喜欢用写作的方式沉淀自己的人生。他

德格·格桑旺堆(资料图片)

从18岁就开始写自传,把自己40多年来生活中精彩的部分一一记录下来。

德格,原属吐蕃辖下多康六岗之色莫岗,位于青海、四川、西藏的交界处,自古就是兵家必争之地。这里很早便出现了藏族历史上政教合一的典型代表——土司制度。德格土司是康区最有影响的土司之一,人称"天德格,地德格"。德格王国在藏族历史上盛极一时。

德格·格桑旺堆的父亲德格·昂旺强巴仁青,是甘孜最大的土司德格家的嫡系,第四十七世德格土司罗追彭错的次子。

1912年,格桑旺堆出生在中印边境的帕里商埠。12岁的格桑旺堆在江孜的一所英文学校读了两年英文后,父母把他送到哲蚌寺洛色林扎仓岭康村当小喇嘛。格桑旺堆在寺院里学习刻苦,不但经典学问不错,而且还善于吟诗作赋,在所住的康村里小有名气。

1946年,原西藏地方政府指示朵基任命德格·格桑旺堆为第九代本驻守察雅(后移防芒康)。当他到达芒康时已是1947年的夏季。

而他在芒康驻防期间所做的几件事在当地引起了不小的反响。

当时的藏军部队纪律松散,骚扰百姓。那时候,藏军官兵非常喜欢到老百姓家里磨糌粑,乘机骚扰和敲诈百姓,谁得到出去磨糌粑的肥差都认为是捞一把的机会,算计起来一个比一个精,老百姓对此敢怒不敢言。作为代本的格桑旺堆实在看不下去了,他想来想去,决定自己花钱在军营里建一座水磨房,不允许官兵再到老百姓家里磨糌粑。"断了财路"的官兵们不干了,要找格桑旺堆"说理",事情越闹越凶,差一点演变为一场"兵变",直到朵基出面干预才算平息下来。

军营附近的村庄非常贫穷,有很多无家可归的孤儿经常跑到军营里要饭,饭没要到反而被狗咬了,被官兵打了,到处都是小孩的哭声。格桑旺堆心疼这些小孩,他决定收养其中几个孤儿,给他们穿上干净的衣服,教他们识字,让他们住在自己家里,对他们像对待自己的孩子一样。驻地附近的百姓说,"玛奔啦"(军官先生)有一颗菩萨一样的心肠啊!

在芒康,格桑旺堆在处理军务之余,勤奋读书,努力写作,几年中他一共写过3本书,一部是长篇小说《隔山的阿妈》,一部是抒情诗集《七种颜色的花瓣》,还有一部就是他的自传。在当时的藏军军官中,有这样文采和修养的人,实属少见。

藏军成立于1792年(乾隆五十七年)11月,由清朝大学士福康安平定入侵的廓尔喀之后,奏呈乾隆皇帝批准成立的一支地方民族正规军队。最高军事长官为驻藏游击都司令备官,直属清朝驻藏大臣管辖指挥,根据《钦定章程二十九条》规定,清军驻藏1450人,藏军定额3000人。藏军的管理、训练均按清军规范进行,教练大部分由清军中的军官派任。1915年,藏军司令部(马基康)成立,隶属

藏军骑兵(资料图片)

解放昌都 1950

格桑旺堆和家人（资料图片）

噶厦地方政府管辖，司令部设在拉萨。

这是格桑旺堆军旅生涯中最普通的一天。

清晨，火炮三响之后，长号紧跟着吹响了，这是起床的信号。各分驻单位闻讯敲鼓，然后开始做饭。10点至12点是列队操练时间，训练方式、列队、口令均仿效英、印军队。下午5点至6点由格更（教员）领着全体士兵吟诵卓玛经三遍，作为军队的精神支柱。

1950年的一天，格桑旺堆收到了熟人夏克刀登的来信，信中说："共产党已到甘孜，共产党的根本目的是要解放全国受苦受难的人民。红军长征时，朱总司令路过甘孜，对我施恩甚重，我准备去北京，希望见到朱总司令。"

格桑旺堆从这封信中感觉到，共产党没有什么可怕的，也不会虐待藏族人。

没过多久，解放军到达巴塘。巴塘人平措旺阶通过格桑旺堆的好友、巴塘医生强曲寄来了西南军政委员会、西南军区司令部颁发的进军西藏各项政策的布告及宣传单。

与此同时，格桑旺堆派往康定、雅安的采购员格加也回来了，谈了他在这些地方亲眼看到的解放军同国民党残余部队作战的情景,介绍了他与解放军相遇时,只要说明自己是藏族,解放军不仅非常友好,而且加倍保护,帮助他安全地回到了西藏。

格桑旺堆对于西藏地方政府有多大能耐是十分清楚的,尤其是它的军事力量如何,更是了如指掌。如他所在的第九代本,仅有代本1人、如本2人、甲本4人、顶本10人,加上士兵,总共有500多人。多数官兵年纪已大,并带有妻儿老小,军事技术又很差,武器装备也只是每人一支英式步枪,一个代本几挺机枪。这样一支军队绝对不可能战胜共产党。而且,一旦开战,不仅个人丧生,官兵妻儿伤亡,寺庙建筑将被破坏,百姓遭殃。还不如谈判议和,于公于私都有益。

格桑旺堆将这些情况呈送上报给拉鲁·次旺多吉,但除了收到收文复函外,没有得到任何明确答复。

(乐山市人事局《中国藏军》作者廖立对此文亦有帮助)

第二章 强渡金沙演绎血染的风采
　　　埋骨觉庸缅念年轻的忠魂

昌都,从内地进入西藏的东大门。

谢法海收集和整理的关于昌都的资料显示:唐代时,昌都曾为吐蕃王国的一部分,明清以后统称此地为康藏地区。长期以来,活佛、喇嘛在当地群众的心目中地位很高,原"藏政府、寺庙、贵族"是统治西藏的三大领主。解放前,这种"政教合一"的僧侣贵族封建领主专政,使上层活佛、土司、头人把持各级政权。广大农奴和奴隶长期受着残酷剥削和压迫,过着极其悲惨的非人生活。

作为西藏东部横断山脉中的一个重镇,昌都恰好在成都、拉萨的中间,由于地形独特,地势险要,昌都成为历史上兵家必争的战略要地。

十八军的右路攻击部队已经在10月6日之前进抵金沙江畔,到达指定的地点。此时,远在后方的甘孜,张国华坐镇大本营,运筹于帷幄之间,决胜于千里之外。

张国华从烟盒里抽出一支香烟,没有点燃。他反转烟头,轻轻地敲点着桌上的作战图,战略部署和战略意图已经十分明确,现在就要看各路部队的实际行动了。

敌我兵力的悬殊,使得张国华再次把思考的重点放在了整个战役的完成情况上。合围——这是张国华的意思,同时也是西南局和二野的初衷。

要合围,就必须要有步骤、有层次,不能一窝蜂地强渡金沙江,特别是在北线,左、中、右三路人马,要在战役发起的时间上拉开,这样才能保证整个战役的圆满完成。

右路,由五十二师副政委阴法唐、参谋长李明统一指挥,首先渡江。率一五四团、青海骑兵支队、五十二师骑兵侦察连、炮兵连,直扑恩达、类乌齐,实施千里大迂回。

中路,由五十二师师长吴忠、副师长陈子植及政治部主任周家鼎率一五五团、一五六团、师直、军炮兵营,担任战役主攻、穿插切割任务,于10月7日至9日渡过金沙江,依次作斜梯形展开,向生达、昌都攻进。

左路,由十八军侦察营长苏桐卿、军直属队政治处主任王达选率侦察营、工兵营及一个炮兵连,担任正面钳制任务。10月6日,于岗托强渡金沙江,向藏军进攻。

张国华把兵力的分配在脑子里过了好几遍,没有什么问题。他抬头看了看站在一边的张瑞堂:这小子,这两个月来不怎么顶撞自己了,乖了。

张国华笑了笑,起身走到窗前,在火柴"剌啦"的一声划亮的同时,一根"大炮台"也点燃了。

夏景文是随侦察营于10月5日到达金沙江边的德格县新村的。从德格县城到这里,夏景文体会到了不一般的负重:战士们除身上背着武器、粮食外,两个人还要合扛50多公斤重的牛皮船,几十人还要合抬一条木船。

夏景文和侦察营沿着柯鹿河边(金沙江支流)的山坡小路,向金沙江边一步步逼近。战士们齐心合力地向前移动,头被树枝划破了，脚被岩石擦破了，但没有一个人发出声音。入夜，战士们巧妙地将船隐蔽在悬崖下的水面。此时，夏景文完全忘记了连续行军的疲劳，整个身心融入到一种大战前的兴奋中。

当晚，在若隐若现的金沙江水流声中，王其梅召开了渡江军事会议，参加会议的有军前指各处、科、股的负责人。十八军军直属队政治处主任王达选，仔细听着王其梅的战前部署和要求：一、抓紧准备渡江船只，按照有关要求，于夜晚偷袭。二、偷渡过江的迂回部队、向导要事先准备好。三、打大仗胜仗多了，对藏军容易产生轻敌思想，这是作战之大忌，要注意克服，为了减少伤亡，要做好火力配备。

开完会后，左路部队的负责同志火速奔赴金沙江边，部署渡江战斗。

等开完会议，踏着月色，苏桐卿和王达选赶到金沙江边时，部队已经在此集结完毕只等渡江命令的下达。两人沿着江边慢慢走着，黑暗中，只有金沙江咆哮的声音。江水如一匹脱缰的野马，野性发作，嘶鸣着由西北向东南疾驰而去，遇到礁石则骤然惊起，卷起层层浪花。

苏桐卿和王达选来到了一片沙滩上。这片沙滩约百余米长，地带开阔，无遮无掩，而对岸则是一座高山，雄踞江边，居高临下，地形

藏胞用牛皮船帮助部队渡过金沙江天险
（资料图片）

对我不利。但是,这里只有这个渡口,别无选择,只能抢渡!两人做了简短的商议之后,立刻决定在沙滩上摸黑构筑掩体,布置火力。

三

6日凌晨,金沙江两岸万籁俱寂,苏桐卿和王达选内心却心潮澎湃。

部队正式渡江开始了。军侦察营三连于岗托上游约10公里处偷渡过江。在王达选的计划中,这支部队原本是要在渡江后发挥后路包抄作用的,但是,令王达选没有预料到的是,侦察营三连在向岗托侧后迂回时却迷失了道路。黑暗中,这支部队只得在群山之中瞎转悠。

担任渡江正面进攻任务的是军侦察营一连,由于种种原因,于天亮前仅有一个排乘牛皮船偷渡成功,渡过去的兵力有限,而且很快又被驻守在对岸的藏军发现了,藏军第十代本约两个甲本的兵力立刻发起了攻击。渡过去的战士只能死死抵抗,完全起不了掩护后续渡江部队的作用,后续渡江部队遭受到猛烈攻击,一只牛皮船中弹翻沉,顷刻间,船上15人全部落入金沙江。在黎明的晨辉中,夏景文看着船上的战士们瞬间就不见了踪影,气得直用手捶枪托。

已渡过江的一个排遭遇藏军火力袭击,被压制在对岸的沙滩上根本抬不起头,眼看就要前功尽弃。

情况万分紧急之时,苏桐卿稳不住了,他刚从掩体后露出个头,藏军的子弹就像雨点一样,"突突突"地把掩体击得黄沙四溅。苏桐卿连忙缩了回来,抖了抖帽子上、衣服上的泥沙,心想,不调整火力是不行了。

与苏桐卿一样，王达选也感觉到，现在偷袭已经不行了，只能改为强攻。他与苏桐卿交换了个眼色：火力调整，上炮兵。

就在此时，苏桐卿猛地跳出掩体，振臂高喊：向对面开炮！

炮兵连马上组织火力，狂轰对岸。炮兵连携带了一种无后坐力炮，是重庆嘉陵江边一个兵工厂生产的，采用了德国技术，可以架在肩膀上，1米多长，碗口粗，杀伤力极强。但是，他们也得到了王达选的指示：炮火不要打着藏族群众，也不能毁坏民房。可以攻击，但不能无顾忌地攻击，限制太大，战士们急得乱叫。

不过，急归急，战士们也完全理解上级的命令：这是一场特殊的战争，打昌都战役，是为了和平解放西藏，既要粉碎敌军的抵抗，又要保护好藏胞生命财产的安全。

就在炮兵连加入战斗的同时，侦察营的突击连也在炮火的掩护下，开始再次渡江。突击连的勇士们乘坐的船正在接近对岸，但遭到敌军愈加疯狂的扫射，有的船被击中漏水，船只迅速下沉，有些战士受伤，情况十分紧急。副连长沈景义坐的船上，有6人受伤，1人牺牲，船在不断地进水，沈景义顾不得剧烈的疼痛，他一手捂住自己的伤口，一手堵住漏洞，并高呼："坚决完成任务，快快划过去！"战士杨子荣立刻脱下衣服堵住漏洞，并用双手当桨，奋力划船。当船离岸还有10多米远时，杨子荣大喝一声，纵身跳入冰冷的江水中，使尽全身力气迅速把船推到岸边，接着，他迅速在岸上隐藏好伤员，端着枪头也不回地向敌军据点冲去。

苏桐卿见抢渡再次成功，马上下令继续渡江。夏景文也端着枪跟着跳出了掩体。就在此时，夏景文听到藏军身后响起了枪声，仔细一看，原来是侦察营三连终于在天亮后找到了道路，从后面开始包抄藏军。

在遭受前后夹击的情况下，藏军支持不住，开始向后面一座山上溃逃。

不过，这股藏军并未走远，他们占据山腰的有利位置，继续以冷枪向渡江的战士们射击。

侦察营在炮兵的掩护下已经陆续渡过金沙江，到傍晚时分，盘踞在对岸山腰上的藏军见大势已去，抵抗徒劳，便开始撤去。

跟随军前指的王亮炳率领一部分战士负责在后面打扫战场。当他站在这片被鲜血染红的沙滩上仰望夕阳时，不禁泪流满面。虽然在这次战斗中，藏军遗尸8具，其中甲本1人，定本2人，另外有9人被俘，但我方的伤亡则更为严重：沉船牺牲15人，战斗中牺牲11人，其中还包括两位排长。

这次战斗的主要教训是对藏军据险顽抗估计不足，因而对部队渡江的组织和火力组织都没有立足于最困难的局面，受挫后才仓促进行调整，结果既增大了伤亡，又浪费了弹药，还延长了战斗时间；再是协同组织不够，如三连渡江后如能按计划插至岗托守军侧后，则完全可以用最小的代价将其击溃。

王其梅有些愤怒了，在部队全部过江之后，他马上召开了一次动员会。为抓紧消灭敌军有生力量，王其梅决定大家不要休息了，赶紧吃点东西，抄小路追赶逃窜的藏军。

夏景文已迫不及待地和战士们准备火速追击了，然而岗托的老百姓告诉他们，这股藏军是骑兵，很难追。

不过，十八军是铁打的汉，没有任何困难能难住他们。就这样,沿着通向昌都的古商道,夏景文跟随部队用脚步追着前面骑马的藏军。

路上,部队发现有几堆马粪还是湿的。根据经验,部队知道藏军没跑多远,就开始强行军,两天两夜没休息,战士们口皮开裂,嘴唇生津,整个身体如机械般向前急速运动。代食粉只能一边走路一边吃,抓一把放嘴里干咽下去,噎得大家直翻白眼。在山口,风太大,代食粉还没到嘴里,就被风刮走了。

马不停蹄,一路追击。

虽然战士们士气高昂,但身体状况明显下降了。这天,部队追到一个名叫东跟崖村的地方,花了30块大洋买了一头牦牛,杀了之后给战士们改善伙食。

第二天一早,部队正准备上路时,夏景文老远就看见一位藏族老乡匆匆走来,经过翻译沟通,夏景文才知道,那头牦牛就是这位老乡卖的。昨天夜里,这位老乡反复考虑,他觉得他的牦牛只值25块大洋,他多要了5块大洋,实在觉得不好意思,现在,他要把5块大洋退回来。

夏景文了解情况后,很是欣慰。他告诉这位老乡,既然钱已经给了,就不要再退了。但这位老乡执意不肯,硬是把5块大洋退给了司务长。

四

10月16日凌晨,部队追至觉庸。

前方侦察兵回报:在觉庸以西20公里处发现藏军,驻扎在东西长约1公里,南北宽约五六百米,中间有一条小河的山沟里,藏军在河沟两边的平坝上宿营。

夏景文看了看马蹄表:凌晨1点。

此时,苏桐卿又派出了一个排,打算迂回到藏军的退路上实施堵截,同时把主力部队变成三路:三连在左,二连在右,重机枪连在中间,对藏军包围形成一个口袋阵,从两边的高山上往里收缩。

藏军还在熟睡中,他们无论如何也不会想到,十八军战士居然比马跑得还快。

暗夜中,一颗信号弹腾空而起,十八军将士们发起了猛烈攻击。睡梦中的藏军乱作一团,盲目地放着枪,然后往西逃去。混战中,由于天黑加之地形不熟,我方不幸牺牲8人。

就在藏军大量逃窜的时候,苏桐卿派出去的那支迂回部队再次迷路了,等到迂回部队赶到指定的路口时,大部分藏军已经逃脱,只有少量藏军被俘。苏桐卿得到消息时,气得直捶胸口。

被俘的藏军,在战斗结束后仍惊魂未定。有的藏军说:一道红红绿绿的光从天上飘下来,拖着长长的尾巴,神兵就来了,你怎么也跑不掉。有的藏兵传得更玄乎:解放军的子弹像牛角一样会拐弯,追着你的屁股打。

有战斗就有伤亡,虽然夏景文明白这个道理。但是,在觉庸掩埋这8名牺牲的战友时,夏景文还是有着锥心的痛。

不过,此次战斗,部队收获的物资颇丰。在王亮炳率队清点时,发现一共缴获英式步枪100多支,轻机枪数挺。藏军的军需物资被全部缴获,计有骡马100多匹,牦牛500多头,还有大量糌粑、酥油等。

收缴的物资不能全归部队所有,因为王亮炳在清理战场的时候,还发现了许多藏军的家属。在王亮炳看来,藏军打仗居然还带着妻子、小孩,有点像出来旅游的。

王亮炳安排人员为藏军家属看病,随后给所有人分了一些粮食、骡马,遣散他们回家。

第三章 竹巴笼战斗打响
　　　芒康升起五星红旗

一

　　20岁的姜登云是随五十三师一五七团后续部队两个营于8月29日抵达巴塘的。身强力壮的他初到巴塘要面临的最大困难就是粮食供应不足。这还得从当时颇有影响的"毛垭土司事件"说起。

　　南路先遣支队所经过的雅江至理塘之间，社会情况比较复杂，常有土匪出没。8月2日，理塘兵站铁木工队到毛垭土司管辖地区伐木时，指导员朱红水被土匪打死，翻译受重伤。兵站要求毛垭土司维持社会治安。土司将土匪活捉，但要自行处置，兵站不同意，提出由部队处理。毛垭土司遂停止了支援解放军的物资运输，导致南线运输中断。东西运不上来，部队只能自己派骡马队去运，导致粮食供应不足，问题严重。

　　粮食供应不足，用钱买不行吗？不行！每当上街办事，望着街上诱人的各种特产，姜登云摸着包里的银元，使劲咽着口水。由于市场太小，物产不多，部队必须严格遵守统一的采购制度，不然会造成物价上涨，人民群众会抱怨，部队也将面临更大的困难。

　　10月1日是国庆节，举行了军民联欢大会。早上7点多钟就开过了早饭，会场也布置好了。8点半一营的队伍到了会场，看热闹的群众也陆续来了。巴塘人民一早就把赵尔丰时代留下的小山炮拉到城外，准备当礼炮用；大会开始时"礼炮"放了三响，接着部队的号兵和寺庙的乐手一起奏起乐来。因为天太热，更多的群众在会场周围的树荫下远远地看着。

大会主席、县长刀登致开幕词后，南路先遣支队党委副书记平措旺阶讲话，他说："像今天这样我们汉藏兄弟的欢聚团结大会，是巴安（巴塘）有史以来第一次。过去历代的统治者，总是用大汉族主义来压迫藏族人民。只有在毛主席、共产党领导下推翻了反动统治之后，我们开这样的大会才有可能……"平措旺阶就是巴塘人，当他用藏语再讲一遍时，四周的群众都聚上前来，他也谈得更亲切生动，许多老大爷和妇女边听边点头。有些人脸上流着汗，还是在毒热的太阳下静静地听着。

讲话的喇嘛代表是个笑容满面的老喇嘛，他穿得很破、赤着脚。主要讲了解放军没来以前，谣传共产党如何可怕，部队真的来到后，"不住寺庙，不骚扰群众，是最好的'菩萨兵'。"

基督教会的李牧师讲得很有趣，他一边做着手势一边讲着通俗的康巴语。他用"老牛脱轭"来形容"解放"，引得战士们也大笑起来。

中午休息两小时后，文艺表演开始了。第一个节目是由喇嘛唱藏戏，表演者戴着面具和假发，边跳边唱，可惜姜登云听不懂，而四周的藏族同胞却听得津津有味。

中间还有各种藏族歌舞和小学生表演的节目。最后一个节目是弦子舞。巴塘弦子不用藏族舞蹈里常用的躬腰曲背的舞态，而是昂头挺胸，脚步舒缓，男子不挥袖，女子挥袖不过眉，颇有贵族气派，风格古朴典雅、婉转流畅，又带有锅庄舞的刚健。虽然姜登云并不是善舞之人，却也情不自禁地加入了舞动的人群，虽然跳得不算好，但在这样欢乐的海洋里，有谁会在乎动作标不标准呢？

二

晚上，有位同志从金沙江边回来，他谈到江西岸只有一个"甲本"（连），每隔三五里有几个兵配合民兵把守，这是最近的布防。官兵家属已送到较远的后方，有守不住就逃走的准备。现在部队已造好了几只木船和几十只牛皮船，并准备了少量的橡皮舟，渡江准备工作已基本就绪。

在此之前，为了顺利渡江，减少伤亡，副团长柴洪泉就带着侦察员和几位营长，化装成藏族老百姓，从北起巴塘县城以北10多公里的地方到南至竹巴笼渡口以下几公里范围内选择渡口。由于对面有藏军监视，侦察人员历经千难万险，克服了种种障碍，经过10几天的努力，终于取得了第一手资料。经过讨论和反复比较，最后决定南路部队分三路渡江，在芒康会合。

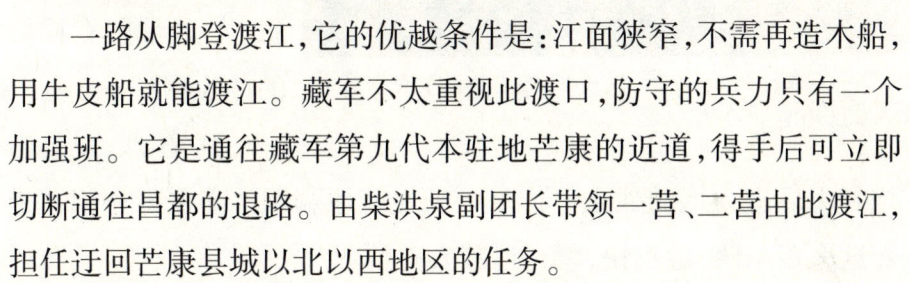

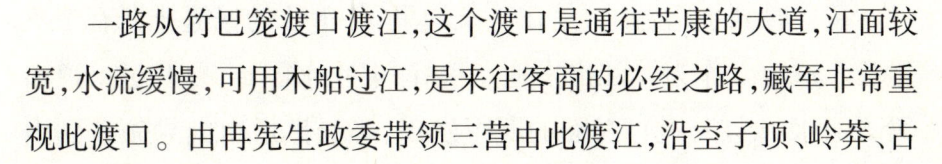

一路从脚登渡江，它的优越条件是：江面狭窄，不需再造木船，用牛皮船就能渡江。藏军不太重视此渡口，防守的兵力只有一个加强班。它是通往藏军第九代本驻地芒康的近道，得手后可立即切断通往昌都的退路。由柴洪泉副团长带领一营、二营由此渡江，担任迂回芒康县城以北以西地区的任务。

一路从竹巴笼渡口渡江，这个渡口是通往芒康的大道，江面较宽，水流缓慢，可用木船过江，是来往客商的必经之路，藏军非常重视此渡口。由冉宪生政委带领三营由此渡江，沿空子顶、岭莽、古树向芒康县城前进(师指挥所随三营行动)。

另一路是警卫连从牛古渡渡江。

10月6日,南路部队从驻地出发西进,准备渡江。姜登云作为政治处的一员,随一营、二营行动。中午12点从龙王堂出发,当天要翻过象鼻山,争取渡江前休息一天。作为非战斗人员,姜登云背了一件10来斤重的羊皮大衣,25斤干粮,还有背包,约50斤重;而战士们还要全副武装,足有六七十斤。山路很陡,战士们只爬一小段就要休息一会儿,还是感到口渴,腰腿酸软。虽然出发前规定,除十分必要的东西外都不准带,但二营一个老炊事员还是偷偷摸摸把"家当"都带上了,担子有八九十斤重,走不远就掉了队。战士们议论口粮带得太多了,柴洪泉听了说:"昨晚还为粮食运输问题发愁,不多带些有挨饿的危险啊!"

扛着八二迫击炮和无后坐力炮的战士一休息下来便就地躺倒。姜登云心想:"带着这么多东西,走不快,怎么追敌人呢?"

黄昏时到了宿营地,是在一条沟里,各单位的帐篷排开有二三里长。这地方作为渡江出发地点很好,但吃水困难,要翻过一道山梁去取水。白天担心对面的藏军发现,等天黑后由向导领着到山

在难行的小道上,战士们把炮拆开,抬着前进(资料图片)

梁上一个小村里取水。姜登云拿着脸盆跟着取水的队伍来到一个山洼处取水,有的用饭盒舀,有的用手向脸盆里捧,立刻把小水池弄得浑浊了。他端了一盆泥浆水往回走,山坡小路上全是取水的人。有的把水挑到半路洒了,沙哑着嗓子低声骂着;有的两三个人"保护"着一桶水。因为小路崎岖不平,天又黑,好容易翻回到山梁这边,站在高处,远看荒山沟里的营地像是夜市,灯火连成一片。赶回营地,姜登云盆里的水只剩下小半盆了。

10月7日,接到军前指"全线渡江"的命令后,南路部队五十三师指挥所再三强调"争取藏军第九代本起义是上策,如敌人顽抗就坚决歼灭!"

部队决定夜渡金沙江。

白天,各连都开了党支委会、支部大会、班排会,作渡江动员,讨论怎样发扬顽强精神、克服负担重的困难。

晚上10点半,渡江开始。

4只橡皮舟放下了水,五连三排首先登上了船,每船坐8名全副武装的战士。舵手轻轻说了声"走!"船便飞一般离了岸,很快被黑暗吞没。这时对岸没有动静,大家屏息等待着,五六分钟后4只船先后返回来,水手们兴奋地报告说:"安全登岸了!水的流速大约每秒2米,对岸又正好是回水漩涡,险得很!"

柴洪泉要橡皮舟再渡一次,探好水性之后,再用牛皮船。第二次两只橡皮舟刚离岸,另两只船正在上人,突然,浪声里透出了压低嗓子的急呼:"救急船!快!……救急船!"工兵二排长孙连柱马上撑船催着水手追下去,呼救声渐渐远了,大家担心地等待着。过了好一会儿,姜登云看见几个人提着湿衣服从下游沿江边走来,冻得牙齿都磕出了声音。原来是橡皮舟超重,一到江心就被急浪打翻,连人带船被抛进漩涡里,幸好没有伤亡。

这地方水急漩涡多,牛皮船还不能下水。过了江的先头排已爬上了对岸的高坡,他们正在用手电和这边联络。柴洪泉带着电台来到江边,问向导下游附近是否还有渡口。向导说:"现在渡江的地方水急地险,再靠下一点就有一个渡口。但那里对岸有人在吆喝,可能是藏军。"

柴洪泉立即命令:马上派人把对岸的藏军肃清,同时向下游渡口迁移。

过了一会儿,听到有人吆喝的地方响起一串冲锋枪声就再无声息了。于是橡皮舟和牛皮船一齐在下游渡口开渡。一小时后,前卫连五连全部渡完,他们在对岸燃起了篝火。

姜登云坐上了一只牛皮船,两个水手跪在船边探身用小桨努力划着,牛皮船在急流里摇晃着向对岸的火光驶去。但快到对岸时被冲到下游很远,靠岸点是一处陡峭的石崖,他只能像猴子一样爬上去。水手们也把船绳系在腰上,沿着崖壁把船拉向上游。这就是部队渡江行进速度慢的原因,船在水中往返只需五六分钟,但把船从下游拉上来却要十几分钟。

后半夜,月亮慢慢从山顶爬上来,淡淡的月光照在江面上,刚才在黑夜里显得那样险恶的金沙江,此时在山峰间隐隐泛着白光,优美壮丽。人声嘈杂,船在江面上往返飞渡,先头营快渡完了。

第二天,部队继续前进。爬了20里的山坡,天黑时才到山顶。下到半山以后,林中浓密的枝叶把星光全遮住了,几乎是伸手不见五指,只能紧跟着自己前边的人背上的白面袋子(有隐约的白影子)走。路上的碎石、腐烂的树叶很滑,只听不断有人摔倒。有人落下几步,看不见前面的白影子了,后面的队伍就失去了联络。副团长柴洪泉急得骂了起来:"打仗是闹着玩的吗?失去联络会丢掉战机的!"

战士们一个紧跟一个向下走,前边传来"跟上!跟上!"的喊声,后边又时时有人喊:"后面掉队了!后面掉队了!"路越向下越难走,有的地方两边都是石崖,中间夹着一条窄路,一脚踏下去是很深的坎。流水声、风声,四周高山黑黝黝地耸立着,大家好像是在一座黑色的铁城里前进。

忽然前面传来命令:"原地睡觉!"姜登云想:"连屁股也放不平的地方怎么睡觉呢?"可是疲劳到极点的时候,也顾不了那么多了,他立刻解开绑在背包上的皮大衣,蒙头盖脸一卷,在自己站的地方"躺"下了。说是"躺"下,其实是和站着差不多的,因为脚要蹬住地,不然睡着了会滑下去。他感觉渴,想摸水壶没摸到就睡着了。后半夜他觉得特别冷,因为大衣裹在上半身,下身只穿两条单裤。又觉得腰下有个东西硌得痛,但翻个身又睡过去了。直到天蒙蒙亮时有人招呼起床,喊"前进!"他赶紧爬起来,才发现硌得自己很痛的东西原来就是他的水壶。

10月11日,一营营长王志忠在路上抓到一个民兵,民兵手中拿着一根插有鸡毛的木棒,原来是替驻芒康的第九代本第二如本给守在金沙江边的藏兵送信的。信上要藏兵严守江防,说援军很快就到。这民兵是从倾木来的,他说藏军正在各处催乌拉,准备驮上弹药等物资到江边。倾木还有5个催乌拉的藏兵。王营长得知这一情况后,带着两个班奔赴倾木,把5个藏兵包围了起来。藏兵在屋内打枪抵抗,战士们丢进个手榴弹,炸伤2人,逃跑1人,死亡1人,剩下一个被捉住。正在战斗中,从芒康带20多人去江边增援的第二如本路过这里,见他的部下被包围,便从王营长的后边打了起来。正在这时,一营大队赶到,立即参加了战斗。打了几发六〇小炮,如本就带着人跑掉了,丢下了10多箱弹药、20匹马,还有一些杂乱的东西。

三

晚上,部队得到通知:明早和平进芒康城。说是第九代本格桑旺堆已率部起义了。

10月12日早晨,部队向芒康城进发。行至距城几里处,第二如本骑马来迎接。原来他昨天并不知道第九代本格桑旺堆起义的事,按计划去增援,途中与一五七团一营遭遇,逃回芒康,听说代本走了,解放军已兵临城下,便决定投降。他一大清早便派人到山口迎接解放军。

部队决定暂不

在昌都战役中,藏军第九代本在宁静起义。这是第九代本排以上军官和我军某部首长合影

(资料图片)

进城,在离城3里处休息。这时群众和喇嘛们纷纷送来了酥油茶,连队经请求获准后才喝起来。

早饭后,柴洪泉去见第二如本,向他谈了共产党的政策和纪律。如本是个50多岁的胖子,两只大眼睛有些散光,过一会就吸一次鼻烟。他的一条大辫子拖在背后,耳上挂着一个小手镯般大的耳环。

晚上,随师指挥所行动的三营也赶到了。

原来,8日晚,三营由营长李德荣、教导员赵云堂带领在竹巴笼上游偷渡成功后,拂晓前向驻守在金沙江西岸的藏军第九代本一个连和江防民兵隐蔽接近。快天明时,西岸升起了红色信号弹,紧接着枪炮声大作,三营火力很强,无后坐力炮抓紧连射打入敌群,迫使藏军逃窜。但仍有藏兵固守在一栋两层的藏式大楼顽抗。

进藏大军到达巴塘以南金沙江边的竹巴笼时,遇到藏军的抵抗,部队当即进入战斗。这是我军机枪阵地(资料图片)

一个被俘的藏军排长手臂负了伤,已由卫生员包扎好了,他很感动,在部队领导的指示下,他命令大楼内的藏军放下武器。在此情况下,楼内的藏军停止了抵抗。

竹巴笼战斗毙伤藏军甲本以下10余人,生俘10余人,还有几十个民兵。被俘的藏军和民兵每人发了两块大洋和一些藏文宣传品,全部当场释放。

在竹巴笼战斗中,八连副连长赵光言等7名解放军指战员光荣牺牲,均安葬在金沙江边。他们为解放西藏献出了宝贵的生命。

10月11日,藏军第九代本格桑旺堆主动与冉宪生政委接触谈判。14日,上级回电五十三师指挥所及一五七团,宣布格桑旺堆为起义。芒康第九代本团部院内庄严地升起了五星红旗。

第四章 生死追击战士坚如铁
绝望时刻圆根救人命

一

在中路，担任战役主攻的一五五团、一五六团、师直、军炮兵营是在10月7日于邓柯发起渡江行动的。

金沙江边有东西两个邓柯。东邓柯是一座县城，西邓柯是一个寺庙，叫青稞寺。

这天早晨，东邓柯一位老阿妈起来去挑水，当她走出家门时，突然发现漫山遍野都是解放军。他们是什么时候到的？怎么一点声息都没有？在疑惑和惊异中，这位老阿妈马上回去告诉家人：来了好多当兵的，大概在河边排了20多公里，密密麻麻像蚂蚁似的多。

不过，就是这"密密麻麻像蚂蚁似的多"的大部队，在渡江时却遇到了大麻烦。由于渡船不足，组织指挥不善，加之这些部队都是在临战前才赶到邓柯的，缺乏必要的渡江训练，好多战士连牛皮船都没见过，其渡江速度不如先前在此渡江的右路部队。

五十二师一五六团选择在东邓柯的下方为渡江口，这地方有1公里的水面非常平和，江面宽，水稳。此处是江东和江西藏族同胞过往的渡口。但缺点是此处地势宜守难攻，在江的我军一侧是下坡的开阔地，所有行动一览无余。而在江对岸有两座大山，山间有一山沟且有弯曲,敌人就在这个隐蔽的山沟中阻击一五六团渡江。

在渡江时,一五六团稳扎稳打,没有急于冒进,整个过程持续时间较长。直至11日14时,部队才全部渡过金沙江。在此期间,部队多次发生翻船和落水事故,有8名战士溺水牺牲,淹死骡马14匹,还有10多件武器和一些物资被冲走。另外,渡江时,一五六团有8名战士受了伤,被送到了王树增所在的野战医院,经过简单包扎处理后,又被转到了后方的甘孜进行救治。

就在中路部队全部过江的11日当天,五十二师一五五团政委李传恩接到前方侦察员的情报,在部队的前方牙夏松多,有藏军约一个定本驻扎。李传恩不假思索,当即让一五五团前卫三营八连在两名藏族向导的带领下,巧妙地绕到牙夏松多藏军前哨据点的背后,一举全歼这股守军

作为一五五团三营的司药,续庆余也参加了这场战斗,这是续庆余几个月来第一次与藏军正面交锋。战斗结束后,他又开始为伤员包扎、上药。

此时,北线的左、右两路部队早已渡过金沙江,一路直插昌都。吴忠也当仁不让地率领部队呈阶梯状向昌都逼近。

10月13日上午,一五五团三营进抵生达,随着部队的不断深入,续庆余感觉自己越走越远,环境越来越陌生。

但是对于李传恩来说,他早就对生达这个地方有所了解,综合之前侦察兵反馈来的消息,李传恩明白,这是敌人要坚守的一个地方。

从侦察员处得到的消息显示:隔着一条叫盖曲的小河,藏军于对面山上据险防守。李传恩来到河边察看,在300米开外,居然看

不见一个藏军的影子。原来,这些藏军都隐蔽在岩石后和密林中,并用石头垒成工事,形似猪圈,不过工事却不牢固,用手一推即倒。盖曲水不算太深,仅能没腰,但水流很急。

"迅速拿下生达。"李传恩下达了作战命令。担任主攻任务的三营七连开始强渡,对岸山上的藏军开火了。双方隔河对峙了许久,眼见僵持不下,李传恩果断下令三营重新组织火力进攻。紧接着,三营连续摧毁藏军构筑的工事,并将藏军火力完全压制住了,藏军见势不妙,于中午时分主动撤出战斗。

藏军退去后,新的问题马上缠绕着李传恩。藏军像泥鳅一样滑,他们利用地形熟、善骑射的优势,不死守硬拼,形势不利时立即撤退,战斗如果继续这样打下去,很难消灭藏军的有生力量。如何能抓住并歼灭他们,就成为一个难题。

就在李传恩苦苦思索的同时,一五六团也在团长王立峰的带领下于黄昏时分抵达生达。王树增所在的野战医院马上搭起了帐篷,有人点燃汽灯,开始给伤员做手术,包扎伤口……

忙活了好一阵子,王树增直起身来,到营地上散步。当他路过王立峰的帐篷时,听到里面的报话机响了。报话机声音很嘈杂,里面传来五十二师师长吴忠的声音:"王立峰同志,从现在起,你们必须昼夜兼程,追上南逃的西藏地方军。如果他们不停地南逃,可能促使昌都的守兵提前撤退,那样解放军的战役计划就要泡汤了!他们跑,你们追,他们休息,你们就冲上去消灭他们!你把这个命令马上转达给一五五团的参谋长肖猛……"

王树增感觉到了吴忠的斩钉截铁。

二

在生达的一五五团、一五六团是8月底才离开四川的,没经过系统的高原适应性训练就投入了长途行军作战,算是十八军的"急先锋"了。初到高原,战士们徒步走路总是气喘吁吁心跳头晕,要在这样的情况下追击像泥鳅一样的藏军,其艰苦程度可想而知。然而,战争虽苦,但为了劳苦大众的幸福,这种苦被转化成了一种斗志。

王立峰和肖猛立即命令部队:拆除帐篷,连夜追击。

作战部队已经往前开进,并带走了大量的粮食,王树增和野战医院却因为粮食供给问题不得不留在生达。

勉强撑过两天之后,王树增他们断粮了。迫不得已,战士们只得杀牦牛吃。牦牛肉很快吃完了,这时,后方的空运及时到来,空投下数量有限的粮食,支撑着王树增他们的身体和意志。

这个时候,一五五团、一五六团就像注入了兴奋剂一样,不分白天黑夜,奔袭于崇山峻岭、冰川大河之间,王立峰他们明白,此时所有的艰难困苦已经无所谓了,他们唯一能做的就是紧紧咬住溃逃的藏军不放——"他们跑,你们追,他们休息,你们就冲上去消灭他们!"吴忠的话一直在耳边回响。

这样的追击战有多艰苦?这样的行军有多猛?为了节省时间和保持随时机动,许多人在这期间连鞋子也没脱过,命令一下,马上出发。昌都战役结束后,好多战士的脚肿得像发面馒头,鞋怎么也脱不下来了。

为了提高部队的追击速度,王立峰想了个办法,他把一五六团的马匹组织成了一支10人的骑兵侦察小分队,由1名侦察参谋带领,走在全团最前面,时刻紧盯着藏军的行踪,并及时反馈回信息。

不过,王立峰这个"尖刀"的构想很快让他后悔莫及了,16日下午,骑兵侦察小分队在小乌拉山追上了南逃的藏军第三代本牟霞的主力部队。由于他们完成任务心切,骑着马只顾前进,失之大意,遭到藏军伏击,7名战士永远的倒在了小乌拉山下。

骑兵侦察小分队虽然陷入绝境,但他们以一敌百,临危不惧,浴血奋战,死死拖住敌人不放,一直坚持到了一五六团主力部队的到来。

一五六团主力部队赶到,但是藏军却没有后撤,他们在小乌拉山上大摇大摆地驻扎了下来,在藏军看来,小乌拉山就是天险,是比金沙江还要难以攻克的地方,解放军是飞不过去的。

王立峰观察着眼前的地形,小乌拉山正面山势险恶,侧翼难以迂回,藏军居高临下。中间只有一条小路可过,两三挺机枪即可封住。正因如此,藏军气焰十分嚣张。但见几百名藏兵正在小乌拉山口的正斜面休息,此时天色已接近黄昏,看来藏军打算在山上过夜了。

追上了敌人,就绝不会让他们从眼皮下跑掉。王立峰摸着脑门,来回踱着步,最后他还是决定部队从右路迂回,从后侧包围敌人。

不久,出去侦察的人气喘吁吁地回来了,王立峰得到的回答是:摸索了好一阵子,没有发现路。

怎么办？贸然进攻必将损伤惨重。但如果打不下小乌拉山，前进受挫，很可能会影响战事的发展。整夜，王立峰都没有睡觉。

次日清晨，当王立峰走出帐篷时，他欢喜得像个孩子一样跳了起来。因为他看到了吴忠给他派来的救兵：炮兵到了。

炮兵来不及片刻休息，马上投入战斗。当炮兵将一排六〇炮推上前沿时，在小乌拉山上的藏军仍旧不屑一顾。炮兵们用交叉法进行试射，因对空气阻力计算不准，弹着点忽远忽近，有点像无头苍蝇。藏军一看，认为解放军的炮根本打不准，就像小孩看热闹一样怪叫着，手舞足蹈，有的还吹起号角，气焰甚为嚣张。

在昌都战役中，我军突击队追击包围敌人（资料图片）

炮手们不动声色，试射完毕，转入效力射，指挥员一声令下，成群的炮弹像冰雹一样呼啸着飞向小乌拉山，顿时，小乌拉山一片混乱，硝烟升腾。炮弹准确地在藏军队伍中间和四周开了花，有几顶帐篷被命中飞上了天。

营地瞬间被摧毁，藏军这才知道了解放军炮火的厉害，被吓破了胆的残余藏军急急忙忙骑上马，一溜烟似地跑了。

藏军又跑了,这不是王立峰想要的局面。现在要做的就是,继续钳制住这股藏军,并坚决消灭之。

根据藏军第三代本逃跑的情况,吴忠判断藏军主力仍在昌都。他再次下达命令:中路部队衔尾疾追,就是死也不松口,如果再让这股藏军跑掉,那简直是无法忍受的事情;与此同时,右路的一五四团和骑兵支队必须加速向类乌齐、恩达前进,首先切断藏军南逃退路,然后视情况合围兜击昌都,围歼藏军主力。

三

打通小乌拉山,部队又是拼命继续追击。然而,此时一个最要命的问题摆在了王立峰面前:断粮。十八军是铁打的汉,但没有了粮食,再坚硬的钢铁也会软弱无力。

王立峰用报话机要通了吴忠。

"有什么困难吗?"吴忠在电话那头问。

王立峰用暗语示意部队没有粮食了:"后勤处长的东西全没有了。"

"那就吃四条腿的。"

"牦牛队没能跟上咋办?"

"杀几匹马吧!"吴忠的声音中带着一丝疼惜。当日,在甘孜断粮的时候,他就"狠着心"下达过这样的命令。现在,情势所迫,他不得已又要"残忍"一回了。

王立峰转述了吴忠的命令,战士们都沉默了,马是无言的战友,它整日默默地驮着东西,和战友们一起爬高山趟冰河,连日行军吃不了草和战士们一起忍受饥荒不说,现在还要杀它们,许多人不敢看马那柔顺而绝望的眼神。

……

陌生的多兰多,绝望的多兰多。

马肉吃完了,一五六团战士的肚子全部唱起了"空城计"。

幸好,多兰多这一带住有几十户人家,种了不少圆根,这一年正好大丰收,各家都还有些存货。

在这里,3筐圆根卖一块大洋。在从四川出发时,十八军就响应上级号召,不吃地方,只有到万不得已的时候才能动用资金向当地买物资。解放军连以上干部身上都背着几十块大洋,身为团长的王立峰身上就背着80多块。一路行军,王立峰把大洋装在一个白布缝成的长条袋里,两个一摞,挎在身上。现在,这些银元正好派上用场。

战士已两天没吃饭了,再加上不停歇的追击,战士们全身酸软无力,眼神黯淡无光,连站都站不起,哪有力气去完成千里合围的战略任务。此时,当地的藏族群众听说解放军来了,没有粮食吃了,就主动送来几十筐圆根。王立峰喜出望外,赶忙一一付给了大洋,百姓在惊讶的同时更多的是感动,他们跪在地上磕头表示感谢:这些军人不抢不掠,送东西还给钱,真是菩萨兵啊!

在这陌生的多兰多,这陌生的圆根却成了战士们最亲的东西了。

圆根来了,战士们已经迫不及待。就着附近的河水,一五六团的战士们赶忙架锅煮圆根,树丛中升起了袅袅炊烟。终于又东西吃了,哪怕是没煮熟的,或者还带点泥在上面。

开饭了,王立峰看着狼吞虎咽的战士们,两行滚烫的泪水自眼眶滑落。

这一顿,算不得饱餐,但却是在生死时刻挽救了战士们。最后圆根还有剩余,每人分到了四五个背在身上,就靠这些圆根,部队又开始了连续追击,一刻也没停顿过,直到昌都。

10月16日,续庆余跟随一五五团三营到达洞洞竹卡时,也已经一天没吃任何东西了。

随军的牦牛队远远落在后面,而到昌都还有三四天行程,怎么办?续庆余最担心的还不是自己,而是最前面的作战部队,他们的体力消耗是最大的。

这天,三营机枪连3名战士奉命带着银元去买糌粑,转了半天空手而归。路上,却意外地捡到一只牛皮口袋,打开一看,里面居然装满了糌粑。拾到的糌粑能不能吃?3名战士在饥饿中做着思想斗争。肚子一直在咕咕叫,虽然之前大家都吃不惯糌粑,但现在这一袋糌粑是那么的诱人。不过,年轻的解放军战士用行动证明了自己的意志比钢铁还坚硬。三人咽着口水,讨论了很久:不行,再饿也不能吃,要交还失主。于是,他们守着一袋糌粑却任自己继续挨饿,他们在路边等了很久,终于看见失主骑马飞奔而来。当因丢失糌粑而失魂落魄的失主从战士手中接回糌粑口袋时,简直不知该怎样表达感激之情。失主骑马走出很远了,他还在回头,在马上竖起大拇指,朝着三个饥饿的战士致敬。

断粮已经让李传恩焦头烂额了,不过更严重的情况马上汇报到了他面前:三营有二三十人不见了。

掉队了?病了?遭遇不测了?还是不幸饿死了?

李传恩做着各种设想。从渡江到现在，一五五团的战斗伤亡不大，但是得病（肺水肿，当时不知道有这个病）死去的战士却有10多个，现在不见了这么多人，他急得直挠头。

一定要找到这些战士！李传恩下了命令。三营副教导员张世英奉命回去寻找这几十名战士。

饿着肚子，张世英坚持着四处找寻。当他来到一个名叫香巴日巴的地方时，远远看见七八个战士，围成一个圈儿坐在地上，激烈地争吵着什么。张世英急忙奔过去，见张世英过来了，二连的一个党小组长站起来敬了个礼："报告，副教导员，我因肚子疼掉队，看见三连一个战士拔老百姓的圆根吃，我们几个掉队的批评他，他还不服，说几天没吃饭，咋个行军打仗，消灭藏军。我们正在开会帮助他。"

拔圆根的战士脸腾地红了，连头都没敢抬。

张世英顿了顿，对他说："咱们这么多人吃不上饭，有人饿吐血了，照样要坚持。藏族人民的东西，我们一点也不能动。这是铁的纪律，是我们胜利的保证……"那个战士突然站起来："报告副教导员，我知道错了，马上改正！"

随后，张世英和翻译找到种圆根的那家人，赔礼道歉，这家老乡态度极好，不但没有责怪那名战士，还到地里拔了两大箩筐圆根，说是要送给张世英他们。张世英立刻付给他5块大洋，老乡死活不收。张世英很感动，他拉着老乡的手说："不收我们就违反纪律了，要受批评，你们不要让我们挨批评吧。"老乡矛盾良久，最终才勉强收下。

这次拔圆根一事，最后居然成了"惟一"：这是一五五团在整个昌都战役中出现的唯——次违纪"事件"。虽然此次事件的影响和性质都不严重，但在昌都战役结束，李传恩还有些自责，部队出了这样的事情，作为政委，这是他的工作失职啊，即便这是一个"唯一"。

第五章 铁血雄狮千里大迂回
英雄儿女定格昌都1950

一

金沙江从青海玉树一路南下，冲出绵绵群山和茫茫草原，在邓柯拐了一个大弯。回水区域旁陡峭的岩石往后退缩了很远的距离，江滩变得十分开阔，沉积下来的泥沙在江湾里形成了一个天然的渡口。然而，这里的江面虽然看似平静，但暗流却时时刻刻都在江心涌动。

10月6日，担任迂回任务的右路部队一五四团首先渡江，按照战略部署，他们将在划出一个半弧形之后，到达恩达。然而就是这个半弧形，却有着上千公里的行程。恩达是个口子，无论昌都西逃的敌人走哪条路，都要经过恩达，堵上这个口子，才能围歼藏军。

按照军部指示，一五四团要在邓柯隐蔽渡江。团里抽出一个排，让其在渡口上游提前至10月5日偷渡，并约定成功后迅速包抄对面的青稞寺，解决江对面的五六十个敌人，不许一人漏网。偷渡成功后，发3颗信号弹，大部队立即渡江。

10月5日夜，先期渡江的战士们抬着牛皮船向渡口上游摸去，此时是农历9月初，没有月亮，满天的星星撒在江面上，更增添了夜的静谧。为了不被江对岸的藏军发现，战士们不敢点火把，摸着黑半拖半抬、小心翼翼地把牛皮船放入江中。金沙江表面的平静让大家放松了警惕,突然一个漩涡,一只牛皮船在江心打起了转转,眼看着就要被漩涡甩向一块礁石,正在这紧要关头,一个战士机灵地把船桨朝礁石上一磕,小船顺着水流慢慢退出了漩涡,安全地朝对岸驶去。

江对岸同样安静得可怕,敌人好像都钻到了地底下一样。"他们到底藏在哪儿?"

战士们匍匐着一步步朝青稞寺逼近,不敢有一点声响。

正在江这边等待信号的一五四团团长郄晋武,趴在一块大石头后面,眼睛一眨不眨地盯着对岸。没有一点动静,这让郄晋武很是担忧,因为没有动静就增添了更多的不确定因素。眼看着天要亮了,派过去的那个排能够包抄青稞寺并把五六十个守在那里的敌人歼灭吗?

郄晋武掏出驳壳枪,用一块布擦了又擦,自从进军西藏的命令下达后,他就一直挎着这把驳壳枪,但直到现在他也没有打过一枪,这样的战斗,对这位身经百战的团长来说还从来没有遇到过,枪在他手里几乎都要锈了一般。

郄晋武在黑暗中试着把驳壳枪的准心对准金沙江,江面上一片平静,星星撒在江上一片星辉。

这条江的下游就是长江,参加过渡江战役的郄晋武对长江有种特别的感情,在打完渡江战役之后,他来到长江边上,看着江上渐渐远去,最后只剩下一个小黑点的帆船,闻着大江两岸飘香的稻花,作为一名军人他感觉到了这个古老国度和平的力量。

如今,面对江对岸祖国大陆最后一块还没有解放的土地,他真想立刻飞过江去,解救那些还受着三大领主压迫的藏族同胞。

解放昌都 1950

拂晓。3颗信号弹划破天空,把金沙江照亮。

守在青稞寺里的藏军还没等解放军到来,就已经于头天下午跑得不知去向了,一五四团没费一枪一弹就渡过了金沙江。

终于踏上西藏的土地了,郄晋武感受到了这块土地的博大和厚重的历史。

郄晋武拔出驳壳枪,朝天上连放三枪,和平的枪声在横断山脉久久回响。

此时,已提前渡江的五十二师骑兵侦查连,已经到达青海巴塘草原与青海骑兵支队会合,并已纳入骑兵支队战斗序列。这两支部队将配合一五四团赶到恩达进行合围。

北路大军徒涉同普的卡江,向昌都进军(图片资料)

作为青海骑兵支队的一员,14岁的赵钦贵没能随大部队前往巴塘草原,他被留在了藏北那曲,他已经和那匹刚分到的马建立起了深深的感情。留守在那曲的青海骑兵支队的部分人马没有更大的作战要求,他们的主要任务是堵截西逃的藏军,但直到昌都战役结束,他们也没能和藏军正面接触过。在那曲休整了一段时间后,赵钦贵的个头一下子就窜了起来,他俨然成了一名真正的"17岁"的大小伙子了。

二

从金沙江边到恩达要经过青海巴塘大草原,草原东西长60多公里,南北宽30多公里,海拔4000多米。

面对大草原上时晴时雨的自然环境,对已经有过许多经验的一五四团的干部战士来说,这点困难已经算不了什么了。

然而一个更大的困难又摆在了一五四团的面前。

为了在10月14日赶到囊谦寺,一五四团要翻越一座海拔5000多米的高山。虽然之前他们翻越过海拔4200多米的折多山,翻越过海拔5000多米的雀儿山,但这座不知名的大雪山却要比前两座山都要困难上百倍。

一五四团在翻山时遭遇了暴风雪和冰雹的袭击,由于要赶时间,队伍不可能等到天气好转后再翻越雪山。

参加过很多战斗的郄晋武心里明白,在时间面前任何额外的因素都不是停止前进的理由。"时间就是胜利"的道理,他在很多战斗中都检验过的,有时候为了抢时间,哪怕是天上下刀子也是不能退缩的。

不能退缩,就只能冒雪前进。

雪越下越大,大家的眼睛除了白茫茫的雪外,任何东西都看不到。雪过后,

部队行进在草原上(资料图片)

豆大的冰雹铺天盖地而来,打在大家毫无遮挡的头上,疼痛和寒冷让大家像在炼狱里一样煎熬。

"这哪叫打仗啊,纯粹是折磨。"

很多在枪林弹雨中摸爬滚打多年的战士,没在战斗中倒下,却在恶劣的自然环境面前泄了气。

"为了胜利坚持下去。"此刻郄晋武的嘴唇由于缺氧已变成了紫黑色,他用手搓了搓快失去知觉的嘴唇,用坚定的语气向战士们喊着。

"为了胜利坚持下去。""为了胜利坚持下去。"声音在呼啸的风雪中回响,越过雪山,它就像一剂强心针,让战士们的斗志一下就旺盛了起来。

战士们互相搀扶着,踩在没过大腿的积雪上,一步一步地向前挪动。

天已近黄昏,队伍没办法继续前进,郄晋武被迫下达了原地休息的命令。

得到原地休息的命令后,战士们都不敢相信自己的耳朵,要是在平时,这样一道命令无疑会使大家欣喜若狂的,但眼下,四周都是深不见底的悬崖,再加上一尺多厚的积雪,不要说搭帐篷,就是想找一块稍稍平点的雪地躺下都是一种奢望。

部队通过气候多变、冰封雪裹的大雪山(资料图片)

发出这样的命令,对郄晋武来说并不是头脑发热,这实在是一个万不得已的决策。面对暴风雪和万丈深渊,要是急于在夜里赶路,不但节约不了时间,反而会面临随时掉下悬崖的危险。

原地休息的地方就在山腰上,怎么样休息成为摆在大家面前的一个难题。在想了各种办法后,认为搭帐篷是不可行的,最后大家发现了一个稍微可以靠在雪地上休息的办法。战士们在脚下挖一个雪坑,双脚踩在坑里睡,这虽是一个不得已的办法,但大家总算可以眯一会儿了。

入夜,雪山上一片寂静,经过长途跋涉的战士们,打起了轻微的鼾声。

郄晋武双脚踩在雪坑里,虽然他也累得不成样子了,但作为团长,他不敢放心大胆地睡,他生怕自己不小心睡着了,一旦发生紧急情况来不及做出清晰的判断和处理。

雪停了。星星布满了天宇。

郄晋武伸了伸已经冻得发麻的双脚,覆盖在雪坑上的雪块朝悬崖下滚去,半天都没传来回声。郄晋武不敢再动了,他抬头仰望着满天星斗,最东边,启明星的亮光盖过了所有星星。

他知道,天快亮了。

天刚放亮,郄晋武钻出雪窝,发现周围白花花一片,一个人影都不见。一会儿,整个山坡上的雪就蠕动了起来,战士们把雪刨开,就像蚕一样,从雪地里冒了出来。

太阳升起来了,西边的天空被朝霞染得一片通红。

一五四团在指定的时间里赶到了囊谦寺。

三

一五四团与青海骑兵支队会合后,步兵、骑兵在囊谦分内外两路直奔恩达而去。作为步兵队伍的一五四团进军速度几乎和骑兵支队一样快。

16日拂晓,骑兵支队接近藏军前哨据点则美,这里有藏军第七代本的约一个甲本的兵力驻守。骑兵支队以两个连的兵力突然发起进攻,将还在睡梦中的藏军彻底歼灭,前后不到10分钟。

17日中午,骑兵支队来到类乌齐,这里驻守着藏军第七代本主力,最后,约一个甲本的敌人被歼灭。第七代本仅几十个人向洛隆方向逃去。

也就是17日这一天,一五四团攻占了藏军另一前哨据点甲藏卡。这是一五四团打的唯一一仗,仗打得并不激烈。甲藏卡是昂曲河右岸的一个村落,双方就隔着河交火,驻扎在河对岸的藏军没抵抗多久,就慌忙向南溃逃,慌乱之中丢下了一些枪支弹药和糌粑酥油等物品。

从金沙江边的邓柯到甲藏卡有500多公里,一五四团按三、二、一营的顺序前进,每个营之间保持一天的距离。就在甲藏卡,郄晋武接到师里的命令:一定要在20日到达恩达,能有几个人算几个人,能早几小时算几小时。从甲藏卡到恩达有100多公里路,一五四团只能提高行军速度。

一五四团仗还没打过瘾,又开始了长途跋涉。

最苦的是一五四团一营,连续走了40多个小时没歇脚,团部连续走了30多个小时,二营连续走了28个小时。

在海拔4000多米的高原上急行军,除高原缺氧外,一五四团还遇到了一个最大的敌人——饥饿。

这和一五四团在甘孜遭遇的"五月断粮"完全不同,那个时候可以挖野菜、捉地鼠,甚至可以就那样呆着,以保存体力,可如今不但要昼夜行军还要拿出最快的速度来。

从青海玉树补充的粮食很快吃完了,中央在重庆订做的蛋黄蜡和代食粉因资本家的偷工减料而营养不适,原规定指标每人每天12两就足够补充消耗的能量,但发到战士的手中,12两仅够吃一顿,从四川运来的大米因风吹雨淋,有的已经霉烂变质。

饥饿就像蛇一样钻进了大家的肚里,一口口蚕食着每个人的承受极限。

有的战士饿极了,就把棉衣里的棉花扯出来吃了,还有的吃粉状的细土,吃后解不下大便,肚子胀得像鼓一样,疼得在地上打滚,还有的捡牦牛角和骨头,用火烧糊,然后用石头砸成粉末吃,顿时上吐下泻。

郄晋武看到脸已经被饿得发绿的战士们,实在想不出别的办法了,就把目光锁定在了自己的那匹也饿得不成样子的马身上。他把他那杆猎枪装上弹药,却一直不忍心扣下扳机。这杆猎枪是乐山誓师大会后,五十二师参谋长李明送给他的,他当时给李明的回答是用这杆猎枪打豺狼。在甘孜"五月断粮"时,为了不违背我军的政策,他没用猎枪打过一只小猎物,如今这杆猎枪对准的不是豺狼也不是"纪律",而是跟随了他很久的爱马。

郄晋武用颤抖的手,扣响了扳机……

团里其他马匹,也由于光走路,不放牧,全被饿死了。于是,大家就吃死马,先喝马血,再吃马肉,然后将剩余的马肉用水一煮,存起来当干粮。因为马比亲兄弟还亲啊,大家边吃边痛哭流涕。马的白骨,成为后来的路标。

除了饥饿,睡眠不足也成为一五四团要迈过去的另一道坎。

所有人的生命力量早已超过了常态。有的战士已经几天几夜没脱过衣服睡觉了,一说休息,连身上的背包也不能卸下,就靠在山边迷糊一会,说走就走,很多人像喝醉了一样,闭着眼,东倒西歪,仍在向前走。郗晋武也边走边打瞌睡,恍若梦游,身体像被撕裂,空洞而麻木,困乏得不知"我为何物"。

是"决不能让藏军跑了"的动力让大家坚持了下来。

郗晋武带着部队赶到恩达时,回头一看,近3000人的队伍只剩下五六百人。稀稀拉拉的,但口子终于堵上了,藏军已成瓮中之鳖。

四

十八军千里行军,对昌都形成了合围之势。此时,山雨欲来风满楼,昌都的藏军大都已经四散而逃。

当北线右路部队完成截断藏军退路的时候,靠着那些被当作宝贝一样的圆根,一五六团终于在10月19日走进了昌都城。

从四川出发,行军千里,大家的目标就是一个——昌都。如今,这座古城就在眼前。率先进城的是一五六团三营,带队的是团参谋长张子超。小乌拉山战斗后,张子超发狠了,藏军的狡猾、部队的艰辛一下子把张子超的男人气概激发出来了。生命就是不断的历练,艰苦能催生人的不服输的钙质,从而使英雄的人们愈挫愈勇。他和战士们憋着一口气,不要命地追了五天五夜。到昌都时,张子超清点了一下部队,生病的,死伤的占绝大多数,全营500多人只剩下100多人。然而,巨大的代价换来的是部队终于按照战略部署赶到了昌都。张子超明白,浴血大追击,拼的是速度,更是意志和品格,这就是十八军的本色。

凭着残留的疲惫不堪的部队,19日晚上9点,三营九连抢占了扎曲河上的四川桥,发现此处一地狼藉,已无任何守军。张子超随即率领部队进城,仍没有遇到任何抵抗。10点左右,三营迅速控制了城内各要点和昂曲河上的云南桥,藏东重镇昌都,已完全在十八军的控制之下。此时,城内还有藏军没来得及撤退的一个甲本,他们根本没想到十八军会如此迅猛地兵临昌都。在走投无路的情况下,这批藏军主动向解放军缴械。三营进城时,虽然是在夜间,但仍有不少群众走上街头欢迎解放军,有的还献上哈达,送来食物。对于昌都城的群众来说,他们崭新的日子到来了。

此时,王树增在生达听到了"昌都解放"的消息,他一时间不知该用什么方式来表达自己的喜悦和期待,在看到伤员们忘掉伤痛尽情欢舞时,他在内心默默地说了一句:胜利了。

当夜,夏景文也随军侦察营进入昌都。次日,一五五团、一五六团主力和军炮兵营先后入城。而续庆余随部队进城的时候,看到红旗已经在昌都上空迎风飘扬,而插红旗的旗杆就是宋慧玲扛进昌都城的。

得知昌都总管及藏军主力已西逃,一五六团即派两个连向俄洛桥方向追击,又派部分兵力于昌都东南截击自觉雍、妥坝方向溃

解放昌都 1950

在昌都战役中被俘的藏军第八代本军官（资料图片）

逃下来的藏军。左路部队也组织兵力向昌都以南追击，于昌都西南10余公里处俘获百余藏军。

此后，北线各路部队按照师里的统一部署，于昌都、恩达、类乌齐、洞洞竹卡等地，对溃散的藏军展开清剿。

从10月6日发起战斗到10月24日，昌都战役胜利结束。解放军全歼藏军第三、第七、第八、第十等四个代本，第二、第四、第六代本各被歼一部，另争取第九代本起义。缴获山炮3门，重机枪9挺，轻机枪48挺，步枪3000多支。

昌都解放时，方杰还在去昌都的路上继续走着，她已经从领导那里知道了胜利的喜讯，她更加快了自己的步伐，她

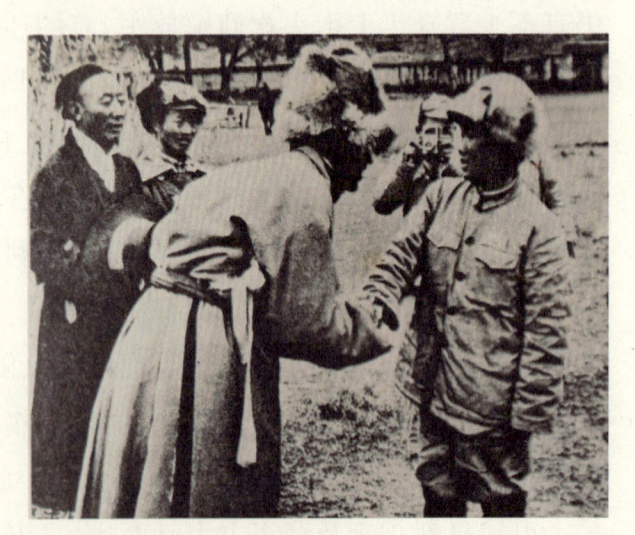

昌都解放委员会主任王其梅，在原昌都噶伦府接见昌都总督阿沛·阿旺晋美（资料图片）

要赶到昌都,为战士们做最有历史意义的一次演出。

甘孜城。

天气已经越加阴冷,但张国华却感觉到了前所未有的暖意。他披上张瑞堂递上的军大衣,轻轻咳了两下,他第一次朝着张瑞堂笑了。

重庆曾家岩。

邓小平与刘伯承双双抽着烟,背着双手,窗外的风停了:解放西藏的"淮海战役"终于结束了。

后　记

　　为期两个月的采访和写作工作结束了。回到拉萨，当我们重新整理那些十八军老战士的录音，再次翻看我们为他们拍下的一帧帧照片时，拉萨开始下起了小雪，片片雪花就像我们的思绪，从夏天一直到冬天。

　　我们不谈我们采访时的感动，不谈我们行路时的艰难，更不谈我们写作时的纠结。我们唯一需要的是铭记，铭记下一个个仍在我们眼前飞扬着的鲜活的面容，铭记下那一段可歌可泣的历史。

记者手记

她很想再回西藏
看看当年栽的树

2010年8月31日,河南郑州。

在西藏自治区人民政府驻郑州干休所里,我们见到了77岁的十八军老战士董惠,还有她的爱人——同为十八军老兵的刘春林。

董老家,是我们此行郑州采访的第一站。刚一进门,董老就热情地端出苹果、梨、桃子、葡萄四种水果,坚持要我们边吃水果边采访。我们一再推辞,结果保姆在旁边告诉我们:董老知道你们要来,特地一大早骑着三轮车去市场买回来的。

我们心头一热,同时也不敢再推辞了。说起当年随十八军进藏的往事,老人家记得很清楚,不断描述一些细节,偶尔还问我们:我讲的这些是不是很啰嗦,对你们的采访有用没?

让我们感动,这从细微处体现了董老处处为人着想的精神。

董老告诉我们,从1950年进藏到1986年退休,西藏在她生命中占据着很重要的位置,对于西藏来的我们,她倍感亲切。

临走时,董老告

董老买了很多水果招待我们(卢明文 摄)

诉我们：我这里还有很多当年进藏时的老照片和军用物品，不过要找找，等找到了给你们打电话。

两天后，董老打电话让我们再去她家：她把东西找到了。

她是翻箱倒柜地找了两天才找到那些"宝贝"的，其中有她进藏前的照片，还有她进藏时穿过的军鞋，赶牦牛的鞭子和军用布袋。

在她家的饭桌上，我们看到几行熟悉的字：继承和发扬"特别能吃苦、特别能战斗、特别能忍耐、特别能团结、特别能奉献"的老西藏精神——董老把"老西藏精神"写在纸上，每天吃饭时都可以读一读，想一想。

离开郑州的前一天，我们在干休所的院子里碰见了董老。听说我们要走了，她很是不舍，并告诉我们：她1986年退休后就再也没有回过西藏，多少年来，她很想回去，想看看当年自己在江孜栽的树。

（李　健）

开封市区的乡村生活

汽车顺着一条积满泥沙的市区小河行驶着，在一片绿树掩映中拐进了西藏自治区人民政府驻开封干休所。

刚一下车，干休所的高所长就拉着我们来到一堵老墙面前，告诉我们：这就是开封的老城墙，明代留下来的。现在已经残缺不齐了，我们干休所的院子里却有这么一段。

开封古城墙（卢明文 摄）

古城墙，这是一段被遗忘了的历史，而生活在古城墙下的十八军老干部们，他们的经历却是一段无法被遗忘的历史。

在这里，他们将历史回归原性，回归生活，回归淡然。

干休所里，老兵们的住房全都是清一色的农家小院。视线越过不高的围墙，可以看见各种果树、花木，甚至是玉米等庄稼，还有陌生的老人坐在石桌边喝茶、打盹，或是偶然转过头来，冲我们微微一笑。

悠闲，就像爬满围墙的葡萄藤，缠绕着每个人的思考和生活。

在这里休养的老同志，大都是土生土长的开封人，当年跟随部队转战了半个中国,如今算是落叶归根了。

午后的阳光暖暖的,有老同志悄悄地蹲在围墙下,正在为"红薯地"除草。老同志告诉我们:这些薯种是托人从四川带过来的。60年前吃了四川的红薯,至今念念不忘,于是就弄来这些宝贝小心地种植着。等红薯成熟后,就会给亲戚们每家送一点。

种庄稼、收庄稼、修剪果树、培植盆景……干休所里的老同志几乎都不会闲着,一个小小的院子,就是他们生活的全部。

(李 健)

名山的夜啊 静悄悄

我们的越野车顺着青衣江在公路上穿行。此时,暮色已浓,蒙顶山被洇染在一片雨雾之中。

雅安市名山县城,静静地。所有人的心绪,都伴着青衣江在这个夜晚慢慢流淌。

靠着车窗,我点燃一支烟,任四野的茶香浸润我的眼睛。这一刻,我跟随历史再次流泪了。

白天,名山县党史研究室的罗新华老师带着我们走进了城西的烈士陵园。这里,青松翠柏,丹桂飘香;这里,安息着1950年在名山剿匪中英勇牺牲的84位十八军战士。

罗新华老师告诉我们,1950年秋,为了纪念剿匪殉难烈士,教育后人,经名山县第二届各界人民代表大会会议讨论,决定捐款修建烈士陵园,得到了全县党政军民的热烈响应,共筹集人民币3000万元(旧币)。历时4个月,到1951年3月,烈士陵园建成。

没有任何喧嚣,也没有任何语言,我们逐一读着墓志和一排排的铭文。往事——并未

名山烈士陵园(卢明文 摄)

走远,就在我们身前。一伸手,我触碰到了已经冰冷多年但依旧鲜活且无比滚烫的灵魂。

有风拂过,丹桂花飘飘洒洒,落满一地,金黄色的、土红色的,为所有的烈士墓披上一层挽纱。

我俯下身去,轻轻摸着已经爬满青苔的墓碑,每一块墓碑上都刻着烈士的姓名、籍贯、当时所在部队的职务……一秒钟以前已成为历史,更何况历经了风雨沧桑的60年。丹桂花捧起了又放下,捧起而放不下的是60年前一群年轻的生命,还有他们临走之前对故乡的眷恋和对共产主义事业的忠诚。

烈士陵墓(卢明文 摄)

我痛快地哭了,我蹲在墓碑前,用一颗最真诚、最虔诚的心凭吊着那段如歌的岁月。

318国道就在不远处,南来北往的车辆也许就会经过他们的家乡。多年之后,他们火热的灵魂仍想喊一声:爸,我想回家。

他们的家乡,黄河之滨,江淮平原,仅成为了他们短暂生命中最初始的记忆。他们最终记住的,是他们死在了这里,死在了三山环绕的古城名山。

他们的家人,在多年之后,白发苍苍地站在这里怆然泪下。他们带来了一撮老家的黄土,撒在了这片曾经被鲜血染红了的土地上。

他们的后人，每年都会戴着鲜艳的红领巾，或捧着鲜花，肃穆地前来拜祭。每个人都会在心灵最柔弱处无声诵读：……烈士丰功与蒙顶山同垂不朽，英雄名字共青衣江万古流芳……

在烈士陵园里，我们碰到了86岁的退休老人周峰。他是四川射洪人，1949年老家抓壮丁的时候他跑了出来，1951年来到名山，一直在此居住至今。他几乎每天都会独自走到烈士陵园，静静地坐着，什么也不干。多少年来，他就这样默默地陪伴这些长眠于此的烈士们，最亲爱的共和国的兄弟们。

走出烈士陵园后，我们去了一个叫解放乡的地方，那里是当年十八军剿匪的一个主战场。关于剿匪的记忆，当地的人向我们娓娓道来，平静中，让人热血沸腾。

……

思绪慢慢收拢，最后回望一眼夜色中的名山县城，就让我们以青衣江水煮茶，辅以一种感怀，做一次祭奠和膜拜：

名山的夜啊静悄悄，青衣江把往事轻轻地淘，年轻的战士头枕着松涛，睡梦中露出甜美的微笑。微风你轻轻地吹，丹桂你轻轻地飘，年轻的战士多么辛劳，躺在了祖国西南的怀抱，让我们的战士好好睡觉。

（李　健）

告诉西藏人民 我们过得很好

这是一场特殊的演出。在西藏自治区人民政府驻咸阳干休所的一套住房里,78岁的陆世杰坐在一张巨幅的毛主席画像下,闭着眼睛深情地拉着二胡,他的老伴在一旁伴唱着:毛主席的光辉,嘎啦亚西诺诺,照到了雪山上,侬啦强吧诺诺……两位老人的合唱是那么默契,也是那么令人感动。

而观众只有两个——来自西藏商报的记者。

陆老眼睛不好使了,但因为我们的到来,他说自己的眼睛突然放出了光芒。对于我们这次"昌都解放60周年"大型报道活动,陆老颇有感触:你们早就该来了,再不来我们这些老骨头就要埋进土里了。60年了,你们居然还记得我们,我很感动,同时对你们的这项工作表示致敬。

而陆老对我们"致敬"的方式就是:向我们做汇报演出。

陆老一边颤巍巍地找来二胡,一边介绍着自己在干休所的生活。拉二胡、练书法、写日记,这是陆老每天必修的三件事,有时也到西藏民族学院的院子里参加业余合唱团,负责二胡伴奏。

从《毛主席的光辉》、《二郎山》,到《你是否来过拉萨》,两位老人一共为我们演唱了6首经典老歌,其中还做了一些讲解和诠释。在陆老看来,他没有被历史遗忘,他也为60年前的那段经历感到自豪。

记忆是一杯烈酒,一杯正宗的陕西西凤老酒,一不留神就让人醉了。在说到当年进军西藏的一些细节时,陆老的眼睛湿润了,他轻轻转过身去，任一个老者的情怀无声地释放。

那一刻，我们在内心深处向这位十八军的老兵致以最崇高的敬意。

陆老说，他每天都会去西藏民族学院散步，有一次碰见两个来自日喀则的女学生，后来这两个学生专门给他送来了老家的特产，这让陆老更加感觉自己这一生都与西藏有着不解之缘。

陆世杰老人和老伴一起为我们表演（卢明文 摄）

离开咸阳前，我特地去了陆老家向他告别。

此时，夕阳投射在临窗的书桌上，暖暖的，陆老正在写日记：西藏商报的两位记者来这里采访，我和老伴为他们做了简单的汇报演出。同时也通过这个演出，告诉西藏人民，我们在这里过得很好。我很想再回西藏去，看看多年来西藏翻天覆地的变化……

但是陆老告诉我，由于身体原因，他再也回不去了，我们的离开让他心里很难受。陆老拉着我的手，久久不愿松开，因为这是我们第一次相遇，也可能是最后一次相遇。

走出房间，身后又飘来二胡的声音：晚风拂柳笛声残，夕阳山外山。

（李 健）

行走川藏线 我们感慨万千

10月11日10时,西藏商报"昌都解放60周年"报道团一行5人告别了名扬世界的情歌故乡——康定,继续沿十八军进军西藏的线路一路西行……

车载导航显示,康定距离我们将要到达的道孚县城共217公里。

驶出康定城,越野车沿着蜿蜒的道路向上攀爬,引擎的轰鸣声也逐渐增大。到达折多山半山腰,我们五人均感耳鸣和轻微头晕。折多山脉地形复杂,气候变化无常,时而下雨,时而下雪,时而晴空万里。临近山口,四周雪山折射出的刺眼光芒,让人难以睁开眼睛。汽车不断往高处行驶,氧气越来越稀薄,耳鸣、头晕、胸闷的症状让我们也开始难受起来。到达海拔4298米的折多山口,山下的村庄一览无余。

318国道,是十八军进藏时修筑的川藏公路,后来经各级政府逐年改建,很多路段才被硬化路面所覆盖。尽管如此,我们还是找到了一些废弃的老川藏公路,它依山而建,地势险峻,如今道路两侧荆棘遍布、杂草丛生。可以想象,当年十八军战士在高寒缺氧,自然条件十分恶劣的情况下,仅仅用铁锤等简陋的工具在悬崖峭壁上筑出这样一条生命线,是多么的艰险和无畏!

下了折多山,我们于12时到达新都桥镇。这里是从四川通往西藏的咽喉要道,往西去是川藏公路南线,也称为318国道;往北则

我们的越野车行驶在崎岖的山路上（卢明文 摄）

是当年十八军进军昌都时修建的公路，后被命名为303省道。

向北驶离新都桥镇不到5公里，303省道变得格外难行，因正在改建，土路面不仅坑坑洼洼，且坡陡弯急。在这条狭窄的公路上，因会车我们被堵了3次，最长的一次被堵2个多小时。新都桥镇到道孚县城约130公里的路程，我们走走停停，停停走走，一路颠簸至目的地已是22时20分了。

一天的舟车劳顿，我们早已困饿交加。躺在温暖舒适的床上，双眼微闭，十八军将士在悬崖峭壁上开辟川藏公路的场景，再一次浮现在我的脑海。

我虽困，却久久不能入睡……

（刘 伟）

"忠烈桥"记忆

鲜水河,湍急的水声将我从梦中唤醒。

睁开朦胧的睡眼,已是我们到达道孚县城的第二天。

拉开窗帘深吸一口清新空气,眼前错落有致、风格别样的藏式民居配以连绵起伏的群山和草场,让人心情格外舒畅。

中共道孚县委党史研究室主任曹培文,向我讲述了鲜为人知的"忠烈桥"的故事,这段历史一直被道孚人民所铭记。那是1950年9月,十八军工兵营将士接到上级命令,要求在鲜水河上修建一座以保证军用物资运送和为当地百姓造福的木桥……

在建桥时,因水势汹涌,承载运送筑桥材料的钢绳被绷断,连接着钢绳的木船也被冲走,船上7名年轻的战士瞬间被河水吞噬……

长75米、15孔的坚实木桥修造完毕,为祭奠和铭记7位早逝的英烈,后人将这座木桥称作"忠烈桥"。后来,"忠烈桥"应有的功能被另一座水泥大桥所取代。由于山洪不停地冲刷,浸泡在水中的木桥墩慢慢腐朽,随着时间的推移,"忠烈桥"渐渐消失,然而那些英烈们的音容笑貌却永远留在道孚人民的心中。

麻孜乡89岁高龄的藏族老人措巴拉姆,在1950年4月十八军和平解放道孚县的时候,她刚好29岁。站在老人的家门前,可以清楚地看到当年十八军将士修造的"忠烈桥"遗留的痕迹。如今,在"忠烈桥"的东边,一座更加坚固的钢筋混凝土大桥即将投入使用。不同时期修建的三座大桥,措巴拉姆都见证了它们的兴与衰……

提及"金珠玛米",措巴拉姆老人那张慈祥而又饱经沧桑的脸庞变得严肃而庄重,她用双手竖起大拇指,口中不停地说道"呀咕嘟……!"

夕阳伸出双手,被金色笼罩下的道孚城正接受着她慈爱般的亲吻与抚摸,鲜水河之河水在欢快地流淌……

(刘 伟)

翻越雀儿山 我们摸着天

雀儿山山顶（卢明文 摄）

10月14日7时，西藏商报采访团告别甘孜向德格出发了。在这之前，听当地人说雀儿山道路崎岖、坡陡路窄十分难走。心悸之余，我们的心情仍十分亢奋。

沿途美丽的风景让我们陶醉，刀郎高亢激昂的歌声，伴随着我们在川藏线上飞驰……

约两个半小时的车程，我们到达雀儿山山脚下。仰望山顶，它犹如巨人般高不可攀，山顶的大货车形同蚂蚁在缓慢爬行。稍停片刻，我们的越野车开始翻越这座被喻为"鸟儿都飞不过"的大山。车身开始不停地颠簸，方向盘也在不停地来回转动，车子像战马一样，扬起滚滚尘土……

到达半山腰，汽车在云雾中穿行，感觉像是到了天上。

狭窄而崎岖的公路让我紧张起来，假如对面有来车，我将如何处置？想到这，背上不禁掠过一丝寒意。车内异常安静，先前的欢笑声已经不在了，只能听到引擎的轰鸣，5双眼睛紧盯着前方弯弯拐拐的道路。俗话说"担心什么来什么",正当我们的汽车在快右拐弯的时候,前方突然响起了一阵急促的喇叭声,接着几辆满载货物的大卡车驶了过来,当时的处境,谁让谁先行都是一件不可能的事。于是,我们跳下车察看地形,经过与对方司机协商,最后决定我们的越野车在拐弯处稍宽的位置停下,货车贴近山壁先通行。

在大伙的指导下,我将车移到了路边,车轮离悬崖边只有10厘米左右的距离。往下一看,约呈90度、100多米高的悬崖下,一辆货车残骸映入眼帘,我的神经再次绷紧,心脏剧烈地跳动……假如,当时路基发生塌陷,我将再也见不着明天的太阳。

漫长而恐惧的10多分钟终于过去,我们又重新回到了正轨,被吓出一身冷汗的我加大油门,继续向雀儿山山口进发。

从山脚到海拔5050米的雀儿山山口,汽车足足爬了两个小时。"爬上雀儿山,鞭子打着天"之说,不仅蕴含了它的险,更凸出了它的高,海拔6168米的雀儿山主峰,犹如一把利剑插在天上。

到了山口,像疯了似的我们跑出车外,雀跃、欢呼、呐喊,尽情释放着这段不同的感受与情怀……

(刘 伟)

远山的呼唤

正是天全"烂九黄"的时节。

秋雨绵绵。

青衣江从二郎山东坡一路奔流下来,在天全被两岸的群山收缩成一束咆哮的激流,即使是站在天全县城北面的苦蒿山上也能听到它哗哗的水声。

苦蒿山下,一座红色大理石的纪念碑无声地伫立在雨雾中,它坐东朝西,就像一位思乡的老者,静静地注视着不远处巍然挺立的二郎山。川藏公路在山间盘旋,蜿蜒西去。

纪念碑下长眠着英烈,他们是60年前为修通康藏公路二郎山段而牺牲的十八军战士,一个无名碑和三个空碑在细雨中默默地呼唤着那些没能留下姓名的英烈。

我们来到纪念碑前,在天全飘着细雨的午后,采摘一朵野菊花,把它摆放在无名烈士的墓前,为那些牺牲的筑路英雄默哀。他们已经长眠在二郎山旁

天全烈士陵园(江舒摄)

60年了,他们没能留下姓名,但他们在60年前都是活生生的青年,他们也许叫毛毛,也许叫水生。他们的一切都让我们牵挂和不舍,我们也曾试图从天全县志上找到一些他们生前的线索,但在我们翻阅了大量的资料后,只得到了只言片语,"川藏公路平均500米就有一位修路者牺牲,修建二郎山公路牺牲的战士没法统计,他们被统一安葬在天全苦蒿山下的无名烈士墓。"

在这里,他们只要一抬头就可以看到二郎山,可以听到来自远山的呼唤。他们曾经献出生命的山路,现在已经畅通无阻,甚至还打通了隧道,"要把那公路,修到那西藏"的理想早已实现。

天全红军纪念馆专门设置了展室,用来介绍十八军当年修建康藏公路二郎山段的事迹。当我们在细雨中离开展室的时候,耳旁又回响起《歌唱二郎山》那豪迈的旋律:二呀么二郎山,哪怕你高万丈,解放军铁打的汉,下决心,坚如钢,要把那公路修到那西藏……

(吴 勇)

跨过金沙江 我们回家了

德格,是我们此行的四川省的最后一个县城,跨过金沙江,那就是西藏的地方了。

在德格县城休整了一夜,10月15日7时,我们继续延317国道向昌都进发。清晨,朝阳露出慈爱般的笑脸,像似在为我们送行。前一天雀儿山的那次历险,似乎被我们早已抛之脑后、烟消云散了,车内又恢复了欢声笑语。

在阳光的照射下,公路两旁的雪山和草场显得格外绚丽,成群结队的鸟儿扇动着翅膀,自由自在地在天空飞翔。我身旁的同事不停地摁下相机快门,捕捉每一个感动的瞬间……

汽车驶出德格县岗托乡不到10公里的地方,一条南北走向的大江呈现在我们的眼前,在大江西侧的一块巨石上,书写着两个偌大的红字——西藏。"快看,那就是金沙江,我们到西藏了!"坐在身后的同事"眼镜",情不自禁地大声喊。金沙江的水,依然那么

采访团在金沙江大桥上,跨过这座桥,就进入西藏境内。

汹涌,江水拍打着岸边石头所发出的响声,不由得让我想起了"金沙水拍云崖暖,大渡桥横铁索寒"的诗句,儿时曾看过一部抢渡金沙江的电影,剧中红军英勇渡江的情景再次浮现在了我的眼前……

站在江边,我们扯着嗓子喊:西藏,我们回来了!

此情此景,我们就像一个离家多年,经历了无数风雨的游子回到了母亲的怀抱一样。泪水险些夺眶而出,那种从未有过的激动心情,像滔滔不绝的金沙江水一样澎湃不息……

(刘 伟)

五世格达活佛
他的爱国事迹 家喻户晓

在甘孜，五世格达活佛是当地百姓最为敬仰的人，他的一生和中国人民的解放事业紧紧地联系在了一起。我们在甘孜采访的两天时间里，先后来到朱德、格达活佛纪念馆和白利寺，追忆和凭吊这位宗教界爱国进步人士。

朱德、格达活佛纪念馆位于甘孜城的北面，它掩映在一片杨树林里，隔着已经泛黄的杨树叶可以看到奔腾的雅砻河和美丽的雪山。纪念馆十分安静，院里的"张大人"花在秋日的阳光里开得很是灿烂，我们在甘孜文化局干事生龙多的陪同下来到纪念馆，这位土生土长的藏族小伙，从小就听说过格达活佛的爱国故事，并对这位老乡心生敬意。

纪念馆里有格达活佛和朱德的大型雕塑，以及许多图片和实物资料，他们的事迹还被搬上了电视荧屏，我们到来的时候，守馆的一位僧人正在用影碟机播放电视连续剧《格达活佛》。这位僧人告诉我们，格达活佛的爱国事迹在甘孜家喻户晓，虽然纪念馆刚刚建成还没有正式对外开放，但当地的百姓还是迫不及待地要求参观，每每有人提出参观的请求，纪念馆也"开门迎客"，并且从来没有卖过一张门票。

格达活佛曾经的修行地白利寺离朱德、格达活佛纪念馆仅10多公里路程，我们在参观完纪念馆后，又驱车前往甘孜城西的白利

白利寺前来朝佛的布拉姆(卢明文 摄)

寺。顺雅砻江逆流而上,在平坦的川藏公路上行驶不到30分钟,一座建在半山腰上的寺庙便映入我们的眼帘。生龙多指着它对我们说,那座美丽的寺庙就是格达活佛曾经修行的地方。

　　白利寺坐北朝南,红墙金顶,和藏区所有的佛教寺庙在建筑形式、建筑艺术上并没有多大的区别。主殿旁边正在修建一排排的僧舍,格达活佛曾经的住所就在这一排排僧舍的后面,里面保留着活佛曾经用过的东西,他和朱德的合影也还挂在屋里。由于寺院里的僧人都去上佛课了,我们没能找到那间屋子,只能遗憾离开。

　　在大殿外面的台阶上,我们碰到了一位来朝佛的老阿妈,这位75岁的老人名叫布拉姆,是果洛乡人,而格达活佛也出生在这个乡,可以说她和格达活佛是正宗的老乡。布拉姆告诉我们,她小时候就见过格达活佛,他是一个非常和善的老人。小时候她到白利寺来朝佛,格达活佛一见她就会给她送一些寺院里的贡品,还会给她讲许多有趣的故事。

　　1950年,14岁的布拉姆已经懂事了,当她知道格达活佛在昌都遇害身亡后,哭了好几天。虽然不知道格达活佛的所作所为,但她知道格达活佛是一个好人,是一个值得所有人尊敬的好人。她为自己是格达活佛的老乡感到骄傲。

如今,布拉姆也从一个小姑娘变成了一位老人,她经常来白利寺朝佛,主要是想看看格达活佛曾经生活过的地方,以此来怀念她的老乡。

(吴 勇)

十八军后代的短信

白天赶路,夜晚通宵写稿,这就是我们采访团近两个月来的真实生活。

我们不怕路途的遥远和艰难,也不怕熬夜写稿的纠结。因为我们的工作得到了广大读者的认可。我们知道,有许多读者支持着我们。

有一天,正当翻越雀儿山的时候,我的手机收到了这样一条短信,"看了你们《昌都解放60周年系列报道》,我很感动也很震撼,它勾起了我的追思和怀念,特别是对父亲的思念。我父亲当年也是一位十八军的修路战士。谢谢你们做了我——一个昌都人想做而又做不了的事情,让我详尽地了解了父辈们。谢谢,每篇报道我都收藏了。"

看了短信,我们心里暖暖的,我们只做了很少的一部分,却得到读者这样的厚爱,我们感到责任的重大和付出有回报的幸福。

脚下就是雀儿山,汽车小心翼翼地向上攀爬,我的脑海里出现了许多当年修路的十八军老战士的面孔,每一张面孔都带着欣慰的笑容。我们的父辈,他们艰难的付出,就是为了我们今天有路可走,就是为了让我们少走弯路。

随后,这位读者又给我们发来短信说,雀儿山下有一座墓,她当年考上大学从昌都到内地念书每次都要去看看这座墓的,现在她已忘了墓主人的名字了。她告诉我们,路旁每一座墓都有许多感人的故事,而这些故事都是后来她父亲讲给她听的,如今她的父亲已去世多年,每每想到川藏公路,她都会想起父亲。

一个小时后,我们翻越了川藏公路上最险要的雀儿山,当我们回望雀儿山的时候,这座被称为"鸟儿也飞不过去"的高山,之字形的盘山公路凿开悬崖峭壁,一直通向云端。面对这样的世界奇迹,我们的敬意油然而生。

在雀儿山下,我们看到了那位读者提到的那座墓,潺潺的河水从墓旁流过,高大的云杉和杜鹃的鸣叫衬托出了这里的宁静。

德格县志记载,墓主人当年在修筑川藏公路雀儿山段的时候,开山炸石,一颗哑炮突然爆炸,为了救战友,他扑在了炸药包上。

这样的故事,我们在川藏公路上听到过很多,每一个故事都让人动容,我们把一束野花放在墓碑上,并记下了英雄的名字。我们把电话打给那位读者,告诉她:"他叫张福林。"

(吴 勇)

西藏有我留下的足迹

77岁的方杰阿姨定格在我脑海中的印象是乐观。

不愧是文艺兵,她用标准的普通话清晰、风趣地讲述进藏的经历时,极富感染力;谈到演出,随口就唱起一些片断,嗓子好得不像是70多岁的老人。

对于自己的人生,她是这样总结的:"我这辈子最亲(战友之间的阶级友爱)的生活就是1950年以前,这辈子最苦的生活就是进藏,这辈子最伤心的就是挨批斗。"

在十八军过长江的路上,她发烧了,病得很重;队长田涛也生病了,但她还半夜挣扎着起来烧开水,照顾方杰吃药。方杰阿姨说:"田涛是我的好队长,让我感受了比亲姐还亲的亲情。"

听方杰阿姨说起进军西藏的经历,你能时刻感受到以苦为乐的精神。比如她说翻越二郎山时,没有路,就直接从山坡上滑下来,到了山脚大家你看我

方杰(右)和战友李均(卢明文 摄)

我看你,都乐坏了:原来屁股后面被磨出一个大破洞!

她唱起"十八军是铁打的好汉,从来就不怕什么困难……"那样豪迈,那样的峥嵘岁月。虽然苦,但方杰阿姨说:"跟那些参加过长征的老同志相比,我们吃的苦都不值一提,算不了什么。"

方杰的父亲是个大商人,开有丝绸行和古玩行。后来日本人侵略中国,在1945年前后,一夜之间就破产了,他们变得一无所有。母亲生病了都没钱医治,后来就去世了。

参军后,在常山演出《白毛女》的时候,方杰哭得一塌糊涂,把词都给忘了。"为什么呢,我母亲去世后,因为没有钱,很穷,我的继母要把我卖了……我就跑出来当了兵。"说到这里,方杰阿姨的声音有些哽咽。

"文革"期间,方杰家里的佣人站出来批斗她,说她是"资产阶级臭小姐"。方杰的老伴儿是满族,祖上是清朝的官员,"文革"期间也被关了起来。17年之后才平反。

"'一朝被蛇咬,十年怕井绳',所以我现在很少接触外人,不想多事儿。平时在家唱歌、跳舞、看电视、打太极拳,自娱自乐。"她说。

听说我们是从西藏来的,方杰阿姨倍感亲切,她说很想念西藏。

最后,方杰阿姨为我们演唱她自己写的歌:《思乡》。歌声很美,让你仿佛能看到60年前那个17岁的年轻姑娘,走在艰难的进藏途中,手里握着一束美丽的格桑花——

"西藏的山,西藏的水,西藏有我留下的足迹。

美丽的西藏是我故乡,

以往的情景依然在梦中,

我常在梦里西藏行。"

(卢明文)

献给十八军战士的歌

摄氏3度,昌都的凌晨。

澜沧江在夜幕中蜿蜒南去,我和朋友驱车爬上了著名的达马拉山,没有星光,也没有月色,只有两支寂寞的烟卷在暗夜中燃烧,照亮我们的眼睛,注视着脚下的昌都城。

循着当年十八军战士的灵魂和足迹,我们终于走到了昌都。几千公里的一路风尘,我们追随着一段往事,一段即将被历史的苍茫掩盖的往事。

而往事,不只是让人回味,还会给人以启迪、感动。

记得在离开西藏自治区人民政府驻郑州干休所之前,一位十八军老兵颤巍巍地拉着我的手,一脸悲戚地告诉我:你们即将要走的川藏路,沿途都埋葬着我的战友。60年了,我从没去祭拜过他们,但他们一直都活在我的内心深处……

一把清泪,迷蒙了有着白内障的老兵的眼睛。

老兵继续说:我不迷信,但我现在想托魂,把我老迈的灵魂托在你们身上,只愿在我临死之前,再看一看我那可爱的战友们……

老兵说不下去了,由保姆搀扶着,慢慢转身,挥手。

这样的诀别,比之于古时要离刺杀庆忌、近代吉鸿昌被迫漂流海外、现代博林送别爱徒洛桑,更令人肝肠寸断。

没有风、没有雨,只有健在的所有十八军老兵在敬礼、在哭泣。

在开封、西安、咸阳,每到一个地方采访,我的心都被融化着。

如今已废弃的甘孜机场（卢明文 摄）

所有的十八军老兵，都庄重地坐在我们的对面，讲述着那些记得的、有点模糊的战争岁月，然后翻出那些比自己生命还珍贵的军功章、老照片。

一年过了一年，啊，一生只为这一天。

这不是一种生命即将走到尽头的交代，也不是一种荣誉的炫耀，而是一群忠诚的战士想留住自己的根。

所有的人都在记着我们是西藏商报的记者，来自雪域高原，来自他们曾经浴血奋战过的地方；但是，我们最愿意记住的，是那一张张苍老的脸、一颗颗永不褪色的心灵，一排排至今仍巍然屹立的共和国的英雄儿女。

甘孜城外，废弃的机场旁，一群藏族老乡围坐在一起喝着甜茶。一层层的机场窑洞，孤零零的女兵坟茔，此时已经成为那段历史无声的墓志铭。谁在诉说，谁在注目，谁在遥望再也回不去的故乡？

陶渊明说：死去何所依，托体同山阿。灵魂已不再孤独，情怀也不再苍白——蓝天白云下，邦锦梅朵为你盛开，南来北往的风，伴着牧歌与你同行。

一路走来，川藏路是那样的艰险。所有的人都不说话，我打开包,掏出录音笔,逐一播放着老兵们的声音。此时,我们的心没有丝毫颤抖,就算我们的汽车突然像一个雪团砸向万丈深渊,那一刻,我们有的,只是微笑,只是凛然,只是对十八军老兵的慰藉和膜拜。

汽车到达雀儿山垭口,我情不自禁地甩掉上衣,赤裸裸地在冰天雪地中狂吼。漫漫群山、皑皑白雪都已动容。想起长眠于此的十八军老兵,我捧起滚烫的积雪,喉咙里有热血涌动,我在心里为他们唱着:愿烟火人间,安得太平美满,我真的还想再活五百年。

下雀儿山的时候,我轻轻采下一朵不知名的野花,在我看来,这就是我心目中的鸢尾花,它所表达的,除了忧伤,也还是忧伤。

金沙江两岸,随处可见漂亮的村落、藏族老乡灿烂的笑容。可有多少人知道,当年十八军强渡金沙江时,当地群众冒着枪林弹雨送来牦牛,送来牛皮船,送来热腾腾的酥油茶。

看着金沙江边那"西藏"两个大字,所有人都有一种家的感觉。

走进昌都,我们在恍然中重回了历史。到了宾馆,放下行囊,走上大街,昌都虽然已在60年的沧海桑田中改变了模样,但在我的眸子里,仍看到一群活生生的十八军年轻战士。我将从雀儿山上带下的野花抛进澜沧江。

我闭上了双眼。

天快亮了,晨曦中的昌都是那般妩媚动人,昌都烈士陵园就在不远处,我和朋友站起身来,冲着碧蓝的云天放声高歌:五星红旗,你是我的骄傲,五星红旗,我为你自豪,为你欢呼,我为你祝福,你的名字,比我生命更重要……

(李 健)

扎玉玛雪山下的朱古寺

朱古寺位于昌都西南三四十公里处。10月19日，我们驱车前往，这是本次采访的最后一站。山谷中溪水哗哗流淌，满山树叶黄了，深深浅浅的黄，在阳光的照射下特别明亮。秋意正浓。

远远看见一座雪山，洁白闪亮，心想，我们是要到雪山下吗？七弯八拐的山路崎岖不平，车子一阵颠簸之后，朱古寺到了。四周都是墨绿色的针叶林，朱古寺大门正对着雪山。据寺内的年轻喇嘛旺修介绍，雪山的名字叫"扎玉玛"（音）。

朱古寺（卢明文 摄）

旺修今年30岁，12岁就到朱古寺了，不过对于60年前的那段历史他一无所知。由于他的师父不在，我们只好在寺院里走走看看。旺修打开大殿侧门让我们参观。殿内有几根高高的柱子，光线透过窗口射进昏暗的房间，细小的灰尘在光线中翻卷，思绪有些恍惚。历史总是沉淀在时间的洪流下面，无论当时怎样的惊天动地，总是会沉静下来。

60年前的10月19日下午，一五六团先遣营进入昌都城。

解放昌都 1950

向西逃的昌都总督阿沛·阿旺晋美及文武官员和卫队19日星夜兼程赶往朱古寺。这时从昌都溃退的藏军陆续到来,分别向阿沛汇报各部失守情况,阿沛命令各部原地休息,等待商量对策。21日上午,阿沛和文武官员商定,派出了僧官罗桑觉典、俗官吉恰·扎西多杰和懂汉语的藏巴拿,前来寻找解放军联系归顺起义。

21日下午2点多,骑兵支队队长孙巩、一五四团政委杨军率部赶到,带警卫进入朱古寺会见了昌都总督阿沛及属下四品以上官员10余人,向他们讲明了当前的形势和解放军的政策,希望藏军全部放下武器,走祖国各民族团结统一的道路。阿沛及在座的官员均表示愿意归顺,并交出英国人福特。24日谈判结束,藏军2700余人按指定地点送交了武器。

昌都战役的胜利,扩大了解放军的政治影响,加强了汉、藏民族的团结,为整个西藏和平解放奠定了基础。

朱古寺很安静,不仅是因为它地处深山密林,而且人也少。漫步其间,历史烟云早已散去,只留下一座建筑应有的沧桑。院子里停着一辆卡车,偶尔有一两个喇嘛出入其间,他们打扫卫生、晾晒衣物,这些再平常不过的生活细节为朱古寺增添了一些生活气息。

阳光一如既往

朱古寺的喇嘛旺修(卢明文 摄)

的明亮。60年前的不平静换来了今天平静的生活。

离开朱古寺的时候,我提出要为旺修照相,他欣然应允。他黑红的脸上带着微微笑意,背后的扎玉玛山上白雪皑皑,山谷中所有的生命欣欣向荣,弥漫着喜悦、祥和的气氛。

（卢明文）

通往天堂的路有几十几道弯

郑州、开封、西安、咸阳、成都、康定、甘孜、昌都,这只是现实中的路,现实中的路无论有多远都不算远。最艰难的是采访那些十八军进藏老兵,去触摸那些老人的心灵史。

那些白发苍苍的老人坐在你的面前,无需言语,几十年的风风雨雨早已融化在他们的眼神里,举手投足间,令人肃然起敬。是的,我们小心翼翼地提问,毕恭毕敬地聆听,生怕惊扰了他们的思绪。

60年前,他们都很年轻,大部分人都不知道西藏是什么样子,背着背包就出发了。爬雪山、趟冰河、修公路、赶牦牛……经常吃不饱,睡在雪地里,睡在风雨里……高山反应、雪盲、土匪……

最令人敬佩的是那些女兵。她们不仅要和男同志一样负重行军,更要忍受女性特有的痛苦。

修建甘孜机场的时候,由于住的窑洞塌方,有9位女兵牺牲,她们中最大的20多岁,最小的只有10几岁。她们长眠在甘孜的一个小山头,坟茔的正面朝向东方,只是永远回不了家了。

细节,细节,细节!在采访过程中,我们不厌其烦地追问细节——蛋黄蜡是什么样的?一罐代食粉有多重?怎么搭帐篷?汽车是怎样拆了运过河的?……我们恨不得时光倒流,自己能够亲身经历一次。

感动。因为我们是"西藏来的朋友",采访结束后,陆世杰老人和老伴一起为我们作"汇报演出",唱了一首又一首歌。

相濡以沫。董惠照顾生病的老伴几十年,在她家客厅的桌子上摆满了一个个药瓶,瓶盖上写着药品名称和用量,她是生怕保姆弄错了。采访结束后,董惠老人笑望着轮椅上的老伴,轻轻"打"了他一下说:"老头子,要是没有我,你也活不到今天。"老伴听了,乐呵呵地笑着,什么也没说。

川藏线著名的九十九道拐(卢明文 摄)

乐观,感恩。方杰阿姨说:"我不跟别人比,我只跟自己过去最艰苦的日子比。"

……

再过几年,这些老人还有多少健在呢?

我在心里默默祝福他们健康长寿。

我站在川藏线著名的九十九道拐上。苍山如海,残阳如血。英勇的十八军战士为这条公路付出了多少代价?据说,平均一公里就牺牲一位战士。还有呢?还有他们所有人的青春和理想。

通往天堂的路有几十几道弯?
谁知道呢。
只知道,很多很多。

(卢明文)

走过辉煌回归宁静　他们把心留在了西藏

回到拉萨已经多日,这次重走十八军进藏路采访历历如在前夜。十八军老同志们豁达爽朗的笑声时常在耳畔回响。走过生命的辉煌,归于平淡晚年的他们,淡定从容,在每每静下之时,心里无不念想着西藏。

成都洗面桥横街的西藏干休所和西藏军区成都肖家河干休所,住着许多原十八军进藏工作退休的老同志。干休所院里绿荫掩映,虫鸟低吟,闹中取静。我们很担心突然造访,会惊扰到老同志们的清静。但,我们的担心是多余的——看到从西藏来的我们,老同志们没把我们当外人。

采访每一位老同志,我们都是心怀敬重并且愉快的。在每一位老同志家里,我们没有看到一丝奢华:墙是白墙,沙发都是老式沙发,地是水磨地。墙上,没有过多的装饰,我们见到最多的就是字画和他们在西藏的老照片,没有浮华;墙角,一个青花瓷或仙人掌,清凉洁净,一如老同志们历尽纷繁依旧朴素如初的人生。今年已89岁高龄,但身体还算硬朗的王达选穿着老式军装,"这是八几年发的,穿着很舒服,就一直穿着。"

"跋涉川康千里路,风雪羌塘万重山,雪域纵横献青春,农奴翻身笑开颜。"路晨家客厅的白墙上,挂着一幅字,我在心里默默地念了数遍。"雪域纵横献青春",是啊,他们把一生中最宝贵的青春年华献给了西藏。回想起在十八军进藏时油印《战旗报》的夜晚,路晨声音有点颤抖。看着他们翻箱倒柜,找来夹在影集里或是夹在相框里的老照片,看着曾经的青年才俊,走过岁月的风霜,如今已是双鬓斑白。抚摸着相册,我感慨良多。

　　林芝尼洋河畔的桃花开得正艳,李传恩坐在客厅里一幅放大的黑白照片下,和我们讲起西藏时像孩子想起慈母般动情。西藏这片土地,是他心底最深切的思念。每天,就在他住的这里的上空,拉萨与成都间的航班时常飞过。在天气晴朗的午后,李传恩总喜欢遥望成都的西方,那里有他魂牵梦萦的西藏。

　　"很想回拉萨看看,但是身体不允许。"郑英的眼神中,满是对西藏的眷恋。他是甘孜藏族,在十八军进藏时当翻译。也许,他曾多次在夜里,仿佛自己回到了拉萨明媚的阳光下,那棵窗前的小柳树还迎风摇摆着,邻居家的卓玛背着书包放学回来了……。西藏情结,将伴随着他们安度晚年,他们把心留在了西藏。

　　在这浮躁的尘世,采访中我们被这些初次谋面的十八军老战士真挚的情感一次次震动。我想到了某一天,我要回西藏的念头越来越强烈,终于站在布达拉宫脚下时,才发现是南柯一梦,已经泪流满面。

　　这种从内心最深处对西藏的念想,我懂。

　　过了一山又一山,走过生命的喧嚣与辉煌,晚年的十八军老同志们享受着心中的那份宁静和一路的风景。祝福他们身体健康,从容快乐。

(江　舒)

图书在版编目(CIP)数据

解放昌都1950/西藏商报社编.—拉萨：西藏人民出版社，2012.6
ISBN 978-7-223-03571-2

Ⅰ.①解… Ⅱ.①西… Ⅲ.①纪实文学-中国-当代 Ⅳ.①I25

中国版本图书馆CIP数据核字(2012)第130255号

解放昌都1950

编　　者	西藏商报社
策　　划	西藏商报社
执　　行	吴　勇　卢明文　李　健
责任编辑	杨芳萍　梁国春
封面设计	格　次
出版发行	西藏人民出版社（拉萨市林廓北路20号）
印　　刷	四川大自然印刷有限公司
开　　本	787×960　1/16
印　　张	20
字　　数	220千
版　　次	2012年9月第1版
印　　次	2012年9月第1次印刷
印　　数	01-2,000
书　　号	ISBN978-7-223-03571-2
定　　价	68.00元

版权所有　翻版必究
（如有印装质量问题，请与出版社发行部联系调换）
发行部联系电话(传真)：0891-6826115